新 潮 文 庫

電　車　男

中野独人著

新 潮 社 版

8104

電車男

The story of the Train Man
who fell in love with the girl, Hermes.

Contents

Mission
1

緊急指令
「めしどこか　たのむ」

後にある住人が語った。「正直に言おう。俺は最初電車を舐めてた。お礼の電話一本掛けるのにうじうじしやがって、よしここは俺達が徹底的に電車をサポートしてやらなきゃなって感じで。しかし今では電車は俺の遥か前にいる。」電車の中で勇気を見せた電車男。電車の外でも勇気を発揮できるのか？

---

731 名前：Mr. 名無しさん 投稿日：04/03/14 21:25

すまん。俺も裏ぐった。
文才が無いから、過程は書けないけど。

このスレまじで魔力ありすぎ…
おまいらにも光あれ…

たいして内容のないこのレスが、この後絶大な支持支援を得るスレに発展しようとは、誰も想像しなかったに違いない。

---

732 名前：Mr. 名無しさん 投稿日：04/03/14 21:27

なんだとこあんちくしょうぁぁぁぁぁぁぁ

---

733 名前：Mr. 名無しさん 投稿日：04/03/14 21:28

きになる

---

734 名前：Mr. 名無しさん 投稿日：04/03/14 21:28

>>731
彼女が出来たのか？

---

737 名前：Mr. 名無しさん 投稿日：04/03/14 21:33

>>734
違うけど。でも大チャンス
こういうこと続くとネタにしか聞こえないよな
とにかくおまいら外に出てみろ

---

738 名前：Mr. 名無しさん 投稿日：04/03/14 21:35

ごめん。よく考えたら大チャンスじゃなかった…＿|￣|○
冷静になれ俺…

---

739 名前：Mr. 名無しさん 投稿日：04/03/14 21:36

>>737
これを打つのも何度目だろう、

　　詳　細　キ　ボ　ン

---

740 名前：731 投稿日：04/03/14 21:38

>>739
上手く書けないけど
ちょっと書いてみる。
ロムってたばかりの俺だからさ…
笑わないでくれよ…

---

749 名前：731 投稿日：04/03/14 21:55

今日は秋葉に行ってきた。特に買う物無かったんだけど
帰りの電車の車中で酔っ払いの爺さんがいた。
その車両には座席の端に座ってる俺と爺さん以外は殆ど女性。
２０代〜４０代くらいかな。

その爺さんが、周りの女性客達に絡み始めた。
最初に若い女性に絡んだんだが、その人はすごい気が強くて
爺さんを一喝して次の駅でさっさと降りていった。
その時、俺は迷惑な奴だなぁとチラチラ様子を見てた。

爺さんは次に俺の座っている座席に来て、真ん中らへんに
座ってるおばさん数人に絡み始める。
「携帯使ったらただじゃおかねーぞ」
みたいなこと言ってビビらせてたと思う。
おばさん達は(´・ω・`)←こんな感じで押し黙ってしまった。

なんか長くなりそう。

---

763 名前：731 投稿日：04/03/14 22:15

>>761
出会いになるか分からないのですが…
あの時、俺にもっと勇気があれば…

一応今書いてます。もちつけ俺。

766 名前：731 投稿日：04/03/14 22:23

おばさん達はそのままじっと下向いて
「関わらない方が良い」という感じだった。
すると、爺さんはまた訳の分からないことをわめきつつ
「女は黙って男に使われてりゃいいんだよ」
みたいなことを言って、手をおばさんの顔に持っていって顎を掴んだ。
俺はさすがにマズいと思って、勇気を振り絞ってちょっと叫んだ
「おい、やめろよ！」と。きっと声震えてた。
俺、喧嘩とかしたことなかったし。
それでも爺さんに聞こえてなかったらしく、反応無し。
「おい！あんただよ！やめろっていってるぎうこhくえほp！」
必死にもう一度叫ぶ。そこでおばさんが「いいから、大丈夫だから」と
立ち上がった俺を制する。爺さんはようやく気付いたらしく
俺の方を向く。
「さっきからジロジロ見やがって…」
と睨み付けられた。

千鳥足で俺の座席の前までやってくる。
「あぁん、お前幾つだ？」
「２２だ！」
「俺はなぁ６０こいえおヴぃえそいｖ」
何言ってるかよく分からなかったけど、大体「若いくせに生意気な」
みたいな感じのことを言ってきた。
「なんだ？やるのか？やるのか？」
爺さんはもう喧嘩腰だった。
「ﾊｧ？何をですか？警察呼びますよ」
「警察でもなんでも呼べじょふげg」
そうのたまりながら、手を振りかざしてきた。
手元が狂ったらしく、俺の隣に座ってる女性に手が当たった。
と言っても、平手がかすったくらいだけど。

どうやって文章って短くするんですか…？(´･ω::...

772 名前：731 投稿日：04/03/14 22:37

「キャッ！」とその女性客が後ろに退いた。
俺は無我夢中で立ち上がって爺さんの両腕を掴んだ。
その隙におばさん達の一人が車掌さんを呼びに行ったのが見えた。

その時、騒ぎに気が付いた隣の車両にいた２０代後半くらいの
サラリーマンが助けに来てくれた。揉み合う俺と爺さんを見るなり
爺さんを後ろから羽交い締めにする。
「あぁ、わかったわかった。そんな若い子に絡むなよ」
さすが人生の先輩だった。刺激せずになだめる事を知ってる。
「俺が押さえてるから、君はもう座りなさい」
俺もかなり興奮してたから、そのサラリーマンについでに
なだめられてしまった。爺さんはそのサラリーマンには
全然脅しかけないでやんの。自分より強いと思ったからなんだろうな
俺は舐められてたんだなと何故か悔しくなるヽ(｀Д´)ノ

俺が座る隣の女性が
「迷惑な人ですね」
と、俺に声をかけてきた。
「本当迷惑です」
もっと気の利いたこと言えよ俺。＿|￣|○

疲れた…＿|￣|○

779 名前：731 投稿日：04/03/14 22:52

>>767
本当にそんな感じだったよ…
カッコ悪いよ俺。
カコイイよリーマン。

しばらくすると車掌さんが来た。
「とりあえず、警察に引き渡すので次の駅で降りて下さいね」
と爺さんに言うと、またわめきだす。

事件扱いにするということで、次の駅で
俺と、隣の女性と、おばさん達、爺さんが降りた。
すると車掌さん
「ちょっとお巡りさん呼んでくるから、その人押さえててくれますか？」
と、どこかに消える。俺と爺さんと女性陣を残して。頼りにならねぇと思った。
俺は爺さんが逃げないように腕を捕まえていたんだが
「掴むんじゃねぇよ！逃げねぇよ！」
とわめき散らす。周りの香具師らも助けてくれないし…(´･ω･`)

それからずっと逃げようとする爺さんをおさまえていると
ちょっとしてようやく、警察官が２、３人やってきた
「このお爺さん？」

と俺に聞く。はいと答えると、物凄い勢いで
爺さんを駅員詰所に連れ込んで行く。俺らも後に付いて行く。
そこで全員の身分証明をした後に
「これ、事件にします？」
と女性陣に問うと、全員
「いや、いいです」
との答え。俺は一応何もされてないと答えておいた

780 名前：731 投稿日：04/03/14 23:06

事件にしなくても、何か書類を書かないといけないらしくて
女性陣と俺も一応交番まで付いて行くことになった。
その道中
「俺のせいで、大変なことに巻きこんですいません」
と女性陣に謝った。本当はおばさん達はもっと先の駅で降りるはずだったので。
女性陣は
「いいんですよ」
と笑ってくれた。

交番に着くと、爺さんは交番の奥へ連行される。
わめき声と警察官の怒号が聞こえてきた。
「たっぷり油搾ってやるからw」
とお巡りさんが笑った。

調書（？）をカリカリ書いている女性陣を見てて
俺はまた謝らずにいられなくなって
ペコペコ頭下げながら謝った。
あの時、黙ってればこんな大事にならずに済んだのに
という思いで頭の中がいっぱいだったから。
「今時、お兄さんみたいな人、なかなかいませんよ」
と、おばさんの一人が言ってくれた。救われた様な気がした。

あともうちょい…
結末バレてるけど…

789 名前：731 投稿日：04/03/14 23:24

何を思ったか
「あ、僕はもう帰って良いんですか？」
俺はお巡りさんに言った。
「はい、もういいですよ。本当にありがとうございました」
とお礼まで言ってくれた。女性陣も深々と頭を下げて
「ありがとうございました」

と。
「良かったら、お名前とご連絡先を教えてくれませんか？」
と、おばさんの一人が言った。
俺はおばさんの持ってたメモ帳に名前と住所を書いておいた
「すいません…私もいいですか？」
隣に座ってた女性にも書いておいた。
すると
「是非、今度お礼させて下さいね」
と言う。慌てふためいて
「いや、いいです、いいです」
と言ってしまった。すぐに
「では、本当にすいませんでした」
と逃げるように去っていった

終わりです。
あとで気が付いたんだが
なんで俺、そこで相手の連絡先聞かなかったんだ…＿|￣|○
俺、女の人に感謝されたこと無かったから
焦っちまったよぉぉぉぉーーー

792 名前：Mr. 名無しさん 投稿日：04/03/14 23:27

>>789
住所教えたんでしょ？
だったら相手がお礼しに家にくると思うから大丈夫だよ。

ところで、家にはコタツとぬいぐるみとあって
パソコンのディスプレイは小さい？

793 名前：Mr. 名無しさん 投稿日：04/03/14 23:27

まぁ、どうせ何人分もある男ｱﾄﾞﾚｽに加わっただけだ！
それだけで毒男にとっちゃ快挙だけど＿|￣|○

811 名前：731 投稿日：04/03/14 23:40

なんか今日は慣れない事ばっかやってどっと疲れたよ…＿|￣|○
こんな駄文読んでくれて、おまいらあらいがとう
もしも連絡があったら、もちろん報告します(´･ω･`)

>>805
俺もそうしたかったけど、乗ってたの女性ばっかだったのよ…(´･ω･`)

リーマンさんは俺から見たらネ申でした
彼がいなかったら普通にブチのめされて
醜態晒したと思う…

ではでは　ノシ

---

812 名前：Mr. 名無しさん 投稿日：04/03/14 23:42

731 が酔っ払いに立ち向かったのはえらいと思う。
その場にいたわけじゃないから、こう言うのもなんだが・・

それって社会儀礼上の成り行きでしかないんじゃないか？

---

815 名前：Mr. 名無しさん 投稿日：04/03/14 23:45

>>811
乙、勇気をもって行動したおまいはすごいよ
新しい展開があったら報告してくれ

---

762 名前：731 こと電車男 投稿日：04/03/15 19:08

昨日はどうもです。
昨日の今日ですが、さすがに何もアクション無しです。
おばさんと隣の女性の特徴ですが
うる覚えなのであまり詳しく書けませんけどいいですか？

おばさん達
確か３人で３人とも４０代くらい
でも品のいい感じでした

隣に座ってた女性
多分２０代。でも俺より年上な感じ。２２～２５歳くらいかな
芸能人で言うと誰だ…？俺、芸能人知らないよ…＿|￣|○
長めのやや茶色い髪で、体型は細身でした
でも、派手過ぎず、地味過ぎず、落ちついた雰囲気のな小奇麗なお姉さんでした

---

777 名前：731 こと電車男 投稿日：04/03/15 19:27

>>772
普通のアニヲタ、ゲーヲタの秋葉チャリです…＿|￣|○
年齢＝彼女いない歴
無論、童t(ry

でも、俺がんがってみるよ

あの時の勇気をもう一度俺に…

万が一、隣に座ってお姉さんと何か起こそうとしても
絶対、不釣合いなんだよね…_|￣|○
一緒に街歩いたりとか絶対出来ない

---

780 名前：Mr. 名無しさん 投稿日：04/03/15 19:32

連絡どうこうじゃなく、おまいは一歩前進したな。
俺には真似できん神業だ_|￣|○

---

783 名前：731 こと電車男 投稿日：04/03/15 19:36

>>780
無論、あの時「これはチャンスだ！」って思いましたよ

助ける
↓
女性らに感謝される
↓
何かお礼があるかも
↓
早速、このスレに報告
↓
(ﾟдﾟ)ｳﾏ-

ではまた何かあったら報告しますﾉｼ

スレ住人の多く、そして電車男自身、ここから先に具体的進展があるとは大して
期待していなかっただろう。しかし。最初の変化は箱に入ってやってきた。

---

622 名前：Mr. 名無しさん 投稿日：04/03/16 19:39

空襲警報！空襲警報！
編隊を組んだ電車男が接近中！

587 名前：731 こと電車男 投稿日：04/03/16 18:58
今日、手紙が届いていますた。
おばさんの方か、若い女性の方かどちらかは分からないのですが
封筒や便箋、字の雰囲気からするとおばさんの方のようです。

内容はあの時のお礼でした。どうやら爺さんに絡まれた本人の模様。
一応、返事出そうかと思ってるんですが…

俺には文才が…_|￣|○
がんがって書きます…

623 名前：731 こと電車男 投稿日：04/03/16 19:43

今さっき、宅急便で若い方の女性からお礼の品と手紙が届きました。
品はティーカップでした。手紙の内容はお礼でした。
「あの時、隣に座っていた者です」とあったので確定します。

可愛らしい封筒＆便箋＆字ですよ！(;´∀`)＝3 ムッハー!!!
なんかいい匂いもするような気がする(;´Д`)ﾟｧﾟｧ
ダメだなんか顔熱くなってきた。もちつけ俺。

624 名前：Mr. 名無しさん 投稿日：04/03/16 19:45

>>623
もちつけ、匂いは錯覚だ w
今後につながるような内容の文章なの？

625 名前：Mr. 名無しさん 投稿日：04/03/16 19:45

>>623
卓球瓶ってことは電話番号もｹﾞｯﾂ？

628 名前：731 こと電車男 投稿日：04/03/16 19:52

>>624
今後に繋がるというと…
一文を引用すると
「あなたの勇気にはとても感動させられました。」
これくらいですか…

>>625
伝票に書いてある…((((;´д`)))ｱﾜﾜﾜﾜ

629 名前：Mr. 名無しさん 投稿日：04/03/16 19:52

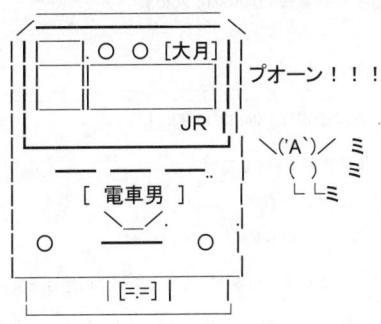

---

631 名前：Mr. 名無しさん 投稿日：04/03/16 19:54

う、うーん・・・
これはいくら何でも展開を進めるのは無理では？

---

632 名前：Mr. 名無しさん 投稿日：04/03/16 19:54

>>628
もう一回、勇気を出す場面だな

---

643 名前：731 こと電車男 投稿日：04/03/16 20:00

ダメだ…
もう何が何だか…

女の人になんか電話なんかかけられん…＿|￣|○

---

650 名前：731 こと電車男 投稿日：04/03/16 20:03

マジでどうすりゃいのかわかんねぇよ！ヽ(｀Д´)ノ
今すぐ電話すんの？えｄｒｆｔｇｙふじこｌｐ＠

---

653 名前：Mr. 名無しさん 投稿日：04/03/16 20:04

電話は失礼すぎるだろ？
しかし、難しい状況だから少々強引に行かなくては進展は望めないな。
「これも何かの縁ですし今度食事でも」みたいな返事書けば？

---

656 名前：Mr. 名無しさん 投稿日：04/03/16 20:06

＞電車男
待て。そのカップは何個だ？

___

661 名前：Mr. 名無しさん 投稿日：04/03/16 20:11

この元カプール板住人の俺がアドバイスしてやる。

電話だ。電話を汁！
届きましたって報告はしておいた方がいい。

素敵なカプーをありがとうございます、みたいな感じで相手の感性を誉める。

で、いつもあの電車使われるんですか？みたいな世間話へ持っていくんだ！

___

___

668 名前：Mr. 名無しさん 投稿日：04/03/16 20:15

>>665
あまり遅くなると、さらに電話しにくくなるぞ。
せめて 9 時までには電話したほうがいいと思う。

___

669 名前：Mr. 名無しさん 投稿日：04/03/16 20:16

>>665
＿|￣|○じゃわからん。年齢、年収とか車とか家柄、ルックスとか

カップはやはり 2 個か。ここから繋げろ。分かるな？

___

678 名前：Mr. 名無しさん 投稿日：04/03/16 20:21

今の時点で恋人とかは絶対無理だから、とりあえず今後も

連絡取れるように努めるべき。

会話例
「お礼ありがとうございます。カプ今届きました。
いいデザインのカップですね。でも、なんで2つ入ってるんですか?w
俺は今一人身なんで、一つしか使う機会ないですよw
ところで、このカップはどこで売ってたんですか?
俺も見に行きたいんで、店の場所を聞いときたいんですが・・・」
見たいな感じ?

俺は毒だから思いつかん。

---

680 名前：Mr.名無しさん 投稿日：04/03/16 20:21

お礼電話しる!
んで、
カプありがとうございましたー、わざわざすいません、
この間は災難でしたね、やっぱりいち男性としてああいう行為は見逃せませんで
した、
自分が誠実で力強いことをアピる

---

687 名前：Mr.名無しさん 投稿日：04/03/16 20:25

普通は手紙で返事だろ。
いきなり電話は引かれると思う。
しかも手紙着いた日に電話きたら普通引く。

---

688 名前：731 こと電車男 投稿日：04/03/16 20:25

ｳﾜｧｧﾞ━━━━━。゚(゚´Д｀゚)゚。━━━━━ﾝ!!!
おまいら本当にありがとう
どれも参考にさせてもうらから!

>>669
年齢 22
年収 300 〜 400 ?
家柄普通
車無し
ルックス秋葉ﾁｬｿ_|￣|○

カップ2個って「これで一緒に飲みませんか?」とか言うの?
無理じゃー!

電話さっきから握ってるけど、無理ポ…

明日とかじゃダメ…?(´・ω・`)

---

690 名前：Mr. 名無しさん 投稿日：04/03/16 20:25

伝票の電話番号は自宅なのか？それとも携帯なのか？

---

695 名前：Mr. 名無しさん 投稿日：04/03/16 20:27

>>688
かけるなら今日中だ！
思い立ったら吉日なんだよ！

---

698 名前：Mr. 名無しさん 投稿日：04/03/16 20:27

電話は引くって。
好印象を保ったままにしといた方がいいよ。

---

707 名前：731 こと電車男 投稿日：04/03/16 20:30

　21時までに電話かけられなかったら
諦めます…(´・ω・`)

今興奮しすぎだし…
鼻息、向こうに聞こえちゃいそう…

---

709 名前：678 投稿日：04/03/16 20:31

さっきから電話を薦めている俺だが、
電話を薦めるには理由がある。

手紙だと、返事を書いて終わりになりそうだからだ。
今後につながる可能性はあまり無いと思う。

つながるとしたら、玉砕覚悟で電話をかけるということだろう。

>>698
俺なら、ほんとに電話をすると思う。

---

710 名前：680 投稿日：04/03/16 20:31

ちなみに自分は女ですが電話きても引かないよ、むしろ『あー、カプ無事に届い
たのかー。それにしても律儀な人だな、お礼電話か』と好印象

---

724 名前：Mr. 名無しさん 投稿日：04/03/16 20:37

私も女だけど、
お礼電話もお礼手紙もおｋだと思うよ。
ただ、イキナリ踏み込んだ話をまくし立てられたら引く。
電話して相手の出方によっては攻勢に出たら？

どちらにせよ多段攻撃を推します。

---

726 名前：731 こと電車男 投稿日：04/03/16 20:37

さっきからこのスレと電話を交互に見てるんだけど…
やっぱ無理…

---

734 名前：Mr. 名無しさん 投稿日：04/03/16 20:41

ちくしょう。俺までドキドキしてきた

---

736 名前：Mr. 名無しさん 投稿日：04/03/16 20:41

>>726
ここでダメだってもお前には失う物は無いはずだ！
すでにティーカップをゲットしたじゃないか？
ダメで元々なんだよ！
行け！男ならここで覚悟を決めろ！

---

737 名前：Mr. 名無しさん 投稿日：04/03/16 20:41

マジで、今が勇気を出す場面だよ

---

738 名前：Mr. 名無しさん 投稿日：04/03/16 20:42

電車男は勇気があるのかヘタレなのかワカランw
頑張れやこら！電車！電車！電車ｄじゃせｄｒｆｔｇｙふじこｌ

---

739 名前：Mr. 名無しさん 投稿日：04/03/16 20:43

>>726
馬鹿野郎！
今、お前は男として試されてるんだよ！
ここで引いてどうする！？
死ぬ気で電話しろ！
今すぐだ！！！！！！！！！

---

741 名前：680 投稿日：04/03/16 20:43

むこうも電車に悪い印象はないから、電話は受けやすいとおもうよ。

もちろん礼状も。

たださっきも出てたように、礼状だと次につながりづらいとおもうし、熱が冷めないうちに電話したほうがいいって意見にも同意。

まぁ、今すぐじゃなくても明日でも遅くないよ！

---

750 名前：Mr. 名無しさん 投稿日：04/03/16 20:47

今日中にかけろ！
明日にすると、「今日は忙しいから」「明日でもいいか」とかになって結局かけられなくなるのは目に見えてるんだよ！

いいか！？　今　日　中　に　か　け　ろ　！！！！！！！

---

757 名前：Mr. 名無しさん 投稿日：04/03/16 20:50

お前は今人生の分岐路にいるぞ！
良く考えて行動しろ！

---

762 名前：Mr. 名無しさん 投稿日：04/03/16 20:53

かけなければ、いい人だったなーで終わるよ。
たしかにね。
「こんないい女性に、好印象をもたれて幸せだな～」
たしかに、それで終わるのもいいだろう。
電車が俺だったらそう、おもってるかもしれない。
でもな、
その女性は、　お　ま　え　の　た　め　にカップを選んでくれたんだぞ？

---

763 名前：680 投稿日：04/03/16 20:53

明日かけることにして、今日はリアルシュミレーションで私と話してみるのはどうでしょう

アドバイスもあり

---

782 名前：731 こと電車男 投稿日：04/03/16 21:01

精神統一して何度もかけようとしました
でも無理でした。

あの時の電車の時よりもずっとドキドキしました
手はシビシビするし、顔は熱いし、心臓はバックンバックン

俺はやっぱダメな香具師だ…＿|￣|○
手紙は有効じゃないんですかね？(´・ω・`)

---

783 名前：680 投稿日：04/03/16 21:01

ネタとかじゃなくまじで協力するよ

電車男の反応を待つ。

リアルシュミレーションするなら捨てアドよろ

もしくはこっちが捨てアド晒しますよ

---

832 名前：731 こと電車男 投稿日：04/03/16 21:18

本当にみんなありがとう
でもやっぱ無理ぽ…
手震えてるもん

手紙にしようよ。。

---

836 名前：Mr. 名無しさん 投稿日：04/03/16 21:19

辛そうだな。電話男

---

840 名前：Mr. 名無しさん 投稿日：04/03/16 21:19

>>832
みんな最初は手がふるえるんだよー。
俺もふるえてた。でもなーでもなー。
今日が最初のときですよ。
つぎから手が震えなくなる。
ひとつ階段をのぼれるんだ。

---

861 名前：♀ 投稿日：04/03/16 21:26

自分も、電話のがいいとおもうよ。
手紙じゃ、続きがないよ。
お礼の手紙のあとどうするつもり？
向こうがその返事くれなかったら終わり。

親戚の人でも、何か送ってもらったら
「付きましたよ、ありがとう」って言うのが礼儀だから、
その流れだと自分に言い聞かせるんだ！

---

864 名前：Mr. 名無しさん 投稿日：04/03/16 21:28

ここで電話をかけると、電車男の今後が変わると思うぞ？
付き合うとか付き合わないとかじゃなくて、
もっと大事なものを手に入れると思う。

---

874 名前：731 こと電車男 投稿日：04/03/16 21:31

手が動かないんじゃー！ヽ(´Д`)ノウワァァン
俺にあの時以上の勇気を！

---

904 名前：731 こと電車男 投稿日：04/03/16 21:37

今日は諦めます…＿|￣|○
みんなの意見じっくり読んで、明日に備えさせて下さい…

---

910 名前：Mr. 名無しさん 投稿日：04/03/16 21:39

>>904
１つだけ言っておく。
「相手の女性は一人だが、おまいには２ｃｈが付いている。」

そういうことだ

---

927 名前：731 こと電車男 投稿日：04/03/16 21:42

なんか、泣けてきた。。。
おまいらの優しさと自分の情け無さに。
お礼の一つも言えないのか俺は・・・

---

928 名前：Mr. 名無しさん 投稿日：04/03/16 21:43

ぐぁぁぁぁぁぁぁぁぁぁがんばれがんばれがんばれがんばれ

---

929 名前：Mr. 名無しさん 投稿日：04/03/16 21:43

礼は行動でしろ！

---

949 名前：731 こと電車男 投稿日：04/03/16 21:48

とりあえず、スレのログを自分なりにまとめて
明日何を話すのか決めておきます…
おまいらありがとう。あと情け無い俺でごめん

住人から「電話しる！」の激しい集中砲火を浴びる電車男。しかし、年齢＝彼女
いない歴　童t(ry　の電車男にはハードルが高すぎた。

---

22 名前：731 こと電車男 投稿日：04/03/16 22:03

やっと落ち着いてきた…
こんなにﾄﾞｷﾄﾞｷしたの初めてだよ…
もう疲れた…＿|￣|○

---

35 名前：Mr. 名無しさん 投稿日：04/03/16 22:07

カップ２個は誘ってる様にしか思えない訳だが

---

47 名前：Mr. 名無しさん 投稿日：04/03/16 22:13

しかし、秋葉系相手にティーカップとはどういう了見だ？
深読みしてしまう

---

48 名前：前スレ 680 投稿日：04/03/16 22:14

普通食器やﾏｸﾞｶｯﾌﾟ類はツインで送るよ、常識として。
他意はないとおもう。

次から名無しに戻ります(･∀･)ノシ

---

50 名前：Mr. 名無しさん 投稿日：04/03/16 22:14

>>45
うん。一個のものもいっぱいあるだろうにな。
なぜかペアのものでしょ。
深読みは禁物だが、なんかちょっと考えてそうではあるよな。

---

55 名前：Mr. 名無しさん 投稿日：04/03/16 22:16

ってか、カップが１つって方がありえんだろ。

56 名前：前スレ724 投稿日：04/03/16 22:17

私も680さんと同意見です。
普通はセットにすると思うよ。
ティーカップっていうのも単なる無難な選択かと。

57 名前：Mr. 名無しさん 投稿日：04/03/16 22:17

カップはペアで送るのが常識。

58 名前：731 こと電車男 投稿日：04/03/16 22:17

みんなと同じように俺も色々考えてしまう…
もしかして…いやまさかのエンドレスです

66 名前：731 こと電車男 投稿日：04/03/16 22:20

そっか…不可読みはしない方が良いですよねやっぱ
でもこれも我が家の宝にせんと…

85 名前：Mr. 名無しさん 投稿日：04/03/16 22:26

カップに意味なんかないだろ
深読みしすぎじゃないか？
お礼の品としては凄く無難なチョイスだと思うけど

2つというカップに深読みに走る毒男達。そして、89の発した何気ない一言が、
スレに激流をもたらすことになった。

89 名前：Mr. 名無しさん 投稿日：04/03/16 22:27

>>85
カップ深読みか？
どこのブランドとかである程度わかんねーのかな？ガイシュツ？

93 名前：Mr. 名無しさん 投稿日：04/03/16 22:28

他の食器っつってもな。
この場合の御礼に皿とかグラス、銀食器は微妙だろ。

ティーカップが一番無難だっただけじゃないの？

99 名前：Mr. 名無しさん 投稿日：04/03/16 22:30

>>89
考え過ぎだと思うよ
俺が一度お礼の品を送る時に周りの人間に相談したときも
カップという意見は凄く多かった

104 名前：Mr. 名無しさん 投稿日：04/03/16 22:31

で、そのカップどこの？

115 名前：731 こと電車男 投稿日：04/03/16 22:35

しつこいけど、俺の為なんかに
色々考えてくれてありがとう
何度言っても足りないよ！

>>104
HERMES って書いてあるけど。どこの食器メーカーだろ

>>103
俺なんかの為にあらいがとう…
勇気が出たらおねがいします

117 名前：Mr. 名無しさん 投稿日：04/03/16 22:35

えええええるめすキター

118 名前：Mr. 名無しさん 投稿日：04/03/16 22:35

>>115
えるめすじゃん！

120 名前：Mr. 名無しさん 投稿日：04/03/16 22:35

>>115
HERMES
燃料きたたーーー！！

121 名前：Mr. 名無しさん 投稿日：04/03/16 22:36

>>115
おいこら！それエルメスって読むんだよ！知ってるだろ！

122 名前：Mr. 名無しさん 投稿日：04/03/16 22:36

おいおいエルメスかよ・・・
金持ちだな、彼女。

126 名前：Mr. 名無しさん 投稿日：04/03/16 22:36

>>115
HERMESってエルメスだよ
ララァが乗ってるやつじゃないぞ？

127 名前：Mr. 名無しさん 投稿日：04/03/16 22:37

おい、やっぱりこのカップには意味があるぞ！！！！！

132 名前：731 こと電車男 投稿日：04/03/16 22:38

エルメスってバックとかの？
それはブランド物じゃん
やっぱ高いのか？
食器とかも作ってるの？

マジレスきぼんぬ

141 名前：731 こと電車男 投稿日：04/03/16 22:39

(ﾟДﾟ)ﾎﾞｶｰﾝ

((;ﾟДﾟ))ｱｱｱｱ

((((;ﾟДﾟ))))ｶﾞｸｶﾞｸﾌﾞﾙﾌﾞﾙ

(((((((((;ﾟДﾟ)))))))))ｶﾞｸｶﾞｸｶﾞｸﾌﾞﾙﾌﾞﾙｶﾞﾀｶﾞﾀ ﾀﾞﾌﾞﾙｶﾞﾀｶﾞｸ ｶﾞｸｶﾞｸ ｶﾞｸｶﾞｸ

146 名前：Mr. 名無しさん 投稿日：04/03/16 22:40

いくら感謝してても　エルメスは送らないよぅ、ふつう。

149 名前：68 投稿日：04/03/16 22:40

ｴﾙﾒｽはすごいねー、お礼にそんなきちんとしたもの贈るなんてしっかりした人だ

ね。

152 名前：Mr. 名無しさん 投稿日：04/03/16 22:41

一気にヒートうｐしてまいりました

155 名前：Mr. 名無しさん 投稿日：04/03/16 22:41

>>141
お前絶対明日電話しろ
絶対だ、絶対、もう絶対
もう期待するなとか言わん
とにかく何も考えず電話しろ

164 名前：731 こと電車男 投稿日：04/03/16 22:43

おい、おまいらビビらせないで下さい！
また心臓ﾊﾞｸﾊﾞｸしてきたぞ

167 名前：Mr. 名無しさん 投稿日：04/03/16 22:44

うーん、すごーい。
でも気があるかどうかは分からない…。
68 さんのいうように、しっかりしてる人なのかも知れない。
本当に心から感謝してるのは間違いないねー。
なおさら電話してお礼しなくちゃ。

182 名前：Mr. 名無しさん 投稿日：04/03/16 22:47

お礼に食事をごちそうするしか無いなこれは

183 名前：731 こと電車男 投稿日：04/03/16 22:47

俺もエルメスが高級ブランドだってことは知ってたけど
ティーカップまで作ってるとは知らなかったよ…＿￤￤○

>>168
身長　172
体重　68
です
顔は…誰にも似てると言われたこと無いよ…＿￤￤

185 名前：68 投稿日：04/03/16 22:48

エルメスの高価なカップのおかげで次につながりやすくなったよ！
『こんな高価なもの戴いてしまって、逆に気を遣わせてしまったようで悪いです
…すいません。
もしよろしければカップのお礼に今度食事でもいかがですか？』
っていうながれはかなり自然。
そういわれたら自分なら行く。

---

234 名前：731 こと電車男 投稿日：04/03/16 22:59

やっぱ今日かけなきゃ…

---

244 名前：Mr. 名無しさん 投稿日：04/03/16 23:01

だな。時間切れだ
23 時以降はなんとなくカップルタイムだよな・・・と書いてセルフ欝

---

253 名前：731 こと電車男 投稿日：04/03/16 23:03

携帯にかけましたが、留守電ですた…
明日出直します…

---

260 名前：Mr. 名無しさん 投稿日：04/03/16 23:04

>>253
時間考えろといいたいけどナイスガッツ！！！
明日もっかい頑張ろう！！

---

271 名前：Mr. 名無しさん 投稿日：04/03/16 23:07

よくやった
おまえは１つレベルが上がった。

---

292 名前：731 こと電車男 投稿日：04/03/16 23:11

今まで無論、女性に電話したこと無いです…＿|￣|○
俺は何より普通にお礼がしたかったんです。
明日は向こうからかかってこなくても
こっちからかけます！

---

297 名前：Mr. 名無しさん 投稿日：04/03/16 23:12

電車男のエピソードがここまでヒートアップ
すると誰が予想したであろう

320 名前：Mr. 名無しさん 投稿日：04/03/16 23:19

毒男が毒男的思考でことを進めようったってうまくいくのは難しい
他者の意見も十分取り入れるべき。

だって俺ら毒男もーーんなんて開き直るのは問題外

---

331 名前：Mr. 名無しさん 投稿日：04/03/16 23:22

>>320
そういう意味では女性陣が参加してくれたのは非常にありがたかったな
もしよかったら明日も来てください＞女性陣

---

333 名前：Mr. 名無しさん 投稿日：04/03/16 23:23

おう、女性陣がこんなに頼もしく思えたことはナカタヨ

ついに覚悟を決めた電車男が最初の一歩を踏み出した。

---

342 名前：731 こと電車男 投稿日：04/03/17 22:13

今、仕事から帰ってきてます…＿|￣|￣
早く帰りたかったのに…

着信、何件も残しててくれたのに…
今からかけます

---

344 名前：Mr. 名無しさん 投稿日：04/03/17 22:14

キター Ｙ＾Ｙ＾Ｙ＾Ｙ＾Ｙ＾Ｙ＾（｡A｡）!!!
おかえり！
とりあえずメシでも食え！

---

350 名前：Mr. 名無しさん 投稿日：04/03/17 22:16

（　ﾟДﾟ)つ旦 ＜茶飲め

---

351 名前：Mr. 名無しさん 投稿日：04/03/17 22:16

茶なんて後だ！

まず速攻で電話だあああああああああ！！！！！！！！

---

366 名前：Mr. 名無しさん 投稿日：04/03/17 22:20

今頃電話中か…ﾏﾀｰﾘ待つか

---

367 名前：Mr. 名無しさん 投稿日：04/03/17 22:21

こんな気持ち・・・
中学校時代の弁論大会以来だ・・・

---

398 名前：Mr. 名無しさん 投稿日：04/03/17 22:29

今頃電車男はどんな会話をしてるのだろうか…

---

401 名前：731 こと電車男 投稿日：04/03/17 22:29

今、一旦終わりました
まだ手が震えてます

なんかお風呂沸いたらしくて
エルメスさんは切らずに話してくれる感じだったんですが
こっちから、またあとでいいですよって言っておきました

またあとでかけてくれるそうです。

ダメだ。緊張しすぎた…

---

406 名前：Mr. 名無しさん 投稿日：04/03/17 22:30

>>401
よくやった！！！！！！！！！！！

---

413 名前：Mr. 名無しさん 投稿日：04/03/17 22:30

うおぉぉぉーーーーーーーーー！
やったな。内容は？

---

414 名前：731 こと電車男 投稿日：04/03/17 22:30

食事なんか誘えないよ！

---

432 名前：731 こと電車男 投稿日：04/03/17 22:33

>>413
とりあえず、昨日はメッセのこさなくてすいません
今日もおそくなってしまってすいません
いっぱい電話もらってたてのに出れなくてすいません
あんな素敵な物もらってすいません
あの時は本当にすいません

と謝っておきました…
俺、謝ってばっかじゃん　＿」￣｜○

---

437 名前：Mr. 名無しさん 投稿日：04/03/17 22:33

>>414
とりあえず何を話したか簡潔にまとめてくれ
漏れの CPU が火を吐くまで真剣にかんがえっから、な！

---

447 名前：731 こと電車男 投稿日：04/03/17 22:34

>>433
お礼にもらったカップのお礼って変じゃないですか？
それって大丈夫ですか？
マジレスでお願いします

---

450 名前：Mr. 名無しさん 投稿日：04/03/17 22:35

>>447
いやいいんだって
変じゃないぞー！

---

451 名前：Mr. 名無しさん 投稿日：04/03/17 22:35

ｶｯﾌﾟのお礼に食事に誘え
ｶｯﾌﾟのお礼に食事に誘え
ｶｯﾌﾟのお礼に食事に誘え
ｶｯﾌﾟのお礼に食事に誘え
ｶｯﾌﾟのお礼に食事に誘え
ｶｯﾌﾟのお礼に食事に誘え
ｶｯﾌﾟのお礼に食事に誘え
ｶｯﾌﾟのお礼に食事に誘え
ｶｯﾌﾟのお礼に食事に誘え

---

458 名前：Mr. 名無しさん 投稿日：04/03/17 22:36

>>433

>>436
もちけつ、がっつくなって
「会ってお礼が言いたいのですが、いかがでしょうか？」
もしくは
「会ってお礼が言いたいのですが、ﾀﾞﾒですか？」
で逝くべき
メシか茶店か映画館かなんか、後で考えようや

---

463 名前：731 こと電車男 投稿日：04/03/17 22:37

>>430
声は普通でした。
「第一声があっ、やっと繋がった」って言ってくれたので
多分大丈夫ですか？

カップのお礼に食事カップのお礼に食事カップのお礼に食事カップのお礼に食事

---

476 名前：731 こと電車男 投稿日：04/03/17 22:40

>>458でＦＡでしょうか？
あと、みんなありがとう

---

485 名前：Mr. 名無しさん 投稿日：04/03/17 22:41

私女だけど。。。

食事の方がいいと思う
458だとなんか会いたいってのが前面に出ててむしろイヤ
食事のほうがおいしいもの食べたいから私なら釣られるｗ

---

486 名前：731 こと電車男 投稿日：04/03/17 22:42

緊張してきた…＿|￣|○

---

492 名前：Mr. 名無しさん 投稿日：04/03/17 22:42

>>463
「すみませんこんなに良いもの貰っちゃって。
これじゃあ逆に悪いです。なんかお礼できないでしょうか？
そうだ、今度食事でもご一緒しませんか？」
までもっていけ

---

501 名前：731 こと電車男 投稿日：04/03/17 22:43

待って！　食事ってどこで？
あとやっぱ日曜？

505 名前：731 こと電車男 投稿日：04/03/17 22:44

>>492
その台紙もらい！

510 名前：Mr. 名無しさん 投稿日：04/03/17 22:45

>>501
日曜がいいな。
あと、たぶん誘ったときに、気を遣うなみたいなこと言われるかもしれんが
そこは粘って食事に誘うんだ！

519 名前：731 こと電車男 投稿日：04/03/17 22:46

>>510
絶対、「悪いからいいです」って言うでしょ

そう言われてしまったらエンド？
粘るってどうやるんだー

もう訳分からなくなってきた＿|￣|○
とにかく誘う王

522 名前：Mr. 名無しさん 投稿日：04/03/17 22:48

>>519　電車
ずいぶん、成長したな。
いや、成長してる。
おまえがまぶしい・・・

エルメスと電車男の戦いが始まった。電車男、エルメスを誘うことができるのか？

530 名前：731 こと電車男 投稿日：04/03/17 22:49

kた

531 名前：Mr. 名無しさん 投稿日：04/03/17 22:49

エルメスから電話キタ━━━━━━(ﾟ∀ﾟ)━━━━━━ !!!!!

---

538 名前：Mr. 名無しさん 投稿日：04/03/17 22:50

さぁ、ここが正念場だぞ！

---

539 名前：Mr. 名無しさん 投稿日：04/03/17 22:50

超祈ってるよ私

---

548 名前：Mr. 名無しさん 投稿日：04/03/17 22:51

神様頼む！
電車男に勇気と栄光を！！！！！

---

549 名前：Mr. 名無しさん 投稿日：04/03/17 22:51

小学校の時に最初で最後の下着泥した勇気でよければくれてやる！

---

553 名前：Mr. 名無しさん 投稿日：04/03/17 22:52

心から他人の事で祈るなんて初めてだ。

---

558 名前：Mr. 名無しさん 投稿日：04/03/17 22:52

せめて俺らだけでも落ち着こうぜ。
さ、みんな深呼吸でもしようじゃないか。

---

569 名前：Mr. 名無しさん 投稿日：04/03/17 22:54

(´ ＾ ｀   すぅ

(－ ｏ － はぁぁ・・・

---

596 名前：Mr. 名無しさん 投稿日：04/03/17 22:57

ああどんな話してるのかな？
頑張って欲しいなあ
電車にすごく励まされるよ

---

600 名前：Mr. 名無しさん 投稿日：04/03/17 22:58

頼む上手くいってくれぇぇえええええ！！！！！！！！！

605 名前：Mr. 名無しさん 投稿日：04/03/17 22:59

十分経過

614 名前：731 こと電車男 投稿日：04/03/17 23:00

めしどこか　たのむ

616 名前：Mr. 名無しさん 投稿日：04/03/17 23:01

ｷﾀ━━♪ o(ﾟ∀ﾟo) (oﾟ∀ﾟo) (oﾟ∀ﾟ)o ｷﾀ━━♪

621 名前：Mr. 名無しさん 投稿日：04/03/17 23:01

とりあえずあんまり知りませんけど
とかってごまかして時間稼げ

622 名前：Mr. 名無しさん 投稿日：04/03/17 23:01

世っしゃあああああ！！！！！！！！！

627 名前：Mr. 名無しさん 投稿日：04/03/17 23:02

なんかいいとこ探しとくんで、決まったら連絡しますだよ！！！

628 名前：Mr. 名無しさん 投稿日：04/03/17 23:02

やたっ！

629 名前：Mr. 名無しさん 投稿日：04/03/17 23:02

とりあえず、待ち合わせの駅を決める。
店を決めるのは当日まででイイから。

641 名前：731 こと電車男 投稿日：04/03/17 23:02

おk

643 名前：Mr. 名無しさん 投稿日：04/03/17 23:03

> >>641
> 臨場感あるなあ

---

644 名前：Mr. 名無しさん 投稿日：04/03/17 23:03

ｷﾀ…(-_-)ｷ(__-)ｷ!(-　)ｷｯ!(　　)ｷﾀ(.　　°)ｷﾀ!(ﾟ∀ﾟ)ｷﾀ!!(ﾟ∀ﾟ)ｷﾀ━━━!!

---

645 名前：Mr. 名無しさん 投稿日：04/03/17 23:03

ついにロマンスが！！！！！！！！！

---

649 名前：Mr. 名無しさん 投稿日：04/03/17 23:03

>>641
ｷﾀ━━━ヽ(∀ﾟ)人(ﾟ∀ﾟ)人(ﾟ∀ﾟ)人(ﾟ∀ﾟ)人(ﾟ∀ﾟ)人(ﾟ∀ﾟ)/━━━ !!!

---

652 名前：Mr. 名無しさん 投稿日：04/03/17 23:04

電車男の短い文章が生々しいなｗ

---

653 名前：Mr. 名無しさん 投稿日：04/03/17 23:04

電車男さん　まじで尊敬します

---

658 名前：Mr. 名無しさん 投稿日：04/03/17 23:04

>>641

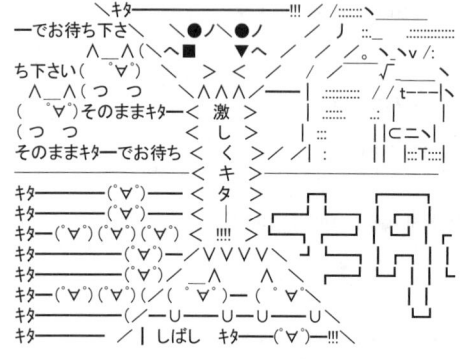

662 名前：Mr. 名無しさん 投稿日：04/03/17 23:04

コレ系無難だと思うけど。
月の雫は女子人気高いと思うがいかがか。

http://www.sankofoods.com/shop.html

---

686 名前：Mr. 名無しさん 投稿日：04/03/17 23:08

女子イケーン

あんまゴッツイとこだとヒクし、その後の展開に無理が生じると思いマース
酒も食事も割といけて、高すぎず安すぎず、気張りすぎず抜けすぎず、
というつまりはまあブナンな方向がいいと思いマース

---

690 名前：Mr. 名無しさん 投稿日：04/03/17 23:08

>>683
イタ飯でもフレンチでもいいじゃんか
ネットで探せばいくらでもあるだろ
会社でもてそうな男に聞くとか、
地元系の掲示板行って聞いてみるとか

秋葉系なら秋葉系らしく電子箱駆使しる！

---

691 名前：Mr. 名無しさん 投稿日：04/03/17 23:08

http://www.diamond-dining.com/atcafe/index.html
ここことか
小洒落てるよ

---

692 名前：Mr. 名無しさん 投稿日：04/03/17 23:08

回転寿司・ファミレス・ファーストフード・焼肉焼き鳥・ラーメン屋はこの場合タブー、
誘われてうれしいのは、軽いイタリアンの店、あまり気取らないようなとこ！

---

693 名前：Mr. 名無しさん 投稿日：04/03/17 23:08

女だけど、
フレンチとかあんまりこじゃれすぎててもひく
月の雫とかおしゃれ居酒屋系かエスニック系とかが気楽でいいと思う

---

734 名前：Mr. 名無しさん 投稿日：04/03/17 23:12

まだ話しているのなら
23 分経過

---

722 名前：Mr. 名無しさん 投稿日：04/03/17 23:11

藻前ら、電車男がｷﾊﾞｶﾞｼということを忘れてないか？

とりあえず服も買いにﾚｯﾂｺﾞｰ('A`)

---

765 名前：Mr. 名無しさん 投稿日：04/03/17 23:14

女子だけど、ちょっと興奮しちゃったから
お茶飲んでくる ﾉｼ

---

767 名前：Mr. 名無しさん 投稿日：04/03/17 23:15

よーしじゃあまずは電車男ｺｰﾃﾞｨﾈｰﾄｵﾌだ！！

でも毒男にはどうすることもできん・・・・・

女性陣よろしこお願いします

電車男、ついに最初の難関を突破した。

---

785 名前：731 こと電車男 投稿日：04/03/17 23:17

今、終わりました
食事の約束取りつけました

お ま い ら 本 当 に あ り が と う

---

790 名前：Mr. 名無しさん 投稿日：04/03/17 23:17

>>785
ｷﾀ *ﾟﾟﾟ*:.｡..｡.:*ﾟ゚(ﾟ∀ﾟ)ﾟ゚*:.｡. .｡.:*ﾟﾟﾟ* !!

---

791 名前：Mr. 名無しさん 投稿日：04/03/17 23:17

>>785

詳しく聞こうか

792 名前：Mr. 名無しさん 投稿日：04/03/17 23:18

>>785
よくやった！男だ！

794 名前：Mr. 名無しさん 投稿日：04/03/17 23:18

>>785

```
      。 ◇◎。o.:O☆oo.
          。:˚ ◎::O☆∧_∧☆。∂:o゜
       ／。O。 ∂ (´∀`)O◇。☆
     ／  ◎│∪ ∪│:◎:
          ☆:|.. おめでとう!!! .|☆
  ▼    。O.io。◇.☆          | 。.:
  ∠▲────☆:∂io☆゜◎∂:.
```

795 名前：Mr. 名無しさん 投稿日：04/03/17 23:18

>>785
ｇ ｒ ａ ｔ ｓ ！！

797 名前：Mr. 名無しさん 投稿日：04/03/17 23:18

ｕｏｏｏｏｏｏｏｏ!!!!!
初めて生でリアルタイムで参加してる〜！！！！

803 名前：Mr. 名無しさん 投稿日：04/03/17 23:18

>>785
やったな！！！おめでとう！！！

814 名前：Mr. 名無しさん 投稿日：04/03/17 23:19

>>785

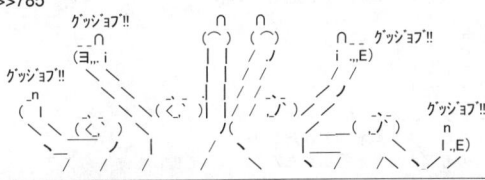

59 名前：731 こと電車男 投稿日：04/03/17 23:34

最初に向こうから電話かかってきたのは
午後１２時くらいだった。俺は今日早く上がるために
昼休み返上して働いてた。着信に気が付いたのは
その１時間後。こっちから速攻でかけたけど
繋がらず。あと１５時にもかかってきた。
それもこっちが仕事中で出られず。
あと１７時ごろ１９時ごろにかかってきたけど
出られず。俺のバカ。

101 名前：731 こと電車男 投稿日：04/03/17 23:42

で、俺が帰ってきたのは２２時過ぎ。速攻でかけた。
確か最初のやりとり
「すいません電車ですがエルメスさんですか？」
「あっ、やっと繋がった」
みたいな感じだった。

「なかなか繋がらなくてすいません。
何度もかけて下さってありがとうございました。」
「いえいえタイミング悪くてすいません」

その後
「カップ昨日届きました。
良い物をありがとうございます」
「いえいえ」
ということを話して、またあの時の電車の中でのことも話した

あぁ、あんまり覚えてない…＿|￣|

---

105 名前：Mr. 名無しさん 投稿日：04/03/17 23:43

>>101
すごくいい雰囲気じゃねーか

---

116 名前：731 こと電車男 投稿日：04/03/17 23:49

俺「あの時は本当にすいませんでした
お時間取らせてしまって」
エ「本当に大丈夫でしたよ。」
俺「その上、先に帰ってしまったし」
エ「あの後すぐに私たちもすぐ帰りましたよ
あと、少しあの時のおばさん達と電車さんのこと話してましたｗ」

俺「え！？」
エ「みんなで勇気ある青年だって話してました」

もっと色んな言葉使って話してたけど
意味としては多分こんな感じ…

---

120 名前：Mr. 名無しさん 投稿日：04/03/17 23:50

いいねーいいねーー

---

139 名前：731 こと電車男 投稿日：04/03/17 23:54

ここで遠くから母親らしき声が
「お風呂はいらないのー！」

エ「あ、ちょっとすいません。(多分受話器を手で塞いで) あとでー！」
俺「またあとでもいいですよ。」
エ「すいません。ではまたあとでかけなおしますね」
(最初、大丈夫だって聞かなかったけど)

で、スレに慌てて戻る

---

146 名前：Mr. 名無しさん 投稿日：04/03/17 23:56

電車は秋葉敬のブサでもイケメン級の勇気を持っているな
かっちょえー

('A`)キモイ上にチキンな俺は電車にでも惚れておくか

---

161 名前：731 こと電車男 投稿日：04/03/18 00:01

電話がかかってきた

エ「すいません、お待たせしました」
俺「すごく早かったですね」
エ「私お風呂早いですから」
俺「急がせてしまった様ですいません」
エ「平気ですよ」

みたいな感じで俺に気を使わせないように
がんがってくれてた感じ…だと思う。

俺は食事に誘うように話を持っていこうと考える

187 名前：731 こと電車男 投稿日：04/03/18 00:08

>>79
・相手のスペック　　　　芸能人誰似よ？ ＞芸能人よくワカンネ…
・待ち合わせ場所　　　　最寄り駅教えろ、探すから ＞俺は京浜東北線沿線です
・もまいのスペック　　　　身長体重、何等身、普段着はどんなの？ ＞＿|￣|

194 名前：Mr. 名無しさん 投稿日：04/03/18 00:10

正直自分のスペックは
絵文字じゃなく詳しく書いて貰った方が
皆もアドバイスしやすいと思うんだが

198 名前：731 こと電車男 投稿日：04/03/18 00:12

>>194
身長　172
体重　68
服装　秋葉系
＿|￣|○

201 名前：Mr. 名無しさん 投稿日：04/03/18 00:12

>>198
アキバ系って、ジーパソにネルシャツみたいな感じか？
とりあえず、ジャケットは持ってるか？

215 名前：731 こと電車男 投稿日：04/03/18 00:16

>>201
まさにそれです。
そして眼鏡。アウターって何？(´・ω::.:...

経過はおいておいて
結果書きます

食事はすることにになりましたが
場所時間はまた追って決めましょうということです

228 名前：Mr. 名無しさん 投稿日：04/03/18 00:19

>>215
よし任せろ、元々漏れもそんな感じの服だったから大丈夫

ジーパンは出来るだけストレートでタイトなやつあるか？あればそれ流用。
トップス（上）は薄手のタートルに簡単なジャケットで十分だ。
今からサンプルねぇかググってくるわ

237 名前：Mr. 名無しさん 投稿日：04/03/18 00:21

やはりここは、軽く小綺麗にするべきだと思うが？

服装変わって自信つかないと、店も入りづらいだろう？

238 名前：Mr. 名無しさん 投稿日：04/03/18 00:21

最低限のことだが
・髭はちゃんと剃る
・ヨレヨレの服にはちゃんとアイロンを
・寝癖はＮＧ

ぐらいはしていこう。
今の髪型はわからんが髪切ってさっぱりしていったほうがいいと思う。

239 名前：731 こと電車男 投稿日：04/03/18 00:21

みんなありがとう…
俺、服買うよ

ニキビは今んとこ出来てないです

269 名前：Mr. 名無しさん 投稿日：04/03/18 00:26

とりあえず漏れが脱ヲタ時に参照にしたサイトを晒しとくよ。
参考にしてくれ。

http://www.at-fashion.com/
http://www.oxiare.net/
http://moc2002.cool.ne.jp/

295 名前：731 こと電車男 投稿日：04/03/18 00:32

ダメだ…みんなのレスが頭に入ってこない…＿|￣|○
今日は休みます…

せっかく俺の為に考えてくれてるのに
申し訳ない…

299 名前：Mr. 名無しさん 投稿日：04/03/18 00:33

>>295
乙。ゆっくりおやすみ

---

300 名前：Mr. 名無しさん 投稿日：04/03/18 00:33

電車は回りの意見に流されるな！
みんな藻前さんを応援してるんだから、自分の意見を
優先してレスを参考にしろ！

とりあえず今日は乙

---

301 名前：Mr. 名無しさん 投稿日：04/03/18 00:33

乙

パニックだろうが、幸せなことだ
いい夢見ておくれ

---

302 名前：Mr. 名無しさん 投稿日：04/03/18 00:34

>>295
ゆっくり休め。
おまいはがんばったよ(ﾉﾉﾞ`)

---

399 名前：Mr. 名無しさん 投稿日：04/03/18 00:53

俺も電車に共感してスレみてるんだけどさ
女性と接していくって大変なんだな
なんか俺にはできそうもないよ
越えなきゃいけないハードルが高いし多い

---

410 名前：Mr. 名無しさん 投稿日：04/03/18 00:55

>>399
でも電車の場合、案ずるより生むが易し、だよなあ
正直、最初は本当に食事にたどりつけるとは思ってなかった人 ﾉ

---

556 名前：女子1 投稿日：04/03/18 10:01

電車男はどういう会話で食事に誘ったのかな？
静かな気持ちで、1女子から電車男へのアドバイス。
ピントがずれてたらごめん。

「カップありがとう。あれすごく高いんだよね？」
→エルメスを贈った彼女に敬意を払う意味で。
　また、本来ブランドにはあまり詳しくないという電車男の素顔も
　軽くのぞかせる。

「○○さんは普段どういうお店に行くの？」
→「何食べましょうか？」というのも直接的杉かな、と。
　それよりもこういう質問で彼女の嗜好をチェックしておくと
　当日の会話にもつながりやすいです。
　彼女の返事が電車男のテリトリー外だとしたら
　「そっかー。僕は普段そういうお店に行く機会がないから
　お店の心当たりないんだけど、良いお店ある？」と
　彼女に振るのも手。
　彼女が自分のテリトリーに電車男を入れることを渋ったら
　（自分で段取りするのがめんどくさいってこともあるし、
　ここでの渋りは問題なし）
　「じゃあ嫌いなものとか、ある？」と聞いて、
　「適当なお店、探してみるね。でも僕が友達と行く店は普通の居酒屋ばかりだ
　から良いお店探せないかも。そしたら当日一緒に探しませんか？」
　とかって振っておく。
　（でも当然、下見くらいはしてあたりをつけておきましょうね。
　可能なら一度行ってみる。）

---

557 名前：女子1 投稿日：04/03/18 10:01

「仕事終わるのは何時くらい？」
→「どうする？」と聞くと「どうしよっか」等の不毛な会話が続く可能性有。
　相手が答えやすい質問に変えて聞いて、リードする。

（仮に相手が「6時過ぎくらいかな」とか言ったら）
「そしたら○○（待ち合わせ地区）に7時位でどうかな？」
→相手の都合を尊重している、という反面、相手を逃がさない（w

---

558 名前：女子1 投稿日：04/03/18 10:01

えーと、私の過去の経験から…
1）初めての店でキョドってる様子はかなりイタイ。
　そんなことならキミがもっとリラックスできる店にすればいいのに、と思っ
　た。
　初めてのデートの緊張に加えて初めての店での緊張というのは自爆すること
　有。

2）「どうする？」という漠然とした質問は無言の時間が増えて気まずいので×。

二者択一とか、こっちが答えられる質問に置き換えて会話を進めて欲しい。

3）当日話題がありません！というのは言語道断。
　　段取り決めの電話はそれだけじゃない、と心得るべし。←これ重要。
　　助けた時の話題だけでいつまでも引っ張るのは✕。
　　例えば「普段はイタメシ屋さんに良く行くって言ってたけど何が好き？
　　僕はイタメシと言ってもちゃんとしたイタメシ屋さんに行ったことないから
　　詳しくないけど、昔よくティラミス食べたなー。流行ってたよね。」とか。
　　背伸びして知らない会話してもすぐボロが出てキョドるので身の丈での会話
　　が良い。
　　でもほんとに身の丈だと会話が続かないかもしれないから、
　　電話でヒアリングしたことの周辺情報をネットとかで調べておくといいよ。
　　「こないだの電話で○○さんが言ってた△△って、前にネットで見たことあ
　　るんだけど△△って、✕✕なの？」という会話でも充分。

あー、なんかもっと書きたいけど、長くなっちゃったのでこれにて。
がんがって欲しいよ、マジで。

---

559 名前：Mr. 名無しさん 投稿日：04/03/18 10:07

>>558
丁寧に書いてあげてるあなたの優しさに感服致しました。
　　　　　　　　　　　　乙

---

560 名前：Mr. 名無しさん 投稿日：04/03/18 10:17

ﾎﾟﾏｲﾗもはよう

もはや後ろから撃たれるスレというより
生暖かく見守り励ますスレと化してますが
いかがお過ごしでしょうか('A`)

---

561 名前：Mr. 名無しさん 投稿日：04/03/18 10:25

>>560
順調に痩せてます

---

562 名前：Mr. 名無しさん 投稿日：04/03/18 11:17

>>560
むしろ生暖かく見守り励まし、ある時ふとわれに返って鬱になるスレ

---

563 名前：Mr. 名無しさん 投稿日：04/03/18 11:21

>>561
だんだん心に澱がたまってみております。

---

564 名前：Mr. 名無しさん 投稿日：04/03/18 11:53

>562
あ、今の俺はまさにそれだ。
祭り気分でスレ追ってたけど、もう真性毒男が居られる場所じゃねぇ…
女とイケメンが毒の沼から救出するスレになってるもん

電車男の口から、前夜のエルメスとのやりとりが生々しく語られた。

---

568 名前：731 こと電車男 投稿日：04/03/18 19:26

おまいら俺なんかの為に夜遅くまでありがとう…(つд`)
これから過去ログ読ませて頂きます。

昨日の電話の経過はもういらないですかね？

576 名前：731 こと電車男 投稿日：04/03/18 19:54

>>534
＿|￣|

一応、過去ログ読んでみたんですが
質問放置してしまってたらスマソ…

流れを見ると

「スーツでイタリア料理」
でしょうか？スーツ新調しないと…＿|￣|○

581 名前：731 こと電車男 投稿日：04/03/18 20:01

俺、女の人と食事するの初めてだから
どこに誘うべきか全く分からなかった…＿|￣|○

正直、電話で話してる最中もみんなのこのスレだけが頼りでした

608 名前：731 こと電車男 投稿日：04/03/18 20:33

急いで風呂から上がってきたみたいなので
俺は急がせてしまったことを必死に謝る。
「本当にいつもこれくらいなので」
と言ってくれたけど。

話の続きに戻る。
彼女とおばさん達は

「彼がいなかったら、何されてたか分からなかったね
助けてくれて本当に良かった」

「普通は見て見ぬ振りしてしまうが
立ち向かった勇気がすごい」

みたいな事を話してたらしい…
もうよく覚えてないけど…＿￢￢....○))

俺は
「未だに自分のしたことが正しかったか
分からないです。あのまま黙ってても
おじいさんは何もしなかったかもしれないし
それなら皆さんを警察沙汰に巻き込むことも無かったし。
本当にすいませんでした」

それで彼女は
「あなたの行動は正しかったですよ」
「本当に感謝しています」
「見ず知らずの人の為に身の危険を冒すなんて普通出来ないですよ」
「あの出来事を親や友達に話しました」

と言ってくれた。もうあんまり覚えてないや…＿￢￢

652 名前：Mr. 名無しさん 投稿日：04/03/18 20:58

独のおにーさんがおしえてあげます。
相手は社会人何年目くらい？
どんな職場だか分かる？

それによって服とか飯とかアドバイスしちゃる。

674 名前：731 こと電車男 投稿日：04/03/18 21:14

>>652

営業です。社会人 3 年目です

軍資金は貯金から出すので大丈夫です
何十万もは出せないけど…

---

676 名前：Mr. 名無しさん 投稿日：04/03/18 21:16

>>674
相手についてはわからないか？

---

677 名前：Mr. 名無しさん 投稿日：04/03/18 21:20

>>674
身長とか体格教えて。
それによって着る服とかね。

---

678 名前：731 こと電車男 投稿日：04/03/18 21:20

>>676
名前と連絡先以外の情報はわからず…
向こうはどこでもいいですよと言ってくれました
でもとりあえず住んでる所近いみたいなので
東京近郊でOKだと思います

---

679 名前：731 こと電車男 投稿日：04/03/18 21:21
>>677
中肉中背という言葉がジャストフィットします

床屋も行かないと…

---

680 名前：Mr. 名無しさん 投稿日：04/03/18 21:22

>>679
美容院だ！すぐに予約汁！！

---

681 名前：Mr. 名無しさん 投稿日：04/03/18 21:22

>>679
床屋じゃなくて美容院
床屋じゃなくて美容院
床屋じゃなくて美容院
床屋じゃなくて美容院
床屋じゃなくて美容院
床屋じゃなくて美容院

床屋じゃなくて美容院
床屋じゃなくて美容院

---

687 名前：Mr. 名無しさん 投稿日：04/03/18 21:24

>>679
見たかもしれないけど

【十分な睡眠】
美容院行く
眉整える
鼻毛も切る
耳掃除もしっかり
当日の朝（夕方？）もシャワー浴びる。頭も洗う
万が一ってこともある。チソコもしっかりあr(ry
フリスク常備
ハンカチ、ティッシュ常備
携帯の充電は済ませておく
目的地の住所、電話番号は控えておく
【歯磨き】
【現金も十分持っておく。5、6万あれば十分か？】
【ブレスケア】
【脂取り紙】

---

739 名前：Mr. 名無しさん 投稿日：04/03/18 21:47

アンケート
電車男はどうするべきか、項目別にお答えください。

・服装
・食事
・事前の準備
・持ち物
・当日の話題

---

812 名前：Mr. 名無しさん 投稿日：04/03/18 23:06

銀座のイタメシだったらここが安くておいしいけど
店名がちょっとねw
何度目かのデートに使ってちょ

http://gourmet.yahoo.co.jp/gourmet/restaurant/Kanto/Tokyo/guide/0202/
P000999.html

814 名前：Mr. 名無しさん 投稿日：04/03/18 23:11

>>812
俺にぴったりの店名だな(´-`)

---

815 名前：Mr. 名無しさん 投稿日：04/03/18 23:11

なんだ、この店名は！？？？

---

853 名前：Mr. 名無しさん 投稿日：04/03/19 02:53

準備フローチャート

前日

当日着る物をハンガーにかけておく。下着から上着まで全部ね
一応ファブリーズしとけ
↓
ティッシュ、ハンカチ、フリスク、ブレスケア、脂取り紙等のエチケットアイテムも用意しておく
この時に履いていくパンツ（ズボンの事ね）や上着のポケットに入れても良い
↓
携帯の充電開始（携帯に食事する所の情報をメモリーしておくこと）
↓
早く寝る（8時間は寝ておきたい）

当日

起きたらシャワー浴びる
体、頭、顔を洗う。洗顔はメンズビオレとかで。必要以上に強くこすらないこと。
赤くなる。
剃刀で髭剃ってるならここで剃る
↓
一応、軽く食事を取っておく
↓
フェイスケア（顔の手入れ）
眉整える、鼻毛カット、耳掃除、目やにの清掃など
電動髭剃りならここで剃る。アフターシェーブも忘れずにね
↓
ヘアセット
↓
着替える。コロン使うならこの時に。お腹にちょっと付けるくらい
手首や首には付けないこと。
↓

いざ、出陣（携帯、財布を忘れずに。もしもの時を考えて彼女の携帯番号は暗記する）

---

888 名前：Mr. 名無しさん 投稿日：04/03/19 13:47

♀ですが、ジーパンにコムサのインナー＋ジャケットとかでいいのではないかと。
まず当日に履いていくジーパンを買って（前にお勧めされていたようなやつ）
それを履いて「これに合わせた、頑張りすぎない感じのジャケットとインナー
が欲しいんですけど」と言えばいろいろお勧めしてくれると思います。
きっと次回また悩むんだから、インナーは何枚か買っておいた方が吉ですよ。
どうしても好みがあるから、同じようなやつを選びがちだけどせっかくだから
雰囲気の違うやつを買うべし！　長文スマソ。電車さんガンバレ。

---

114 名前：731 こと電車男 投稿日：04/03/20 01:12

遅くなりました。今日は色々準備＆調査に出向いてました。
因みに今日はエルメス女史には電話してません

あとでこないだの電話の経過の続き行きますね
殆ど忘れかけていますが

---

127 名前：731 こと電車男 投稿日：04/03/20 01:27

俺は食事に誘うためのステップに進むために
このスレで出てた「カップのお礼に食事」と頭の中で輪唱していた

俺は
「頂いたカップ、すごく高価なものですよね
気を遣わせてしまってすいませんでした」
という感じで切り出す

「いえいえ仕事柄安く手に入るんですよ。
こちらこそ返って気を遣わせてしまったようですいません」
とエルメスさんは言う

言うチャンスは今しかないと思った
「カップのお礼と言ってはなんですが、良かったら
食事にいｈｍｂ、ｆｊｇろｐ」

思いっきり噛んだ…＿「＼○

---

129 名前：Mr. 名無しさん 投稿日：04/03/20 01:29

>>127

愛い奴(*´∀`*)

---

134 名前：731 こと電車男 投稿日：04/03/20 01:35

エルメスさんは
「え？」

当然だ。

俺は繰り返す
「えーと、食事はどうでしょうか？ご馳走させて下さい」
よく覚えてないけどこんな感じ

「お食事ですか？」
「はい。もし良かったら…＿｜￣｜○」
きっと電話越しに頭を下げてた

「気を遣わなくても結構ですよ
本当に大したものじゃないので…」

もうだめぽ…という言葉が脳裏をよぎる

「そうですか…」
数秒の沈黙があったと思う

「では割り勘でならいいですよ」
「へ？」
思わず間抜け声を出してしまった…＿｜￣｜○

---

137 名前：Mr. 名無しさん 投稿日：04/03/20 01:36

>>134
イーカンジー

---

138 名前：Mr. 名無しさん 投稿日：04/03/20 01:36

>>134
キッター——————————————— !!!

---

139 名前：Mr. 名無しさん 投稿日：04/03/20 01:37

>>134
キター*゜゜・*:.。..。.:*・゜(゜∀゜)゜・*:.。. .。.:*゜゜・*—!!!!!

---

143 名前：731 こと電車男 投稿日：04/03/20 01:42

「割り勘と言うと…」
分かってるのによく分からなかった

「ご馳走になるのまでは悪いので…
どうでしょうか？」

思わず
「ｷﾀ━━━━(´∀`)・ω・) ｀Д´)´∀`)・∀・)￣ー￣)´_ゝ`)ー)∋)´Д`)｀-´)━━━━!!!!」

と叫びそうになった。我慢して、ここでスレに片手で書きこむ。
とにかく早く伝えかった。

「本当ですか？」
「割り勘ですよ」
「ありｇｒｆｔｇｙふじこ、ありがとうございます」
噛みつつも必死に頭下げてた。

「いつごろにしましょうか？」
「いつでもＯＫです」
２ｃｈでなら「必死だな」と言われんばかりに即答してた

168 名前：731 こと電車男 投稿日：04/03/20 02:02

「じゃあ土日の方が良いですよね」
エルメスさんの都合はこうだった

「はいこっちも大丈夫です」
駄目でも空けるつもりだが

「それでは、どこでお食事しましょうか？」
「えーと…」
ここで頭が真っ白になる。
まだどこか決めてないじゃん…＿|￣|○
俺は急いでスレの情報をかき集める
思わずＳＯＳ信号をスレに送る

「こちらはどこでも構いませんよ」
「あ、はいえーと、じゃあ…」
しっかりしろ俺。

スレにある「好きなもの、嫌いなものを聞け」というレスを見つけると
何も考えずに

「好きなものとか、嫌いなものとかはありますか?」
「すごい辛いのとかはダメですねー」
「えーと…じゃあ…」

こうして
時間だけが過ぎていく…＿|￣|

---

174 名前：731 こと電車男 投稿日：04/03/20 02:13

そうだ、今この時に全てを決めることはない
そんな簡単なことにも気が付かないほど緊張していたのか

「あ、じゃあまた、決まったら追ってご連絡しても良いですか?」
「はい、構いませんよ」
「辛くないところ探しておきます」
「はいw」

ここで少し笑った。ような気がした。

「土日というと、来週再来週辺りでしょうか?」
「そうですねー。」
「ではまた近日中にご連絡します」
「はい、お待ちしております」

という感じで終了。一気に脱力した…＿|￣|○

---

193 名前：黒船 投稿日：04/03/20 02:26

帰ってくるの遅かったから
関連スレとログ読み終わるだけでエライ時間掛った。

電車男には次につなげられる展開だな。
割り勘と言うのが条件でも、
電車男はトイレに行くふりでもしてそっと会計済ますべし。
でエルメス子が気がついて「今日は割り勘‥‥」と言い出したら
「お誘いしたのはこちらですから」とでも言えば
「じゃあ次は私が払います」てなことにならないか?

その「次」ってのは、そのまま次の店に行くチャンスにもなるし
また今度会えるって口実にもなる。

---

213 名前：Mr. 名無しさん 投稿日：04/03/20 02:33

>>198

でも相手が割り勘で、って言って「じゃあそれで」って言ってるのに
こっちが全額払ってしまったりしたら逆に相手に気を使わせてしまわないか？
値段にもよるだろうけどさぁ

---

219 名前：Mr. 名無しさん 投稿日：04/03/20 02:35

一応電話したとはいえまだ電車とエルメスは他人。
なおかつ電車は暴漢から救ってくれた恩人。
カップ送ったからとかじゃなくて普通に割り勘だと思うよ

この後しばらく住人の間で、「割り勘」「おごれ」の激しい議論が続いた。
電車男、スレを参考にキバカジから脱却すべく頭の先から足の先まで改善を図る。

---

233 名前：Mr. 名無しさん 投稿日：04/03/20 02:40

お礼のために律儀に物送ってくるような娘さんですよ。
割り勘なら行きますと言っているのにも関らず奢ったら
ますます娘さんは恐縮してしまうだろう。

---

306 名前：Mr. 名無しさん 投稿日：04/03/20 03:19

デート中の会話予想。

その一

電車男「エルメスってカバンのメーカーだと思ってたんですけど、カップ
　　　　まで出してるんですね？」
エルメス「ええ、それ以外にも色々とありますよ。ｗ」
電「男性用の服や小物なんかもあるんですか？」
エ「ありますよ。よかったら今度カタログ見せましょうか？」
電「ハイ。じゃあ来週の〜」

次回のデートの約束ゲット！

その二

電「素敵なカップありがとうございました。なんだか使うのが勿体ない
　　くらいです」
エ「うふふ。喜んでいただいて私も嬉しいです」
電「カップといえば、エルメスさんは普段コーヒーとか紅茶とかよく飲む

んですか？」
エ「私、紅茶が好きでよく飲んでます。」
電「御自分で淹れるんですか？」
エ「ハイ、美味しい茶葉が売ってるんです」
電「僕はいつもインスタントコーヒーばっかりなんです。
　　よければ今度、美味しい紅茶葉を買いに行くのに付き合ってくれ
　　ませんか？」
エ「いいですよ。いつにしますか？」
電「それじゃあ来週の〜」

次回のデートの約束ゲット！

今ある材料だけでもシュミレート次第でなんとかなりそうだ。

---

307 名前：Mr. 名無しさん 投稿日：04/03/20 03:21

>>306
おまい楽しそうだなｗ

---

361 名前：Mr. 名無しさん 投稿日：04/03/20 13:04

私は、カップが高価だから申し訳なくて・・ということで誘ったのだから、
今回は電車男さんが支払った方が良いと思います。
それで、あんまりエルメスさんが気にされるようだったら、お茶代を
出して貰うとか。
「女性とお食事する機会がないから」というのを理由にされたら、
私だったら引きます・・。機会があったらどうなんだと思ってしまうので。
今回の名目はカップなのだから、機会云々は言わない方が良いのでは
ないかと思います。

---

435 名前：Mr. 名無しさん 投稿日：04/03/20 18:23

電車の帰宅まだ〜？

---

443 名前：731 こと電車男 投稿日：04/03/20 21:12

帰還しました…(ﾟдﾟ)ﾎﾟｶｰﾝ
疲れた…＿|￣|○

服にこんな金使うの初めてでしたわ
クレカの普通の使い方したのも初めて

髪切るのに６ｋってどういうことですか…＿|￣|、、、、、、、、、、○))
オシャレっぽくなりましたけど

服は店員さんに相談しながら
選んだので大丈夫だと思います。

コンタクトって作るのに
保険証必要なのね…＿|￢|

では過去ログ漁ってきますノシ

464 名前：731 こと電車男 投稿日：04/03/20 22:48

今日は荷物ずっと大杉で家に一旦帰ったりして
激しく疲れましたよ…．でもやっぱり変われた感じはします。
遠くから見たら秋葉系にはきっと見えません
でも鏡で自分の顔見るとまだまだ秋葉系ですね
コンタクトホスイ

あと決めたところで食事してきました
一応、スレで出てた創作和食系のところです
やっぱり(ﾟдﾟ)ｳﾏｰかったです

会社のイケメンの紹介で美容院初めて行って来たんですが
激しく恥ずかしかった…＿|￢|○
でも床屋ではやってもらえないような髪になりました
こんな髪短くしたの初めてだ…
頭がふわふわするｗ

出費が…＿|￢|

465 名前：Mr. 名無しさん 投稿日：04/03/20 22:49

>>464
おまい、いままでコンタクト使ってたことあんの？
いまから作って一週間後、慣れないコンタクトでデートっつうのは無謀すぎるぞ

473 名前：Mr. 名無しさん 投稿日：04/03/20 22:53

どんな服買ってきたのだ？
うｐしれ。

475 名前：731 こと電車男 投稿日：04/03/20 22:54

>>465
マジですか…

いざとなったら眼鏡無しですね

>>461
まだ秋葉っぽいと思います

あと食事代は「割り勘」という条件でならおｋという
話なので一応はそのつもりでいます

481 名前：Mr. 名無しさん 投稿日：04/03/20 23:03

>>469
>>472
スレで勧めてのと店員さんの意見で

皮っぽい灰色の上着
長袖の黒い服（シャツとトレーナーを足して2で割ったような）
ズボンはジーンズと上着に合った色のズボン
黒っぽい靴下
大きくて固い靴

こんな感じです。

頭は「カッコよくしてくだい」って言ったら
物凄く短くされた(´・ω・`)
上手く表現出来ないのですが

485 名前：Mr. 名無しさん 投稿日：04/03/20 23:06

「大きくて固い靴」
表現の仕方が微妙だなぁ
詳細ｷﾎﾞﾝﾇ

493 名前：731 こと電車男 投稿日：04/03/20 23:15

>>485
革靴っぽいですね
ちょっと変わった感じの
服には合ってます多分。うんきっと

最近の服屋には靴も売っているのか…

506 名前：731 こと電車男 投稿日：04/03/20 23:32

>>494
上着はコムサデモードです。これが一番高かった…＿|￣|○
中、ズボンはユニクロです。

545 名前：Mr. 名無しさん 投稿日：04/03/21 00:21

しかし、この氷雨の中、服や靴を買って美容院にまで行く戦車男は偉いよな。

電車男、いよいよエルメスとの約束取り付け。

---

604 名前：電車男 ◆ nm4g8qV1Cg 投稿日：04/03/21 22:01

鳥付けました。

これから電話しますー

605 名前：Mr. 名無しさん 投稿日：04/03/21 22:02

>>604
おー頑張れー！

610 名前：Mr. 名無しさん 投稿日：04/03/21 22:05

カキコミから感じるオーラが変わった。
キョドってる様子も無いし外見変えると精神状態もだいぶ変化があるようだ

617 名前：電車男 ◆ nm4g8qV1Cg 投稿日：04/03/21 22:18

おｋ、通話終了しました。
約束取り付けましたよ (;´Д｀) ﾊｧﾊｧ (;´　　　Д｀) ﾊｧﾊｧ (;´　　　　Д　｀) ﾊｧﾊｧﾊｧﾊｧ
　∴` ;;∴・`∴　Д∴`
でもやっぱ緊張する…＿|￣|○

622 名前：電車男 ◆ nm4g8qV1Cg 投稿日：04/03/21 22:29

では記憶が鮮明なうちに経過など

「もいもし、夜分遅くすいm…」
「あっ、こんばんわ〜」

「お食事の件なんですが、和食でいいですか？」
「はい、結構ですよ」

「あぁ…良かったです」
「和食ってなんか電車男さんらしいですね」

「え、そうですか？」
「はい」

「おめかししていきますが、笑わないで下さいね…_|￣|○」
「えっ？おめかしですか？」

「えぇ…。でも期待しないで下さい…」
「そうですか？ｗ　じゃあ私もおめかししていきますのでｗ」

「あ、気を遣わせてしまってすいません…」

「大丈夫ですよ」

こんな感じだったかな…
ちょっとシクったよ…_|￣|○

---

623 名前：Mr. 名無しさん 投稿日：04/03/21 22:30

>>622
いや、いい感じだよ。
というか、電車男萌えｗ

---

624 名前：Mr. 名無しさん 投稿日：04/03/21 22:30

エルメスに萌えますた

---

632 名前：Mr. 名無しさん 投稿日：04/03/21 22:34

やっぱ人柄の良さがにじみ出てるんだろな。
勿論エルメスからの印象が元々良かったってのもあるけど。
食事の日は楽しくなりそうだな！

---

636 名前：電車男 ◆ nm4g8qV1Cg 投稿日：04/03/21 22:38

え１？おｋですか？
やっちまった感バリバリだったのですが…
でも安心しました。本当にいつもありがとう

641 名前：電車男 ◆ nm4g8qV1Cg 投稿日：04/03/21 22:48

おまいら本当にありがとう。本当にありがとう
俺、頑張るよ。

651 名前：Mr. 名無しさん 投稿日：04/03/21 22:58

もうね。なんか
　電 車 男 激 萌 え

652 名前：電車男 ◆ nm4g8qV1Cg 投稿日：04/03/21 23:00

俺、実はエルメス子さんと付き合いたいとか
そういうところまではまだ考えてなかったりします
「この機を逃したら一生チャンス無いかも」
とも思うのも正直なところですが

でも、気持ちは確実に惹かれています
さっきも声聞いたけど、なんか緊張とは
また違った感覚がするんですよ
会ったら絶対好きになってしまうよ…＿|￣|○

もちろん彼氏もいるかもしれないし
それだと好きになったら辛い思いするかもしれないし
なんか苦しいよ。

660 名前：Mr. 名無しさん 投稿日：04/03/21 23:06

電車男、かっこいいぞ。
もう毒男じゃない。素のままで充分だよ。
無理せず背伸びせずエルメス子と楽しい時間を過ごしてきてくれ。
彼女と会えたことは自分が変われるきっかけをもらえたことだと思えば
結果云々より電車男にとっては意味のある出会いだったんだと思う。
でも二度とここには帰ってくるんじゃないぞ。
グッドラックだ。

666 名前：電車男 ◆ nm4g8qV1Cg 投稿日：04/03/21 23:11

みんなありがとう。みんなのレス読んでると不思議と
なんでも上手くいくような気になってくるよ。自信が付くよ。

まずはお礼と自分の気持ちを確認だー！

667 名前：Mr. 名無しさん 投稿日：04/03/21 23:12

本当電車男さんって誠実そうだし萌えw
もしかして私が提案したお店に行ってくれるのかな？
本当に応援してますのでがんがってください。
私の直感だと、エルメス子さんも電車さんのことけっこう気に入ってると思う
社交辞令で断れなくて食事するんじゃないと思いますよ

---

677 名前：Mr. 名無しさん 投稿日：04/03/21 23:17

電車君を見てると

や　っ　ぱ　人　間　中　身　な　ん　じゃ　な　い　だ　ろ　う　か　？

と思えるようになってくる
いや、電車君が不細工とか言ってるんじゃなくて

---

759 名前：Mr. 名無しさん 投稿日：04/03/22 15:47

ところで誰かも言ってたが、電ヤにはもう
当たり前のようなアドバイスは必要ないよな。
そんな常識外れな奴じゃないだろう。
みんな過保護だなあと思った。優しいね。

---

893 名前：731 こと電車男 投稿日：04/03/24 22:36

ども。お久し振りです。
準備は大方済みました。あとは当日のイメージトレーニングに励んでいます。

情報をまとめてくれるということですが
自分でまとめていますのでおkです。

俺、前日眠れるのかな？

---

987 名前：電車男 ◆ SgHguKHEFY 投稿日：04/03/26 14:03

どもです。今日は半休もらってきました。
いよいよ緊張してきた…＿|￣|○

あと、同僚のイケメツにホットペーパーなるものをもらってきました
「いいネタになりますよ」とのこと

---

125 名前：Mr. 名無しさん 投稿日：04/03/27 13:18

電車タハいつくるのかなぁ

126 名前：電車男 ◆ SgHguKHEFY 投稿日：04/03/27 14:16

今さっき起きました。これから準備です

128 名前：Mr. 名無しさん 投稿日：04/03/27 14:19

準備ということは結局今日なの？

129 名前：電車男 ◆ SgHguKHEFY 投稿日：04/03/27 14:21

今日です。これからです。あと数時wせdごいjこlptgyふじこ

150 名前：電車男 ◆ SgHguKHEFY 投稿日：04/03/27 17:53

いよいよ出ます。

一介の毒男の俺がここまで来れたのも皆さんのおかげです
色んな方々の助言、声援を得て俺は少し成長できました
なんか短い間だったけど、長かったような感じがします
では、帰宅後にまた報告に参ります

ﾉｼ

秋葉ヲタ・年齢＝彼女いない歴　童t(ry　の電車男、いよいよ出撃。神は微笑むのか？

Mission
2

「ちゃんと
掴んでますから」

電車男の報告を待つ緊張に耐えられず、妄想に走る者、壊れる者が出始めた頃、
電車男が舞い戻ってきた。そしてゆっくりと正確に爆撃を始めた。

---

168 名前：Mr. 名無しさん 投稿日：04/03/27 19:52

電車「どうですか？美味しいですか？」
エルメス「はい。雰囲気もいいですし。電車さんはいつもこういうお店で？」
電車「ええまぁ」
エルメス「ステキ（ポッ）」

---

169 名前：Mr. 名無しさん 投稿日：04/03/27 19:53

毒男の今夜の妄想。

エルメス「今日はありがとう。とても楽しかったわ」
電車男「こちらこそありがとう。俺も楽しかったよ。」
エ「ふふ・・・あら？もうこんな時間」
電「すまない。すっかり遅くなっちまった」
エ「いいのよ。（笑）じゃあお休みなさい・・・」
電「・・・・待ってくれ！」
エ「え？」
電「帰らないでくれ！」
エ（！？）
電「キミを帰したくないんだ」
エ「それって・・・」
電「・・・・・・・」
エ「・・・・・・・」
電「・・・・・俺は・・・キミを・・・・・・愛してる」
エ「・・・本気なの？」
電「本気さ」
エ「・・・私、何にもない女よ？」
電「そんな事ないよ」
エ「全然キレイじゃないし・・・」
電「最高に可愛いよ」

---

170 名前：Mr. 名無しさん 投稿日：04/03/27 19:54

エ「あなたみたいに楽しいおしゃべりとか出来ないし・・・」
電「キミの声は最高にチャーミングさ」
エ「年上だし・・・」
電「愛に歳の差なんて関係無いさ」

エ「お料理だってヘタよ？」
電「キミの手料理ならいくらでも食べられる」
エ「私ヤキモチ焼きで嫉妬深いわよ？」
電「誓うよ。俺はキミ一人だけしか見ない」
エ「結婚願望だって強いわ！」
電「明日結婚してもいいよ」
エ「・・・・・」
電「エルメス・・・俺はマジだぜ？」
エ「・・・・・」
電「ん？・・・・エルメス？」

電車男の胸に飛び込むエルメス。
エ「うわ〜〜ん！電車男ぉ〜〜〜〜！！！」
電「お、おい！？」
エ「もう鈍感なんだから！私だってあなたの事が好きに決まってるじゃない！」
電「・・・エルメス！？」
エ「・・・嬉しいの！あの時からあなたの事しか考えられないの！」
電「・・・・これから・・・・二人で・・・・・生きていこう」

---

180 名前：Mr. 名無しさん 投稿日：04/03/27 20:29

今頃電車はあんなことやこんなことを…

---

194 名前：Mr. 名無しさん 投稿日：04/03/27 21:11

('A`) ゔぃゔぉっゔぁああああああああああああああああああああb ゔぃゔぃあ s f
c おいす f d ゔぃゔぃゔぃいおゔぁ s d s f
ゔぁゔぃおだゔぁ d ゔぃあゔぃいいゔぃあゔぉううゔぉゔぉあゔぁおゔぉあゔぉ
あおゔぁ

---

195 名前：Mr. 名無しさん 投稿日：04/03/27 21:14

衛生兵！！

攻撃前の緊張で精神錯乱を起こした奴がいる！
早く連れて行け！！

---

263 名前：Mr. 名無しさん 投稿日：04/03/27 22:58

ま・・・さか・・・・
俺らが 2ch で電車うまくいったかなって心配しているのに
うまく・・・いきすぎて・・・・・
そんなことはないよな・・・・・・そん・・・・な・・・事

277 名前：電車男 ◆ SgHguKHEFY 投稿日：04/03/27 23:18

帰還しますた
とりあえず着替えてきます(・∀・)

279 名前：Mr. 名無しさん 投稿日：04/03/27 23:18

電車 ｷﾀ━━━(ﾟ∀ﾟ)━━━!!!!!

280 名前：Mr. 名無しさん 投稿日：04/03/27 23:19

帰ってｷﾀ━━━━━(ﾟ∀ﾟ)━━━━━ !!!!!

296 名前：電車男 ◆ SgHguKHEFY 投稿日：04/03/27 23:28

今戻りました。

結果から報告すると成功でうぇｄｒｆｔｇｙふじこｌ
思い出しながら経過など報告させて頂きます。
それとみんな有難う。

299 名前：Mr. 名無しさん 投稿日：04/03/27 23:30

性交ｷﾀｷﾀｷﾀｷﾀ━━━(ﾟ∀ﾟ≡(ﾟ∀ﾟ≡ﾟ∀ﾟ)≡ﾟ∀ﾟ)━━━!!!!!!!!!!

301 名前：Mr. 名無しさん 投稿日：04/03/27 23:30

成功って性交って成功って聖子ううううううううう

308 名前：Mr. 名無しさん 投稿日：04/03/27 23:31

久々に　もまいら　空襲警報！空襲警報！灯火規制！

310 名前：Mr. 名無しさん 投稿日：04/03/27 23:32

今すぐ防空壕へ！！！！！！！！！！！！！！！！

314 名前：Mr. 名無しさん 投稿日：04/03/27 23:32

死んでしまいそうだ
生きててごめんなさい

318 名前：Mr. 名無しさん 投稿日：04/03/27 23:34

あれ？なんでだろう？目から　水が出てくるよ？　塩水が　何でだろう？何でだろう！！！？？？

---

331 名前：Mr. 名無しさん 投稿日：04/03/27 23:38

```
            (´･ω･`)
            (´･ω･`)
            (´･ω･`)
            (´･ω･`)
            (´･ω･`)
            (´･ω･`)
            (´･ω･`)
            (´･ω･`)
            (´･ω･`)
   ∧＿∧    (´･ω･`)
  (´･ω･`)  (´･ω･`)   たくさん持ってきたので使ってください…
  ／ヽ○==○(´･ω･`)
  / 　 ||＿ |(´･ω･`)
  し' ◎)) ◎)） ◎)
```

---

341 名前：電車男 ◆ SgHguKHEFY 投稿日：04/03/27 23:41

いや、性交じゃないですよｗ

今日は２０時に駅で待ち合わせ。通常は俺の家から１時間で着く距離だが
２時間前に家を出た。案の定、１時間前に着くが俺はそこで１時間待つ

約束の時間が近づくにつれて緊張が高まってきた
だけど時間になっても彼女は現われない
５分後に来た。俺は遠くから見つけた。
視界に入って来た時から、早足で俺のところへ来る

うーなんかもう忘れかけてる

---

347 名前：Mr. 名無しさん 投稿日：04/03/27 23:43

>341
```
  ∧＿∧
 (　･∀･) ﾄﾞｷﾄﾞｷ
 (　∪ ∪
 と＿_)_)
```

---

364 名前：電車男 ◆ SgHguKHEFY 投稿日：04/03/27 23:49

「すいません。おくれてしまって」
開口一番彼女はそう言った
俺は
「いえいえ、全然大丈jぽjんf；、」
噛んだような気がする。緊張が最高潮に達してた。
だって、彼女。こないだ会った時よりも可愛いんだもんよ…＿|￣|○

本当におめかししてきましたよこの人…

こないだとは違って若めな雰囲気な格好でした。
女の子らしいというか。えぇ萌えましたよ。
そして俺は
「こんばんは、お久し振りです」
と改めて挨拶。彼女も
「こんばんはこちらこそお久し振りです。先日はお世話になりました」
と礼儀正しくおじぎまでしてくれた。俺も釣られて頭を下げる

---

379 名前：Mr. 名無しさん 投稿日：04/03/27 23:54

ねぇ、塹壕どこ？
ざんごうどこおおおおおおおおおおお

後ろから撃たれてるってええええええええええええええええ

---

383 名前：電車男 ◆ SgHguKHEFY 投稿日：04/03/27 23:57

挨拶もそこそこに店へ移動する。
物凄い勢いで緊張した。女の人と並んで歩くことに。
普通に歩いてると、置いていっちゃうんですよ。
男より歩くのが遅いんですよ。知らなかったんですよ。
彼女のペースに合わせて歩調を合わせるのがなんか
ぎこちない感じになってたかも。

しかも、俺みたいな男と彼女のような女の人が
一緒に歩いててすごく不自然じゃないか気になってしょうがなかった
周りの人間がみんな俺を見てるんじゃないかと思った

店までの道中も彼女と話したけど…
でも、俺が覚えてるのは一つしかないかも

---

390 名前：Mr. 名無しさん 投稿日：04/03/27 23:59

手ぇ握られたんだろ！？そうだろ？なあ！？な！？そうなんだrjkぁjlgじゃjgkぁjkg

395 名前：Mr. 名無しさん 投稿日：04/03/28 00:01

さくらんぼでも聞きながらマターリ待つです。

398 名前：Mr. 名無しさん 投稿日：04/03/28 00:02

>>395
やめろ！そのうたは毒男にとっては死の歌だ！！

417 名前：電車男 ◆ SgHguKHEFY 投稿日：04/03/28 00:11

俺が覚えてるのは
「電車さんとなら安心して電車に乗れますね」
の一言だった。言われた瞬間になんか心臓がドクンドクンした。

女性にとって電車というのはちょっと恐いものらしい
特に朝の通勤とか。こないだの爺さんみたいなのも
いるかもしれないし。でも俺みたいなのと一緒なら
安心出来るって言ってた。「ｶﾊﾊ…」としか言えなかった
なんか気の利いた事言えないのか俺は… ＿|￣|○

電車を下りて、駅を出て店に向かう。
駅近辺は人が物凄く多い。土曜だし
俺は１歩ほど先を歩く感じだったがそれでも
彼女がいなくなっていないか気になってしょうがなかった
１５秒くらいの感覚で後ろを振り返って確認してた
そういや誰かと一緒に歩くにしても、いつも後ろを
歩いてたんだっけと思った。先を歩くのって
なんだか落ち付かない。

420 名前：Mr. 名無しさん 投稿日：04/03/28 00:12

「電車さんとなら安心して電車に乗れますね」
名言その１決定

439 名前：電車男 ◆ SgHguKHEFY 投稿日：04/03/28 00:21

「いやー、今日は人が多いですねぇ」
「週末ですからねー」
そう言いながら人込みを掻き分けるようにして進んでいく

チラチラと振りかえる俺。
そんな落ち付かない様子を見かねたのか
「大丈夫ですよｗ」

と言ってくれた。
「あ、そうですか？」
そうですか？じゃないだろ俺…」￣｜○
で、

「はい。ちゃんと掴んでますからw」

と俺の手首を掴んできた。
驚いて思わずビクンと体がすくんでしまった…」￣｜
もしかして女性に触れられたの初めてかも
なんですかあの柔らかさは…

「あっ、すいません」

でも、俺がビクンとしたので慌てて手を離してしまった…

---

440 名前：Mr. 名無しさん 投稿日：04/03/28 00:21

ｷﾀ━━━━(ﾟ∀ﾟ)━━━━!!!!!

---

441 名前：Mr. 名無しさん 投稿日：04/03/28 00:22

はい。ちゃんと掴んでますからw

萌えぇぇぇぇぇっぇぇぇぇぇぇぇぇぇ

---

450 名前：Mr. 名無しさん 投稿日：04/03/28 00:23

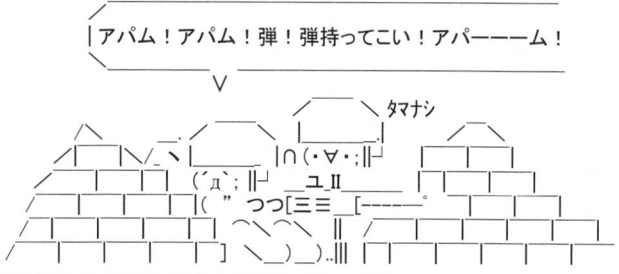

---

456 名前：Mr. 名無しさん 投稿日：04/03/28 00:25

```
        ('A`)('A`)
        ('A`)('A`)
        ('A`)('A`))
        ('A`)('A`)
        ('A`)('A`)
        ('A`)('A`)
 ∧＿∧   ('A`)('A`)
（ ´･д･）  ('A`)('A`)   たくさん持ってきたので使ってください…
 ／ﾉ〇==〇 ('A`)('A`)
／ ‖__| ('A`)('A`)
し￣(_)) ￣(_)) ￣(_)
```

---

458 名前：Mr. 名無しさん 投稿日：04/03/28 00:26

```
   生産が間に合わないよ・・・
              ∧＿∧  ＿◻︎〇＿◻︎〇＿◻︎〇＿◻︎〇
              (;´Д`) ＿◻︎〇＿◻︎〇＿◻︎〇＿◻︎〇
  -=≡  ／    ＼  ＿◻︎〇＿◻︎〇＿◻︎〇＿◻︎〇
        ／| | |.|  ＿◻︎〇＿◻︎〇＿◻︎〇＿◻︎〇        ＿◻︎〇
  -=≡ /. ＼＼¯¯＼.＿◻︎〇＿◻︎〇＿◻︎〇          ＿◻︎〇
        ＼￣)==ヽ)=＿◻︎〇＿◻︎〇＿◻︎〇   ∧＿∧ ＿◻︎〇
  -= ／／^ヽ.＼ ‖ ‖.＿◻︎〇＿◻︎〇＿◻︎〇-=≡ (´･ω･) ＿◻︎〇
  ／／ ＞ ))                        ／〇==〇 ＿◻︎〇
  ／／ ／          |              -=≡ / ‖ ‖ﾄ.＿◻︎〇
  し￣   (_っ ￣(_)) ￣(.))     ￣(_)) ￣(.))   し￣(_)) ￣(_)) ￣(_)
```

---

459 名前：Mr. 名無しさん 投稿日：04/03/28 00:26

改造後も中身は結局、毒男の電車萌え

---

525 名前：電車男 ◆ SgHguKHEFY 投稿日：04/03/28 00:57

「あっ、いや、すいません。大丈夫ですよ」
俺は慌てたが後の祭り。
「いえいえ、急に摑んでしまってすいません」
いや、摑んで欲しいんですけど。むしろ手をつn(ry
と言いたかった…＿|￣|〇
結局、その後は俺の手を摑む事は無かった…＿|￣|..............〇))

店に着いた。無論、予約しておいたのですんなり通される
結構込んでいる中を入っていくのは気持ち(･∀･)ｲｲ!
席に着くと
「良い雰囲気のお店ですね」

と言ってくれた
「いいですよね。僕も好きなんですよ」
すいません。今日で2回目です…＿|￣|○

メニューが来ると
「何かお勧めのものとかありますか？」
と来た。俺は前に来た時に頼んだ物を勧めておいた
普通に美味しいと思ったから。

526 名前：Mr. 名無しさん 投稿日：04/03/28 00:59

(・∀・) ｿﾙﾃﾞｿﾙﾃﾞ

527 名前：Mr. 名無しさん 投稿日：04/03/28 00:59

>>525
つぅなぁげぇよよぉぉぉおおお！！ ・・はΣ(ﾟДﾟ) まだつづくのか。ではおとなし
く。

531 名前：Mr. 名無しさん 投稿日：04/03/28 01:01

電車は素直に応援できるな、なんか

532 名前：Mr. 名無しさん 投稿日：04/03/28 01:01

みなさん、これがデエトなんですね！
みなさん、これがデエトなんですね！

540 名前：Mr. 名無しさん 投稿日：04/03/28 01:14

ドリンクを頼む時、俺が生グレープフルーツハイを頼むと
彼女は少し慌ててメニューを見直して、巨砲サワーを頼んだ

「すいません。飲まないと思っていたのでw」
「いえ付き合せてしまってすいません」

料理が来るまでは何話してたんだろ…
やっぱり向こうはあの時の電車の中の話を振ってくる事が多かった
「やっぱり真面目な方なんですね」
とか
「曲がった事とかは絶対許せない方なんですか？」
とかそんな感じだったかなぁ

料理が出てくると

「これは美味しいですね」
とか…。俺ちゃんと話盛り上げれてたのかな…

552 名前：Mr. 名無しさん 投稿日：04/03/28 01:23

やべーなエルメスいい子だなー
萌え。

563 名前：電車男 ◆ SgHguKHEFY 投稿日：04/03/28 01:31

すいません。そろそろ個人的ヤマ場なのでちゃんと思い出します

566 名前：Mr. 名無しさん 投稿日：04/03/28 01:31

電車男の「おめかし」については何も言われなかったのか？

574 名前：電車男 ◆ SgHguKHEFY 投稿日：04/03/28 01:34

>>566
忘れてた…＿|￣|○
「あれ？雰囲気変わりましたね？」
って感じでした。移動する時に。
俺は
「はい…自分なりに頑張ってみました」
と返しておきました。一応
「いい感じじゃないですか」
とは言ってくれましたが…

587 名前：電車男 ◆ SgHguKHEFY 投稿日：04/03/28 01:43

あらかた料理を平らげると
「電車さんはよくこういうお店に来られるんですか？」
と切り出してくる。食べる物が無くなると、さあ話すぞって感じで
こっちの顔を見てくるので緊張してくる…
「実はこういう店に興味を持つようになったのはごく最近なんですよ」
とバラす。
「そうなんですか？私はこういうお店捜し出したりするの好きなんですよ」
と振ってきた
「最近はこういう雰囲気のお店流行ってるんですかね？」
と返す。ホットペーパーで得た情報が役に立った…かな？
彼女は好み店などを語りだした。

彼女は色々ヤサなお店を探して巡るのが趣味らしい。
つーか女の子はみんなそうなのかな？

Mission.2 「ちゃんと噛んでますから」

でも、最近は一緒によく行ってた友達に彼氏が出来てしまったらしく
ほとんど行けなかったらしい。なので今回はすごく楽しめたと
言ってくれた。

---

592 名前：Mr. 名無しさん 投稿日：04/03/28 01:44

>>587
く、くそう
血を吐くほどにいい雰囲気じゃねーか ('A`) ヴォェア

---

593 名前：Mr. 名無しさん 投稿日：04/03/28 01:45

>今回はすごく楽しめた
>今回はすごく楽しめた
>今回はすごく楽しめた
>今回はすごく楽しめた
>今回はすごく楽しめた

好感触キター――――――(ﾟ∀ﾟ)―――――― !!!!!

---

605 名前：電車男 ◆ SgHguKHEFY 投稿日：04/03/28 01:54

ようやく話し慣れてきたところなのに、店はかなり混んでいた。
なんか微妙に騒がしくなってきたし。彼女は空気読んだのか
「では、そろそろ…」
と言って、店員を呼ぶ。ここは席で会計するところだったので
俺は何だかわからない事まで期待していたので
内心あぁもう終わりか…と思った。
店員が来ると
「私大きいのしかないんでとりあえず払っておきます」
と、ささっと払ってしまった。俺の予定はここで俺が
福沢諭吉をサッと出すつもりだったのに…
「じゃあとで自分の分払いますね」
と言っておいた。

店を出ると、なんか行くところも無いみたいな雰囲気で
黙って歩き出した。俺は帰るの？って感じで様子をうかがっていた
少し歩くと
「まだちょっと時間早いですよね」
と彼女は言う

内心
キター―――ヽ(ヽ(ﾟ∀ﾟ(ﾟ∀ﾟ(ﾟ∀ﾟ)ﾟ∀ﾟ)ﾟ∀ﾟ)ﾉﾟ∀ﾟ)ﾉ)ﾉ―――!!!!

だった。

---

606 名前：Mr. 名無しさん 投稿日：04/03/28 01:55

さらに好感触キタ━━━━━━(ﾟ∀ﾟ)━━━━━━ !!!!!

---

616 名前：Mr. 名無しさん 投稿日：04/03/28 02:00

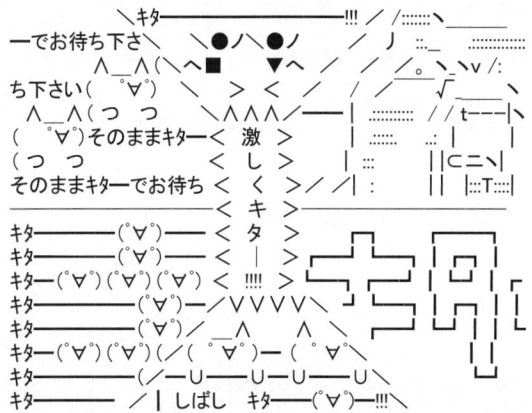

---

627 名前：電車男 ◆ SgHguKHEFY 投稿日：04/03/28 02:09

確かに時計を見るとまだ 21 時を過ぎたばかりだった。
俺は
「あの、門限とか大丈夫ですか？」
と気を利かせたつもりで聞いたが
「アハハッ」
と笑われてしまった…＿|￣|○
でも笑顔が見れたのでマル
「もうそんな歳じゃないですよ〜w　でもありがとうございます」
と返ってきた。やっちまった…＿|￣|

「私の好きなお店が近くにあるんで付き合ってもらって良いですか？」
とキタ━━━━━━(ﾟ∀ﾟ)━━━━━━ !!!
「はい。全然大丈夫です」
一緒に店に移動する

「あ、じゃあさっきの食事代を…」
俺は 7 割くらいの金額を渡した。彼女がそれを受け取ると
「ちょっと多いですね」
と少し返ってきた
「いや、こっちから誘ったので…」
と、受け取ってもらう様に言った
「きっと言っても聞かないんでしょうね w」
と快く（？）多い分も受け取ってくれた。
ちょっとしつこかったかも…

---

637 名前：Mr. 名無しさん 投稿日：04/03/28 02:13

てーか…むしろ BEST な会話なんでは？
ちょっぴり大人のエルメスさんに精一杯の背伸び中の電車男

絵に描いたような組み合わせじゃん＿|￣|O

---

641 名前：Mr. 名無しさん 投稿日：04/03/28 02:16

今なら電車さんに抱かれてもいい。

---

663 名前：電車男 ◆ SgHguKHEFY 投稿日：04/03/28 02:24

もうお腹いっぱいなので軽く済ませられるようなところ
ということで来たところはさっきの店よりも全然オサレで
俺なんかが入るのは許される雰囲気だった
彼女は何度か来たことがあるらしい
なんというか彼女にお似合いな感じの店だなぁと思った

席に着いて、メニューを見ると彼女はワインとおつまみを
頼むらしい。俺は…頼めるようなものが無かった…＿|￣|O
結局俺も慣れないワインとチーズの盛り合せを頼んだ

「お洒落な雰囲気のお店ですね」
と俺は彼女のセンスを褒めるように言った。
「そうですね。ここは結構好きなお店なんですよ」
と楽しそうだった。俺は落ちつかなかったけど＿|￣|

店とかの話も尽きたところで
「そう言えば、よく芸能人に似てるって言われませんか？」
よく考えたら俺は芸能人なんか知らないのに…
「えっ！？あんまり言われたことないですね w
でも、友達にはよくムーミンに似てるって言われるんですよ w」
それは芸能人じゃないだろ…と思わずツッコミを入れそうに

なったがここは耐える
「あ～」
俺は同意混じりの雰囲気で言う。
ムーミンか…似てる・・・・かもしれない。

---

665 名前：Mr. 名無しさん 投稿日：04/03/28 02:25

ムーミン キタ━━━━━━(ﾟ∀ﾟ)━━━━━━ !!!

---

666 名前：Mr. 名無しさん 投稿日：04/03/28 02:25

ムーミン似のｴﾛﾒｽ子ﾊｱﾊｱ

---

681 名前：Mr. 名無しさん 投稿日：04/03/28 02:32

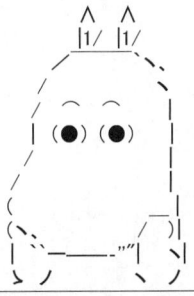

でも、友達にはよくムーミンに似てるって言われるんですよw

---

729 名前：電車男 ◆ SgHguKHEFY 投稿日：04/03/28 02:58

ワインが入ると少し酔ったかのように思えた
俺も少し酔ってきたし。

話はまたあの時の電車の中での事に
「あの時、どんな気持ちだったんですか？」
とかなんか、酔っているのか積極的な質問になってきた
「もちろん恐かったですよ。」
そのままやんけ自分…＿|￣|○

ふと
「世の中の男性はみんな電車さんのようになって欲しい」
みたいな事を言った。俺は（ ﾟдﾟ)ﾎﾟｶｰﾝで意味が分からない

「自分も電車さんみたいになりたいですし」
なんだかよく分からないが緊張してくる
その後、上司や周りの男は特に俺を見習って欲しいとまで言い出す
俺は照れる事しか出来ない。

時間がもう２２時を過ぎようとしていた。
彼女は俺から話を作るのが限界になって来たのを
悟ったのかもしれない。会計を済ませて
店を出た。この時は丁度半分くらいの割り勘だった

駅に向かって歩いていく。まだまだ人通りは多い
不思議と駅まであまり会話はしなかった

750 名前：電車男 ◆ SgHguKHEFY 投稿日：04/03/28 03:10

一緒に京浜東北線に乗る。方向は同じらしい。
「じゃあ私は次で降りますので」
あぁ、ここに住んでるのかと思いつつ
「今日は有難うございました」
「いえいえ、こちらこそ」

このままではこれで終わってしまうという思いが溢れてきた
次に繋げなくてはと思った。でも言えない…｜￢○

電車が減速していく。これで終わりか。でもそれでいいか。
と頭の中がごちゃごちゃになる。ドアが開いて
「それでは、おやすみなさい」
と彼女が電車を出る。駅に降り立った。
俺に振りかえって手を振ってくれてる。
ドアが閉まる。その寸前
「また電話します！」
思わず叫んでしまった。聞こえてたか分からないけど
うなずいてくれた気がした。

こんな感じです。

爆撃で力尽きた電車男。しかし住人は電車男に容赦ない追い討ちをかける。

754 名前：Mr. 名無しさん 投稿日：04/03/28 03:12

>>750
なんですか、なんか映画みたーい(*´∀`*)
ごふっ

---

756 名前：Mr. 名無しさん 投稿日：04/03/28 03:12

>>750
なんか青春ﾄﾞﾗﾏのﾖｰﾀﾞ

>「また電話します！」

これは
「また電話してもいいですか！」
の方がﾖｶｰﾀﾞかもね
でもうなずいてくれたんだよな
よかた(゜∀゜)

---

758 名前：Mr. 名無しさん 投稿日：04/03/28 03:12

>>750
家に帰ってからちゃんと電話した？

---

765 名前：電車男 ◆ SgHguKHEFY 投稿日：04/03/28 03:14

疲れた…＿|￣|○
みんなも付き合ってくれてありがとう

>>758
してないです…
聞こえてたか微妙だったので

多分これで終わりっすかね

---

775 名前：Mr. 名無しさん 投稿日：04/03/28 03:16

>>765
終わりにできる？
自分の心はそれでいいのか？

今夜は遅いし、じっくり考えな？

---

778 名前：電車男 ◆ SgHguKHEFY 投稿日：04/03/28 03:17

>>775

---

798 名前：Mr. 名無しさん 投稿日：04/03/28 03:21

以前誰かが言ってたけど、
おめかしして女性とお食事出来ただけでも
かなりのレベルアップだよ。
惚れてる女を落としに行った訳じゃないんだし。

おまいがもっとエルメス子と親密になりたいなら
また頑張ってみればいいさ。
とにかく乙。

---

807 名前：Mr. 名無しさん 投稿日：04/03/28 03:24

＞電車男
明日になったら絶対に電話しろ！
絶対に次のデートの約束を取り付けろ！
デートに誘うのは男の役目なんだ。
それはモラルであり、ルールなんだよ！！！！！

---

810 名前：電車男 ◆ SgHguKHEFY 投稿日：04/03/28 03:25

俺、また会いたいって言おうとしたけど
言えなかったんだよ…
相手目の前にしたら言えなくなったのさ…＿厂〇

---

811 名前：Mr. 名無しさん 投稿日：04/03/28 03:25

>>777
ここから先は、ふつーに、デートのお誘い、でいいのでは？
別にすぐ付き合うとかじゃなくても、
もう知り合いなわけだから、食事に誘うくらいいいっしょ。

それに、エルメス子はオサレなお店めぐりが趣味だけど、
一緒に回れる人がいない、ってゆってるわけだから、
その線で食事に誘う、もしくはいいお店につれてって、
ってゆーのはありなんじゃないかなぁ。

失うものさえまだないんだ、攻めてみるしかないっしょ。

---

824 名前：Mr. 名無しさん 投稿日：04/03/28 03:27

「一緒に回れる人がいない」ってエルメスたん言ったとき

心の中では電車タンに 「じゃ、俺と一緒に旨いもの食い行きましょう」って
言われるの期待してたんじゃないのかな？

829 名前：Mr. 名無しさん 投稿日：04/03/28 03:28

一緒に店を回る友達がいなくなった

こんな隙を見せ付けられておきながら
何も言わなかったのか。
絶好のチャンスですぞ。

840 名前：Mr. 名無しさん 投稿日：04/03/28 03:31

多分電車タンがここに書いてない部分（雑談部分）
が鍵になると思う。
店めぐり→一緒にいく人がいない　とか。
ここから明日（か？）の電話なりに繋げるのがいいかと。

88 名前：電車男 ◆ SgHguKHEFY 投稿日：04/03/28 21:01

どもです。こっちでいいのかな？
電話は…まだしてません。

なんかまた緊張してしまって

96 名前：電車男 ◆ SgHguKHEFY 投稿日：04/03/28 21:08

さすがにしつこいとか思われそうな気がしてならんのです＿|￣|○

99 名前：Mr. 名無しさん 投稿日：04/03/28 21:10

>>96
気持ちはわかるけど、また電話しますって言ったのにしないのも逆に失礼だぉ

100 名前：電車男 ◆ SgHguKHEFY 投稿日：04/03/28 21:11

店巡る相手いないなら、また俺とどっか行きませんか？
でＦＡですよね

119 名前：Mr. 名無しさん 投稿日：04/03/28 21:20

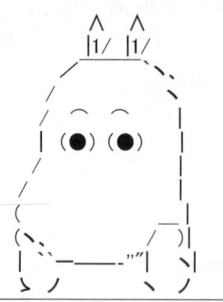

せっかくまたのお誘いもらえるようにモーションかけたのに「あ〜」って流されちゃったな…

---

115 名前：Mr. 名無しさん 投稿日：04/03/28 21:18

>>96
じゃあお前、今日かけなかったらいつかけるんだ？
漏れ的脳内シミュ

昨日はどうもありがとうございました
↓
女性と食事する機会がいままであまりなかったもので、
緊張したんですけど、すごく楽しかったです
↓
ご迷惑でなければ、またお誘いしてもいいですか？

で、次の約束するかどーかは、その後の相手の反応みて、
おk そうなら次の約束とりつけてみる、とか

---

117 名前：Mr. 名無しさん 投稿日：04/03/28 21:19

>>115
誘うじゃなくて、どっか連れてって貰った方がいいと思ふ。

電車男は弾切れぽw

---

120 名前：Mr. 名無しさん 投稿日：04/03/28 21:21

>>117
順番で一緒にさがす、じゃダメなのか？「じゃあ次はエルメス子さんのお気に入

りの店を教えてください。」で。

121 名前：Mr. 名無しさん 投稿日：04/03/28 21:21

>>115 の脳内シミュをダメだし

昨日はどうもありがとうございました ←○
　↓
女性と食事する機会がいままであまりなかったもので、←×イラネ
緊張したんですけど、すごく楽しかったです ←○
　↓
ご迷惑でなければ、またお誘いしてもいいですか？←○付け加えるなら、店めぐ
　　　　　　　　　　　　　　　　　　　　　　　　りする友達いないって言って
　　　　　　　　　　　　　　　　　　　　　　　　たんで、俺でよければ。。。
　　　　　　　　　　　　　　　　　　　　　　　　みたいな感じで

で、次の約束するかどーかは、その後の相手の反応みて、
おｋそうなら次の約束とりつけてみる、とか ←○

今度の電車男の立ち上がりは早かった。再びエルメスに挑みかかる。

123 名前：電車男 ◆ SgHguKHEFY 投稿日：04/03/28 21:22

おｋ！今からかけます！

128 名前：Mr. 名無しさん 投稿日：04/03/28 21:24

>>123
よし！言って来い！！！！！！！！

133 名前：電車男 ◆ SgHguKHEFY 投稿日：04/03/28 21:25

繋がりませんでした（´･ω::.:....

201 名前：電車男 ◆ SgHguKHEFY 投稿日：04/03/28 21:46

よしきた

207 名前：Mr. 名無しさん 投稿日：04/03/28 21:47

きたの？電話？

---

224 名前：Mr. 名無しさん 投稿日：04/03/28 21:51

```
  +     +
    ∧＿∧  +
  (0°・∀・)   ﾜｸﾜｸﾃｶﾃｶ
  (0°∪ ∪ +
  と＿)＿) +
```

今こうなってる香具師挙手
ノシ

---

234 名前：Mr. 名無しさん 投稿日：04/03/28 21:53

あああああああああああああああああああああああああああああああああああああ

もうわかんないの！！！
女心なんてわからないの！！！

俺ら真性毒男なの！わｋらるうううううううううううかあああああああ？

---

263 名前：電車男 ◆ SgHguKHEFY 投稿日：04/03/28 21:58

通話終了

なんというかみんなありがとう

---

264 名前：Mr. 名無しさん 投稿日：04/03/28 21:58

どうだったん？

---

269 名前：Mr. 名無しさん 投稿日：04/03/28 21:59

みんなﾃｯｶﾃｶで待ってたよ

---

282 名前：Mr. 名無しさん 投稿日：04/03/28 22:00

なんだあの機影は！

新型の電車か！？

---

283 名前：Mr. 名無しさん 投稿日：04/03/28 22:01

297 名前：Mr. 名無しさん 投稿日：04/03/28 22:04

```
        i. ッ                  ヘ
        !」                  ＼」
        |」 丶   r´￣`ヽ       .」/
        ` i 、, ´T ￣了:), ri'´ ,/
         、 )´￣`_,,r:'゛` 丶,/
         、 ⌒        |: i,´
         Y       |: i: i,
         |  ゜     |: i: !、 ,,,‐---、
         i、   ゜ |: i: !、((´ヽヽ
        /゛=ロ=(/         `ヽ
        丶 ノ |    ___ ヽ`'='_,,|
        !  i 、 !-<´￣￣￣￣`|
        !  !. i゛i 〈. -=・=- -=・=-|-、
        ! i i !. } ,ハ  .!f/
       i !i.! !丶 ノ   '‐-,, .!!゛
       i j.i .i  i、  ,'-====-; .i
       i.i .i  i /丶 '゛゛゛゛ /
       i、`i`'|丶_ ` '‐-- '´
       .!ー;.i !'==、_    ,‐-‐'´｀{
       ..! i ! ' .!/==ヽ丶   , ´,i
       !.'!.,i/|=='、   `ヽ, / i,, -、
      丶i .」==|  丶    \ / \
       丶.i _,.」丶  丶\    \/
      丶 ' '   i .」 :, |  i./ 丶  \ 、
     /ノ .」-r].'...、 ._!   丶   丶
     // ≡,f -i .!|     丶     \
     {{   f\≡≡}         丶    \
     |{ "/i {\≡≡}  r-,/|``ヽヽ|`i丶   `}
     丶丶、'   |,v/l.!!ii 、,.!.!!、、\  ,  ''
```

> ＜ 電車男を次のステージへ・・・

298 名前：電車男 ◆ SgHguKHEFY 投稿日：04/03/28 22:04

結論から言うと、次の約束取りつけました
経過は後ほど

301 名前：Mr. 名無しさん 投稿日：04/03/28 22:05

ｷﾀｷﾀｷﾀｷﾀ─────(ﾟ∀ﾟ≡(ﾟ∀≡∀ﾟ)≡ﾟ∀ﾟ)─────!!!!!!!!!!

304 名前：Mr. 名無しさん 投稿日：04/03/28 22:05

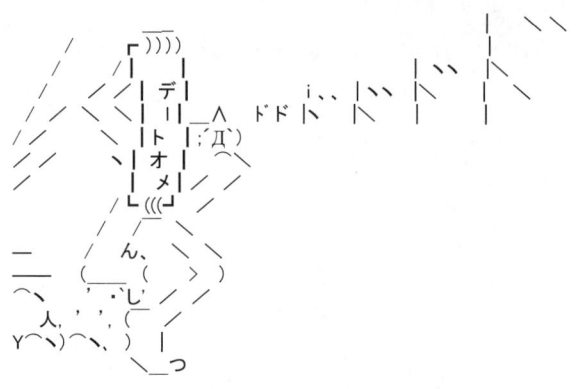

---

305 名前：Mr. 名無しさん 投稿日：04/03/28 22:05

キタ━*゜゜*・・。。。*゜(゜∀゜)゜*・・。。。*゜゜*━!!!!!

---

306 名前：Mr. 名無しさん 投稿日：04/03/28 22:05

キ‥(-_-)キ(_-)キ!(-)キッ!( )キタ(.゜)キタ!(゜∀゜)キタ!!(゜∀゜)キタ━━━━!!!!

---

316 名前：Mr. 名無しさん 投稿日：04/03/28 22:06

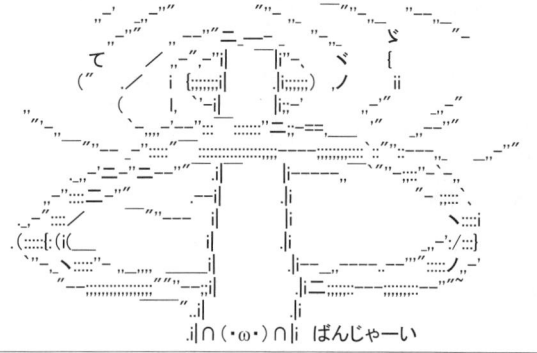

317 名前：Mr. 名無しさん 投稿日：04/03/28 22:06

>>297
絶妙なタイミング。

```
        *  ※☆  ※※  ☆※  *
      * ※☆ ★※ ※※ ☆※ *
    * ※☆ ※※ ※※※ ※☆ ※ *
   * ※☆ ※※  .※※ ※☆※ *
  * ※☆ ※※ ※☆    ※※ ※☆ ※ *
  * ※キタ━━━━(゜∀゜)━━━ !!!※ *
  * ※☆※ ※☆    ※※ ※☆ ※ *
   * ※☆ ※※  .※※ ※☆※ *
    * ※☆ ※※ ※※※ ※☆ ※ *
      * ※☆ ★※ ※※ ☆※ *
        *  ※☆  ※※  ☆※  *
```

330 名前：297 投稿日：04/03/28 22:08

>317
俺も吃驚した。　電車男よ、タイミング良過ぎるぜ！　おまえに惚れたぜ！

335 名前：Mr. 名無しさん 投稿日：04/03/28 22:08

このはやさならいえる

俺女性と食事したことない

それどころか誘ったら
なんであんたの顔みながらご飯食べなきゃいけないの！？
って言われた

339 名前：Mr. 名無しさん 投稿日：04/03/28 22:09

スゲーーーーーーッ！！！
俺　なんだか　泣きそう

343 名前：Mr. 名無しさん 投稿日：04/03/28 22:10

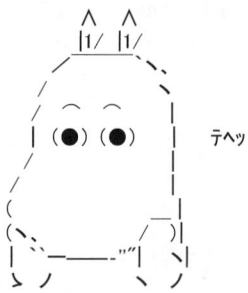

テヘッ

---

383 名前：電車男 ◆ SgHguKHEFY 投稿日：04/03/28 22:20

電話がさっき彼女から来ました。
最初のやりとりは…

「さっきは出れなくてすいませんでした」
「すいません、お忙しかったですか？」
「いえ大丈夫ですよ」

こんな感じでした
その後、改めて昨日のお礼をしました。
それで、別れ際に思わず叫んだの聞こえたかどうか確認しました
一応聞こえてたみたいでした。

その後、昨日一緒にお店を巡る相手がいないと言っていたので
もし良ければ自分が一緒にという感じで申し出ました

---

386 名前：Mr. 名無しさん 投稿日：04/03/28 22:21

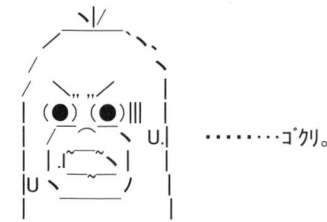

・・・・・・・ゴクリ。

404 名前：電車男 ◆ SgHguKHEFY 投稿日：04/03/28 22:29

「はい。全然大丈夫ですよ。こちらこそお願いします」
と快諾。俺は胸をなでおろした
「すいません。本当は昨日のその時に言おうと思ってたんですが」
と言うと

「ははw、実はカマかけてたんですw」

「すいません。よく分からなくて…」

(　゜д゜) ポカーン
スレにあった通りだ

それで次は彼女が行きたい店があるらしいので
そこへ行く事に。また来週か再来週に。

(　゜д゜) ポカーン

---

410 名前：Mr. 名無しさん 投稿日：04/03/28 22:30

>>404
> 「ははw、実はカマかけてたんですw」
> 「ははw、実はカマかけてたんですw」
> 「ははw、実はカマかけてたんですw」
> 「ははw、実はカマかけてたんですw」
> 「ははw、実はカマかけてたんですw」
> 「ははw、実はカマかけてたんですw」
> 「ははw、実はカマかけてたんですw」
> 「ははw、実はカマかけてたんですw」

---

415 名前：Mr. 名無しさん 投稿日：04/03/28 22:30

ああいいなあああ
俺が日頃布団の中で妄想するような会話を
実際に繰り広げてるじゃねえええああ

---

420 名前：Mr. 名無しさん 投稿日：04/03/28 22:32

なあ、カマかけるってどういうことだ？
ほんとにわかんないよ…

---

430 名前：Mr. 名無しさん 投稿日：04/03/28 22:33

>>420

「行きたいお店があるんですけど、友達が付き合ってくれないんです」
　　　　　　　　　　↓
翻訳「次は違うお店に貴方と行きたいわ」

って事だと思われ。

---

451 名前：電車男 ◆ SgHguKHEFY 投稿日：04/03/28 22:38

さて…また服買いに行きますか…＿|￣|○
買いたかった物全部スルーですよ川川…

---

465 名前：Mr. 名無しさん 投稿日：04/03/28 22:43

ところで、電車男
エルメス子＝ムーミンの年齢って聞いたんだっけ

---

474 名前：電車男 ◆ SgHguKHEFY 投稿日：04/03/28 22:45

あ、メアドゲッツしました(・∀・)b

エロゲはあんまりやらないけど
普通のゲームはやりますよ
ドラクエ5はスルーか…＿|￣|○

---

478 名前：Mr. 名無しさん 投稿日：04/03/28 22:46

昨日　エルメスが電車にご飯誘ってほしそうにカマかけたのを
始めに読みぬいたのは私だ。感謝しる。

今度の食事のとき映画の話してみるべし。
最近どんな映画見ました？とか
何か気になってる映画あります？とか
んでそれをきっかけに今度は映画に誘うのじゃ。
二度もご飯だべるとだんだん話題も尽きてくるが
映画にいけばその後の食事の話も弾んでくる(・∀・)

それと、服装きにしているようだが、あまり気負わなくていいよ。
エルメスたんは電車タンの人柄に惹かれてるようだし、
たぶん服には疎い人だって賢いエルメスたんはもう見抜いてるよきっと。

---

489 名前：電車男 ◆ SgHguKHEFY 投稿日：04/03/28 22:49

>>465
聞いてないです。とりあえず門限は関係無い年齢なのは確か

やっぱ上っぽいかなぁ

539 名前：Mr. 名無しさん 投稿日：04/03/28 23:07

だれだ昨日これ以上進展するのは難しいって言った香具師は

573 名前：Mr. 名無しさん 投稿日：04/03/28 23:21

>>563
でも電車たんの書き込んでるのを見る限りでは、
言葉数はすくなくても、電車たんの言葉ってすごくいいと思うのだが

「おめかししていきますけど」
とか
「こういうお店に興味持つようになったの最近なんですよ」
とか

オヽレとは言わんが、真摯というか、小粋というか、朴訥というか、なんか素敵だ
漏れでは出てこんような言葉だ
そしてエルメス子の切り返しも素敵だ

592 名前：Mr. 名無しさん 投稿日：04/03/28 23:30

>>585
声が高いか低いかだけ言ってくれえええええ

いや、何になるってわけでもないが、個人的に気になる。

597 名前：電車男 ◆ SgHguKHEFY 投稿日：04/03/28 23:32

>>592
うーん…
どちらかというと高めでしょうか

あと、声小さいんで会話するのちょっと大変…＿|￣|○
経過報告に出てくる台紙も結構勝手に補完されてる感じのが多いです

611 名前：電車男 ◆ SgHguKHEFY 投稿日：04/03/28 23:36

年齢は結構謎なんですよね。
見た目は２３～５くらいですが、雰囲気というか落ちつきっぷりというか
余裕みたいのがそれ以上の年齢に感じさせます

619 名前：電車男 ◆ SgHguKHEFY 投稿日：04/03/28 23:37

677 名前：Mr. 名無しさん 投稿日：04/03/29 00:14

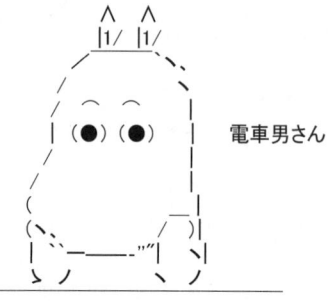

電車男さん

ふふ、呼んでみただけ♪

682 名前：Mr. 名無しさん 投稿日：04/03/29 00:24

>>676
んで、おまい。まだ何か聞きたいこととかあるのか？
それとも、もう一人でなんとか出来そうな感じなのか？

684 名前：電車男 ◆ SgHguKHEFY 投稿日：04/03/29 00:26

>>682
やっぱり話題についてですかね
みなさんの意見は本当に参考になります

こないだ会って確信したんだが
なんか好きになたぽ

736 名前：Mr. 名無しさん 投稿日：04/03/29 03:43

>>735
電車は鬱になれるスレな・・・・のか？
むしろ希望のような・・・・

737 名前：Mr. 名無しさん 投稿日：04/03/29 04:01

>>736
希望だからこそ鬱なのだよ

738 名前：Mr. 名無しさん 投稿日：04/03/29 04:04

>>737
ちがう希望だ！未来だ！光だ！
ってな感じなんだが
このすれの雰囲気は・・・・

＊毒男ももしかしたらっていう希望ね

768 名前：電車男 ◆ SgHguKHEFY 投稿日：04/03/29 18:44

エルメスタリからメールキタ━━━━(。A。)━(￢∀￢)━(。A。)━(￢∀￢)━(。A。)━━━━!!!!
なんか俺に会いたいって人がいるから一緒でも良いかだそうですが

770 名前：Mr. 名無しさん 投稿日：04/03/29 18:47

ええ？
それはまた微妙な展開

777 名前：Mr. 名無しさん 投稿日：04/03/29 18:54

とりあえず断る理由は無いと思うけど。

778 名前：電車男 ◆ SgHguKHEFY 投稿日：04/03/29 18:55

そうか男かもな…＿|￣|○
でもダメですなんて言えないもんね

799 名前：Mr. 名無しさん 投稿日：04/03/29 19:13

もし女の子なら「会いたい人」じゃなくて「会いたい子」って言わ
ないかな？
俺の杞憂だといいのだが・・・・

---

800 名前：電車男 ◆ SgHguKHEFY 投稿日：04/03/29 19:14

>>799
そういや「子」ですた(｀･ω･´)

---

801 名前：Mr. 名無しさん 投稿日：04/03/29 19:15

じゃ、女の友達でほぼ確定。

---

807 名前：電車男 ◆ SgHguKHEFY 投稿日：04/03/29 19:34

もう返事ｷﾀ━━━━(｡A｡)━(ﾟ∀ﾟ)━(｡A｡)━(ﾟ∀ﾟ)━(｡A｡)━━━━!!!!
早い！早すぎるよエルメスさん！
しかも
「わーい、アリガトです♪」
ってなんかキャラ違うやんけ(*´Д`*)ﾊｧﾊｧ

---

828 名前：Mr. 名無しさん 投稿日：04/03/29 20:23

> 電車ﾀﾝ

メールの返信はできるだけ時間を空けないほうが良い鴨。
時間空いちゃうと相手から帰ってこなくなる危険性があるからさ。

---

845 名前：電車男 ◆ SgHguKHEFY 投稿日：04/03/29 20:36

送信完了

どんな人なんでしょうか？
当日が楽しみですてな感じです

---

849 名前：Mr. 名無しさん 投稿日：04/03/29 20:38

いやー普通に考えたらその友達はエルメスﾀﾝにとって気の置けない仲で
電車ﾀﾝの品定め（言葉悪くてスマソ）をしてもらう、
ってぇのが本線じゃないかな？

---

875 名前：電車男 ◆ SgHguKHEFY 投稿日：04/03/29 20:51

また返信キター――――ヽ(´∀` )人(´∀`)人(´∀` )人(´∀`)人(´∀` )人( ´∀`)ノ――――― !!!
「遅くなってごめんなさい」
ってどこが遅いんﾃﾞｨｽｶ！！？！1

その子は中学以来の友達なんだそうです
そして女の子確定お：きおｊこｌｐ；＠うじこｌｐ；

880 名前：Mr. 名無しさん 投稿日：04/03/29 20:53

親友に紹介！！！！！！！
おぉ、すごい展開きたー

884 名前：Mr. 名無しさん 投稿日：04/03/29 20:53

こうなるとますます >849 説が濃厚ですな

886 名前：Mr. 名無しさん 投稿日：04/03/29 20:54

女子は、興味持ってる人とは饒舌になりますよ。
っつうか、メールの応酬ってそんなもんでしょ？
女友達の批判の目はシビアなので、悪く言われそうだと思った時は
友達に紹介なんかしないと思うよ

889 名前：電車男 ◆ SgHguKHEFY 投稿日：04/03/29 20:55

ここまで長かった…(´ー`)

899 名前：Mr. 名無しさん 投稿日：04/03/29 20:57

助けてもらった話を親友にもしたんだろね。
で、見てみたい（会ってみたい）って事になったんだろね。
あんまり深く考えず、楽しめたらいいですね。

191 名前：Mr. 名無しさん 投稿日：04/03/30 22:19

で…

いつ告るのだね？

194 名前：Mr. 名無しさん 投稿日：04/03/30 22:21

二人で来る理由を説明してムーミン

199 名前：電車男 ◆ SgHguKHEFY 投稿日：04/03/30 22:24

>>191
出来ることなら今すぐにでも…
でも無理だろうな…＿｜￣｜○

>>194
どうしても会いたいそうです

55 名前：Mr. 名無しさん 投稿日：04/03/31 13:18

>>45
漏れはムーミンを脳内で緒川たまきにしてる。

101 名前：電車男 ◆ SgHguKHEFY 投稿日：04/03/31 22:34

どもです。次回の日取りが決まりますた
とりあえず4月第1週になりました

113 名前：Mr. 名無しさん 投稿日：04/03/31 22:46

今度はどんな印象で行くよ？

117 名前：電車男 ◆ SgHguKHEFY 投稿日：04/03/31 22:48

>>113
そうなんですよ
どうしたらいいのかって感じです

142 名前：Mr. 名無しさん 投稿日：04/03/31 23:06

爽やか系だと・・薄緑 or 薄青系のシャツに、白系の上着とかは？
下は、薄い色合いのパンツで、靴はスニーカー系なら、青がベースだと良いかな？

ま、俺のセンスだし ('A`)

152 名前：電車男 ◆ SgHguKHEFY 投稿日：04/03/31 23:15

>>150
最初に会った時は茶黒系で
こないだ会った時は桃白系でしょうか

形は最初合った時はピシッとしててこないだ会った時はフワッって感じでしょうか

196 名前：Mr. 名無しさん 投稿日：04/04/01 00:46

この間バイトの女子たちが
「ユニクロ着ている彼氏なんて絶対イヤ！」と力説してました。
ユナイテッドアローズかシップスが、いいんじゃないでしょうか。

http://www.united-arrows.co.jp/

197 名前：Mr. 名無しさん 投稿日：04/04/01 00:50

でも今ってアローズがユニクロ化してね？

198 名前：Mr. 名無しさん 投稿日：04/04/01 00:50

ビームスも

199 名前：Mr. 名無しさん 投稿日：04/04/01 00:58

見栄えが良ければどこでも良いんじゃないの？
あんまブランド叩きにこだわると、ファ板みたいになるぞ。

201 名前：Mr. 名無しさん 投稿日：04/04/01 01:05

同僚で一番もてるヤシはユニクロの服しかもってない

203 名前：Mr. 名無しさん 投稿日：04/04/01 01:05

じゃあファ板住人の俺が一言
「ブランドなんてどこでもよい」

204 名前：Mr. 名無しさん 投稿日：04/04/01 01:06

コムサはコムサでも電車にはコムサイズムを勧める
全体的にユニクロよりややましで、何より安い
注意点はロゴ入りは絶対にやめろ

309 名前：電車男 ◆ SgHguKHEFY 投稿日：04/04/02 20:13

押忍、今日は当日の為にまた服を買ってきました
少し涼しめな感じのです

311 名前：Mr. 名無しさん 投稿日：04/04/02 20:14

>> 電車男

お帰り。
出費続きで大変だね w

312 名前：Mr. 名無しさん 投稿日：04/04/02 20:16

４月第一週ってことは…明日？

314 名前：電車男 ◆ SgHguKHEFY 投稿日：04/04/02 20:22

>>311
もう５０ｋ以上使いました…＿|￣|○

>>312
結局明日になりました

319 名前：Mr. 名無しさん 投稿日：04/04/02 20:35

> 電車
で、行く店は決まったの？

320 名前：電車男 ◆ SgHguKHEFY 投稿日：04/04/02 20:40

>>319
決まりました。
今度は洋食みたいです

321 名前：Mr. 名無しさん 投稿日：04/04/02 20:42

洋食かぁ・・テーブルマナーに気をつけろ Yo
ナイフを逆に持ったり、スープを音立てて飲んだりしないようにな w

323 名前：電車男 ◆ SgHguKHEFY 投稿日：04/04/02 20:43

>>321
((((((((;ﾟДﾟ)))))))) ｶﾞｸｶﾞｸﾌﾞﾙﾌﾞﾙ ｶﾞﾀｶﾞ ﾀﾌﾞﾙｶﾞ ﾀｶﾞ ｸｶﾞ ｸｶﾞ ｸｶﾞ ｸ

331 名前：Mr. 名無しさん 投稿日：04/04/02 20:56

マナー・・

スープ等は手前から奥へスプーンを動かすんだ！
そして、口を近づけて飲む！
飲む時も音は立てず（ずずずず～っと飲むと NG）

ナイフなどは、一番外側から取る事（これは本格的な所かな）
但し、デザートやコーヒーの場合は手前から

ナプキンはひざの上に3分の1ぐらいを折り返して置く事（多分・・）

後は、とりあえず思い出したら書くYo
でも、余りそれを意識しすぎて変に堅くなるよりは
素直に「いや～こう言う場所は不慣れでして・・普段は和食が多いんですよ」
とか言っといた方が良いかもな

---

344 名前：電車男 ◆ SgHguKHEFY 投稿日：04/04/02 21:46

テーブルマナーについて調べてました

話題に付いてはもう大丈夫かな…
ここ最近メールでそこそこ盛り上がってたので

---

371 名前：Mr. 名無しさん 投稿日：04/04/02 22:15

メールで盛り上がったってどういう話をしたの？
エルメスの彼氏有無とかわかった？

---

377 名前：電車男 ◆ SgHguKHEFY 投稿日：04/04/02 22:19

>>371
彼氏有無はまだ分かりませんが
お互いの近況などなど

友達に俺の話をする度に
「はやく見てみたい」
と言うそうです

あまり期待されても…＿|￣|○

---

383 名前：電車男 ◆ SgHguKHEFY 投稿日：04/04/02 22:23

軽いジョークなども交わしたりしましたよ
「また電車で困った人を助けたりしてたんですか？」
とか言われたり。

---

387 名前：Mr. 名無しさん 投稿日：04/04/02 22:25

>>383
「また電車で困った人を助けたりしてたんですか？」

エルメス語録に登録しますた
そのうち職人さんが緒川たまきの画像に付けてうｐしてくれるでしょう

---

388 名前：Mr. 名無しさん 投稿日：04/04/02 22:26

どういう服買ったの？

---

394 名前：Mr. 名無しさん 投稿日：04/04/02 22:34

明日だったら桜満開じゃないか。食事の後の散歩に花見っていいんじゃないか？

---

401 名前：電車男 ◆ SgHguKHEFY 投稿日：04/04/02 22:42

>>388
カットソーでしょうか

食後の花見ですか…
提案してみます

---

402 名前：Mr. 名無しさん 投稿日：04/04/02 22:45

遂に俺達の知らない言葉まで使うようになったか
嬉しいよ
そして少し寂しい

---

403 名前：Mr. 名無しさん 投稿日：04/04/02 22:45

よし、今更だが聞くぞ、電車よ
エルメスが

好 き で す か?

---

406 名前：電車男 ◆ SgHguKHEFY 投稿日：04/04/02 22:47

>>403
好 き で す よ
というか最近寝ても醒めても彼女のことばかり考えてるよ俺…＿│￣│○

---

410 名前：Mr. 名無しさん 投稿日：04/04/02 22:48

じゃあ、明日告白ね。
>>406 の言葉、そのまんまで。

416 名前：電車男 ◆ SgHguKHEFY 投稿日：04/04/02 22:51

>>410
無理ぽ…＿|￣|○
明日は向こうの友達も一緒ですし

444 名前：電車男 ◆ SgHguKHEFY 投稿日：04/04/02 23:17

もう時間も場所も決まったのに
メール合戦が終わらない訳だが

470 名前：電車男 ◆ SgHguKHEFY 投稿日：04/04/02 23:38

「うちの犬見ますか？」

と来た。いかにするべきか

474 名前：Mr. 名無しさん 投稿日：04/04/02 23:40

>と来た。いかにするべきか

・・ニブイ

482 名前：Mr. 名無しさん 投稿日：04/04/02 23:44

正直に言おう。俺は最初電車を舐めてた。
お礼の電話一本掛けるのにうじうじしやがって、
よしここは俺達が徹底的に電車をサポートしてやらなきゃってな感じで。
しかし今では電車は俺の遥か前にいる。ごめんなさい。
俺はいつも人の背中を見てばかりだなあ…。

493 名前：電車男 ◆ SgHguKHEFY 投稿日：04/04/02 23:48

犬画像キタ━━━━━ヽ(∀゜)人(゜∀゜)人(゜∀゜)人(∀゜)人(゜∀゜)人(゜∀)ノ━━━━ !!!
○○タンだそうです。可愛い(*´Д｀*)ﾊｧﾊｧ

いつもながらこれは夢なんじゃないかと思う
１ヶ月前の自分とかけ離れすぎて。
夢なら醒めないで欲しい

539 名前：Mr. 名無しさん 投稿日：04/04/03 00:05

2ch で、これだけ色々と応援や支援貰うってのはどんな気分なんだろな

そして成就できたら、やはり特別な存在になるのかな？漏れ達も

まあ・・所謂、縁の下の力持ちって奴だな ('A`)

543 名前：Mr. 名無しさん 投稿日：04/04/03 00:06

おい、お前ら！
おまいらは女の人に電話するのに躊躇は無いのか？
俺は、ある！
自慢じゃないがものすごくある！！
電卓さんのたくましさが憎いほど、だ

567 名前：電車男 ◆ SgHguKHEFY 投稿日：04/04/03 00:18

終了します。なんか映画の話にまで発展しますた
電話は止めておきました

ＤＶＤ貸すことになりますた(ﾟдﾟ)

571 名前：Mr. 名無しさん 投稿日：04/04/03 00:20

>>567
おまい、DVD なんてハイカラなモン持ってるのか……

686 名前：電車男 ◆ SgHguKHEFY 投稿日：04/04/03 11:11

おはようございます
今日は早めに家を出ようかと思ってます

687 名前：Mr. 名無しさん 投稿日：04/04/03 11:13

>> 電車ﾀﾝ
ﾉｼ
心の準備はよろしいか？

691 名前：電車男 ◆ SgHguKHEFY 投稿日：04/04/03 11:19

おk、ＤＶＤの中身確認終了

694 名前：Mr. 名無しさん 投稿日：04/04/03 11:23

変な毛とか入ってないか？ｗ＜ケース

697 名前：電車男 ◆ SgHguKHEFY 投稿日：04/04/03 11:41

>>694
おｋ、除去完了

実はこれを入れる鞄が無いので買いに行って来るのです

---

701 名前：Mr. 名無しさん 投稿日：04/04/03 11:55

>>697
実用性は二の次
デザイン重視でな

なんか心配になってきた

---

706 名前：電車男 ◆ SgHguKHEFY 投稿日：04/04/03 12:20

いざ出陣！
鞄はよく考えて選びます

ノシ

電車男２度目の出陣は初陣に比べ頼もしくなっていた。
もうじき日付が変わろうかという時間になっても電車男現れない。電車男の奴、
もしかして壺か超音波美顔器か、という妄想にスレ住人が取り付かれ、ざわめき
始めた頃、帰還した。

---

732 名前：Mr. 名無しさん 投稿日：04/04/03 19:52

次スレあたりに爆撃くるかな？
まだ早いか？
あるいは今日ッ……！？

---

735 名前：Mr. 名無しさん 投稿日：04/04/03 20:01

これで今日帰ってこなかったらどうする？

---

765 名前：Mr. 名無しさん 投稿日：04/04/03 22:42

電車の帰りが遅い・・・

792 名前：Mr. 名無しさん 投稿日：04/04/03 23:44

・・・・おかしい、今宵いまだに電車男がきていない・・・

防空壕の準備がまだだ、いそげ

---

797 名前：Mr. 名無しさん 投稿日：04/04/03 23:46

防空壕よりももっと土嚢を！
それと対空機銃を早く！
爆撃機が来てから邪魔に会わないぞ

---

804 名前：Mr. 名無しさん 投稿日：04/04/03 23:52

ちくしょう、塹壕に隠れてたのにやつら火炎放射機で
やめろ俺はスケキヨじゃない世内をあｆ；あｊｆ；あlｆか@ｓｐ：ｆｗ

---

807 名前：電車男 ◆ SgHguKHEFY 投稿日：04/04/03 23:53

只今無事に帰還しました。
経過などまた後ほど～

疲れた…＿|￣|○

---

808 名前：Mr. 名無しさん 投稿日：04/04/03 23:53

>>807
おかえり～！！

---

815 名前：Mr. 名無しさん 投稿日：04/04/03 23:55

帰ってキタ━━━━(ﾟ∀ﾟ)━━━━!!!!
お帰り!!

---

832 名前：Mr. 名無しさん 投稿日：04/04/04 00:01

ええい、皆何をぼやぼやしている！
総員対空爆防御で、まずは第一波をやり過ごすんだ！！
本番は上陸部隊だ、ここでやられるわけには行かんぞ

---

852 名前：電車男 ◆ SgHguKHEFY 投稿日：04/04/04 00:13

さて、今日はマトリックスのＤＶＤを入れる為のカバンをまず買いに行きました。
とりあえずＤＶＤだけでも入れば良いと思ったので今までに買ったことが無いよ

うな小さめのカバンでした。いわゆるトートバッグですね。これを買って待ち合わせ場所に直行

待ち合わせの場所には３０分ほど前に着きました。
その場で３０分待ちます。
彼女は今回もちょっとだけ遅れてきました。
いや、今回も可愛いです。萌えます。
ジーパン生地の上着と、白とピンクの２重のスカートでした。
なんか一段と若くなったような感じです。

…てかツインテールキタ━━━━━━(ﾟ∀ﾟ)━━━━━━!!!
それは俺のこものｓｊちおういおうえおいうげｙふじこｌｐ
前回よりもお化粧気合入ってるし…(;´Д`)ﾊｧﾊｧ

「すいません、遅れました」
と小走りに
「全然大丈夫ですよ」

友達は更に遅れそうなので、二人で先に店に行く事になった

---

854 名前：Mr. 名無しさん 投稿日：04/04/04 00:13

むぅ、先程電車さんの機影を確認したような気がするが…
偵察機だったのだろうか？

---

857 名前：Mr. 名無しさん 投稿日：04/04/04 00:14

>>854　と首を出したところを直撃

---

859 名前：Mr. 名無しさん 投稿日：04/04/04 00:14

>>854
あ、防空壕から出て電車男爆撃の直撃喰らってる

---

863 名前：Mr. 名無しさん 投稿日：04/04/04 00:15

ツインテール・・気合はいってる化粧・・地獄の扉が開き始めましたよ('A`)

---

893 名前：電車男 ◆ SgHguKHEFY 投稿日：04/04/04 00:29

今日は店までは彼女が案内してくれるので
少し後ろを歩くように意識してた。

今日も人が多いのではぐれないように注意しながら

付いて行く。その間にもちょっと雑談

「昨日は遅くまで付き合せてしまってすいませんw」
メールのことだなとすぐ分かった
「いえ、こちらこそ返信遅くって…。エルメス子さんはメール書くの早いですね」
これでも遅い方だと行っていた。
昨日のメールでのやりとりで花粉症の彼女は花粉のことを
気にしていた。鼻水とか出ないように薬を飲んできたらしい。

今回は彼女が微妙に前を歩いているので
話ている節々に俺に振りかえってた。
で、彼女がちょうど振りかえった時に歩道にある金属のポール（？）が
彼女の前に迫ってきた。彼女は気付いてない。
「あっ」
と言って。思わず彼女の手を掴んでしまった…
「ん？」
「ぶつかりそうだったので」
「ごめんなさい、薬効いてくるとボーっとしてきてしまって。
ありがとうございます」

で、また歩き出す。彼女が
「並んで歩いていきましょう」
と言ってきたので
「あ、はい」
と少し前に出た。少し気を使えよ俺…＿|￣|○

---

899 名前：Mr. 名無しさん 投稿日：04/04/04 00:31

＞思わず彼女の手を掴んでしまった…
瞬間的にとっさにやっただろうとは思うが、毒男には
到底できないことだな…('A`)ｳﾞｫｪｱ

---

924 名前：電車男 ◆ SgHguKHEFY 投稿日：04/04/04 00:49

店に着くと
「電車さんの真似をしてみましたw」
「え？」
一瞬なんの事か分からなかったが、予約をしておいたらしい
普段は予約とかはしないんだそうです

店はいわゆるイタリアンでした。やっぱピザとかスパゲッティが多かったです
「とりあえず、先に頼んじゃいましょうか？」
「あ、はい」
ここの店は一つの料理をみんなで取り分けるタイプらしい

「電車さんが好きなので」
「いやいや、悪いので」
と言うが、正直写真が無いと何が何だか…＿|￣|○

そこで
「ごめんごめん」
と一人の女性が。彼女の友達が追いついた。
「お待たせしてしまってすいません」
ちょっと息を荒くしながら俺に謝ってきた
「いえいえ全然大丈夫です」
彼女の友人はエルメス子さんよりも活発そうな雰囲気で
服装も彼女よりちょっと派手っぽい感じでした

946 名前：電車男 ◆ SgHguKHEFY 投稿日：04/04/04 01:03

「まだ、メニュー決まってないんで大丈夫ですよ」
「あぁ、良かった」
友人がそう言って彼女の隣に座る
「どうもはじめまして」
「こちらこそはじめまして」
と軽く自己紹介
「お話は色々聞いてますｗ」
と友人が含み笑う

食事のメニューは３人で話し合いながら決めた
「電車さんはまた飲まれるんですか？ｗ」
と彼女が軽く突っ込んでくる。友人がいるせいかちょっとノリが変わった気がし
た
「あ、はい。じゃあｗ」
俺はビールを頼んでおいた。二人はワインだったけど…＿|￣|○
空気嫁よ俺…＿|￣|

料理が来るまでも、３人で話が弾んだ。
しかし友人さんよく喋る…ｗ
結構面白い感じの人で俺でも比較的抵抗無く話せる。

958 名前：Mr. 名無しさん 投稿日：04/04/04 01:07

塹壕からちと顔を出してみる。

960 名前：Mr. 名無しさん 投稿日：04/04/04 01:07

>958
バカっどこの子供だ！頭を出すな！！

994 名前：電車男 ◆ SgHguKHEFY 投稿日：04/04/04 01:18

料理が来るまでは友人の質問攻めに俺が答える感じだった
電車の中でのこととか、こないだの食事のこととか。
「へぇ～、仲良くやってるみたいですねｗ」
ともからかわれたりもする。

料理が来ても、友人の勢いは衰えない
彼女の方もよく笑うし。俺が分からないネタが多数あったが
とりあえず俺も笑っておいた。俺も受身ばかりなので
話題を振ってみる
「エルメス子さんは緒川たまきに似てるって言われませんか？」
「緒川たまき？」
二人とも緒川たまきを知らないらしい
「女優さんですか？」
「あ～、確かそうです」
「誰だろう？見れば分かりそうだけど」

友人の話によると、ゆうと国中涼子を足して２で割った感じらしいです
「あ～」
と言ってみたものの、両方とも顔わからん…＿|￣|○

120 名前：電車男 ◆ SgHguKHEFY 投稿日：04/04/04 01:38

「電車さんは誰に似てるって言われます？」
「いやー誰にも似てるって言われたこと無いですよ」
自分についての話題はちょっと辛い
「ちょーっとＥＬＴのギター似ですか？」
ＥＬＴにギターっていたか…？＿|￣|○
とりあえずそんなかっこよくないと否定しておきました

あとは映画の話題ですね。ここでマトリックス１～３を渡し
「ありがとうございます～」
「ちょっとストーリー難しいですけどね」
「分からない事があったら聞きますｗ」
「ははｗ」
俺も分からねぇよ…＿|￣|
勉強しておこう。因みに彼女と友人は１しか見てないらしい

あと二人はロードオブザリングお勧めだそうです。
俺はこっちの１しか見てない…＿|￣|○
あと、犬の映画（名前失念）

132 名前：Mr. 名無しさん 投稿日：04/04/04 01:41

>>120
>「ちょーっとＥＬＴのギター似ですか？」

そ、それは褒め言葉になってないぞ・・・・

---

135 名前：Mr. 名無しさん 投稿日：04/04/04 01:42

>>120
犬の映画はクイールだな。

---

185 名前：電車男 ◆ SgHguKHEFY 投稿日：04/04/04 01:57

友人の方も誰かに似てるという話でしたが
国仲涼子とＹＯＵ覚えるのでいっぱいいっぱいでした＿|￣|○

「ちょっとお手洗いに…」
俺はトイレに行く…がトイレがどこだか分からない
店員にも聞いたがイマイチ分からず、しばし店内をうろついて発見

用を足して席に戻ると…
「あの…もしかして電車さんって天然ですか？」
また言われた…＿|￣|○
「たまに言われます…＿|￣|」
「え、しょっちゅうじゃなくて？」
友人突っ込みが激しすぎるよ…＿|￣|○
ここではエルメス子さんは笑ってました
「話には聞いていたけど、結構激し目ですよね？」
と更に追い討ち。話は聞いてたけどって何よ…
最後に
「そういう人なかなかいないから良いと思いますよ」
とエルメス子さんがフォローしてくれましたが
「私の周りにはまずいないタイプですｗ」
また余計な一言を

---

186 名前：Mr. 名無しさん 投稿日：04/04/04 01:58

珍獣認定なのか？

---

213 名前：電車男 ◆ SgHguKHEFY 投稿日：04/04/04 02:14

なんかもっと色々話したはずなんだけど
他に何かあったかなぁ…
俺の分からないネタも結構あった…

9時を過ぎた辺りで友人が帰る事になった
明日も早くから仕事らしい。
ついでに俺らも店を出る事になった
因みに会計は割り勘でした
「それではお邪魔しましたw」
友人はお酒も入ってるせいかほんのり顔も赤い

二人になったところで
「もう一件行きますか？」
「いいですよw」
今度は俺から誘った。
移動がだるかったので適当に近くの飲み屋に
入る事になった。

「騒がしくてすいませんでしたw」
「いえいえ、楽しかったですよ」
彼女が謝るが、俺は全然気にしない

疲れてきた…＿|￣|○

---

214 名前：Mr. 名無しさん 投稿日：04/04/04 02:15

気を利かせて先に帰る友人ｷﾀ━━━━━━(ﾟ∀ﾟ)━━━━━━ !!!!!

---

221 名前：Mr. 名無しさん 投稿日：04/04/04 02:16

空襲警報発令！空襲警報発令！各員対空砲火準備！

---

224 名前：Mr. 名無しさん 投稿日：04/04/04 02:18

対空砲火の弾が飛び交っておりますっ！

---

231 名前：Mr. 名無しさん 投稿日：04/04/04 02:20

ところでエルメスたんの仕事と年齢は分かったのか？

---

234 名前：電車男 ◆ SgHguKHEFY 投稿日：04/04/04 02:23

>>231
忘れてますた…

お互いの仕事と年齢の話もちょっとしましたよ。
二人とも結構稼いでそうな仕事でしたよ…＿|￣|○

年齢は俺の雰囲気を見て
「ちょっとこっちが上かな」
と友人談

271 名前：電車男 ◆ SgHguKHEFY 投稿日：04/04/04 02:41

セックルもチッスもしてねぇぇよ！ヽ(｀Д´)ノ
いや本当はしたかっうわなにすんだｙぐｈじこ

あとはまた映画の話したり
次の機会に行く店の話もしてた
珍しくファッションの話も。俺は全然分からないので
「全然詳しくないので、これから勉強しようかと…」
「そうなんですか？そういえば最初会った時から随分雰囲気変わりましたよね？」
と突っ込まれてドギマギする。ここは正直に
「初めて女性と食事する事になったので、慌てて準備したんです」
と白状した。

「そうだったんですか～」
あまり気にした様子では無かった…と思う
「私もそんなにファッションとか気にしてないですよ」
おいおいそりゃ嘘だろと思わず突っ込みそうになるがここは耐える

時間も遅くなってきたので、店を出る事にする
こないだのように帰りはまた無言になりがちだった

288 名前：電車男 ◆ SgHguKHEFY 投稿日：04/04/04 02:52

帰りの電車はまた京浜東北線
同じ車両には酔っ払いもちらほらいる。
彼女はそれを見て、俺を見る。
「あ、大丈夫ですよ」
「あははｗ」
深い意味は無いんだろうけど

こないだのように、彼女が先に降りる
手をヒラヒラ振って
「またメールしますね」
「こっちも書きます」
「おやすみなさい」
とドアが閉まる

で、家に着いてから速攻でＰＣを立ち上げメーラー起動
今日のお礼と家に着いたかどうかを短く送ると

すぐに返ってきた。
「今日はありがとうございました。こちらも今帰宅しました～
また美味しいところ食べに行きましょうね♪」

こんなところです (´ー｀)

順調に逢瀬を続ける電車男。この先一体どんな展開となるのであろうか？

Mission
3

彼女はそっと
俺の手を引く

電車の爆撃が終わり、スレにマターリとした時間が流れる。

300 名前：Mr. 名無しさん 投稿日：04/04/04 02:55

>「初めて女性と食事する事になったので、慌てて準備したんです」
うーむ、これはどーなんだろ

303 名前：Mr. 名無しさん 投稿日：04/04/04 02:56

>>300
いわんでも良かったと思ふ

304 名前：Mr. 名無しさん 投稿日：04/04/04 02:56

電車、乙。俺は夕飯カップラーメンだったよ。
こんなところです(´—`)

306 名前：Mr. 名無しさん 投稿日：04/04/04 02:57

「初めて女性と食事する事になったので、慌てて準備したんです」と
「僕　童貞で～～～す！」
は 同義語である。

309 名前：電車男 ◆ SgHguKHEFY 投稿日：04/04/04 02:57

やっぱまずかったですか…＿|￣|○

337 名前：Mr. 名無しさん 投稿日：04/04/04 03:03

待て！
「初めて女性と食事する事になったので、慌てて準備したんです」が謙遜に見え
る可能性は無視ですかそうですか。
今の電車パワーならそれが可能かもしれん・・・

339 名前：Mr. 名無しさん 投稿日：04/04/04 03:04

自分のために変わろうとしている男を
うれしく思ってるんじゃないかな？エルメスは。

362 名前：電車男 ◆ SgHguKHEFY 投稿日：04/04/04 03:12

体力の限界…＿|￣|○

今日もみんなありがとう
ノシ

---

383 名前：Mr. 名無しさん 投稿日：04/04/04 03:17

よし、じゃあみんなで電車の告白のときの台紙を考えよう！

---

389 名前：Mr. 名無しさん 投稿日：04/04/04 03:19

>383　式の時の「二人の出会いのエピソード」だったら即効思いつくのだが

---

390 名前：Mr. 名無しさん 投稿日：04/04/04 03:19

「第一印象から決めてますた！」

---

392 名前：Mr. 名無しさん 投稿日：04/04/04 03:20

>>383
「僕と人生っていう名の旅に出ませんか？電車で・・・」

---

398 名前：Mr. 名無しさん 投稿日：04/04/04 03:23

「年下ですけど、置いてかれないようにがんばりますから」

---

404 名前：Mr. 名無しさん 投稿日：04/04/04 03:27

「恋しちゃってもいいですか？」

---

433 名前：Mr. 名無しさん 投稿日：04/04/04 07:01

もまいらおはよ 'A`)ノ

意外と死者は少なめですんだな
しかし電車はこれからが勝負だな
とりあえず告白はもう少し後がいいと思うが
エルメスの気持ちを確かめる意味でも
2人きりで所謂「デート」な場所へ誘ってては？
中部在住なので、場所等は関東のえろい人任せた ('A`)

---

462 名前：電車男 ◆ SgHguKHEFY 投稿日：04/04/04 15:15

昨日の事が現実なのかメールとこのスレを見て再確認してました
すべて現実なのか…。なんか未だにたまに信じられなくなる事がありますが…

475 名前：電車男 ◆ SgHguKHEFY 投稿日：04/04/04 15:58

過去ログ読み返してタンですが…
台紙が定着してしまっている…＿|￣|○モウカンベンシテヤッテクダサイ

あと桜の話題は出しませんでした…＿|￣|○ オレハバカバカ
なんか友人さんに圧倒されっぱなしで

---

486 名前：Mr. 名無しさん 投稿日：04/04/04 17:07

―――夜景の見える展望台で
エルメス子「夜景…凄くキレイですね…」
電車男「僕のとっておきの場所なんですよ。」
エルメス子「そうなんですか…そんな場所をわざわざ教えていただいてありがとうございます。」
電卓男「いえいえ。エルメス子さんだから教えたんですよw」
エルメス子「あはは w 何か嬉しいですね w」
―――しばしの沈黙の後
不意にお互いの手が触れ合ってしまう
汽車男「あ、ごめんなさい…」（あわてて手をどける）
エルメス子「（小声）…どけなくてもよかったのに…」
雷車男「えっ」
戦車男「あの…エルメス子さん？」
エルメス子「は、はい？」
（お互いドキドキ）
洗濯男「僕ですね…実は…ずっとエルメス子さんのことが」
エルメス子「待って下さい。その先は私から言わせて下さい…。」
便所男「は…はい…」
（ここでエルメス子、電車男にそっと寄り添う）
エルメス子「あの電車で助けられた時から…ずっと電車さんのことが好きでした…
　　　　　私は年上だけど…置いてかれないようにするから付き合って下さい…」
（電車、そっとエルメス子を抱きしめる）
電轟男「僕なんかでよければ…いえ、むしろ僕からお願いします。付き合って下さい。」
エルメス子「ふふ…よかった。よろしくお願いします。」

キスをする二人。
彼らの後に輝く夜景の光だけが、彼らを見守っていた。
まるで二人を祝福するかのように…
―――――
職場で夕方に何かいてんだろ俺わせ d r f t g y えるめす l p；

488 名前：Mr. 名無しさん 投稿日：04/04/04 17:10

>>486
電車から何回変わってるんだw

489 名前：Mr. 名無しさん 投稿日：04/04/04 17:13

>>486
電車なのか汽車なのか列車なのか
そんな事よりそのシチュに遭遇したい

どうでもいいがもう顔射男さんによる核爆撃は決定？

490 名前：電車男 ◆ SgHguKHEFY 投稿日：04/04/04 17:16

俺も毎日のように >>486 のような妄想を繰り広げている訳だが

553 名前：Mr. 名無しさん 投稿日：04/04/04 21:51

漏れたちがここで、電車の想い人を
『エルメス』と呼んでいるように
エルメスと友人の間では
電車は『いっくん』と呼ばれているんだろうな。

友「いっくん、優しそうでよさげな人だったじゃ〜ん」
エ「ホント？やっぱりそう思う？」
友「あれは、間違いなくエルメスに気があるね〜」
エ「そうかなぁ〜（照」
友「毎晩メールとかしてるんでしょ？いい感じじゃん、付き合っちゃえ♪」
エ「でもでも、私だけ勘違いしてるってこともあるし・・・。
　　いっくん、誰にでも優しい人っぽいもん・・・。」
友「絶対そんなことないってー！」

とかいって・・・
電車が幸せな成長を遂げていく過程をうれしく見守る漏れと
無性に虚しくてサミシイ漏れがいるわけで・・・

537 名前：Mr. 名無しさん 投稿日：04/04/04 21:40

この中で告白した事のある、された事のある猛者はおらぬのか！

542 名前：Mr. 名無しさん 投稿日：04/04/04 21:44

>>537

振られたことなら多々・・・

546 名前：Mr. 名無しさん 投稿日：04/04/04 21:47

>>542
なんて告ったの？

578 名前：Mr. 名無しさん 投稿日：04/04/04 22:17

>>546
わるい、あるある見てた

けっこう仲良くなった子と電話で話してて、
今日こそ告白するぞって思ってたら
雰囲気を察知されて「そういう気ないから」って断られた

バイト先で気になってる子がいて、
話もしたことなかったから勇気を振り絞って話しかけにいった
「ちょっとお話したいんですけど」って話しかけたら
なにこの人みたいな顔されて逃げていかれた

ある飲み会に来てた知人の友人に惚れて、
後日思い切って素直に「付き合ってください」って告った
相手は「付き合うとかまだよくわからないけどとりあえずお友達から」
ってことになって、2週間後に「やっぱりごめんなさい」

サークルの後輩でけっこう自分を慕ってくれてるなって子がいて
二人きりになったチャンスに「俺と付き合って欲しい」って告ったら
「男としては見れない」って言われて断られた

まーこんなもんさー、 ('A`)ヴォエア

591 名前：Mr. 名無しさん 投稿日：04/04/04 22:28

なあ、今気付いたんだけどさ、
電車の「初めて女性と食事する事になったので、慌てて準備したんです」
って言葉の解釈が「エルメスに好意があるから」になると思うんだが。

形式的なお礼だったり、エルメス子のことをどうでもいいって思ってたら、
そもそも食事に誘わないし、準備もしないはず。

エルメス子のことだから多分気付いてるんじゃないかと。

596 名前：Mr. 名無しさん 投稿日：04/04/04 22:33

電車も天然だろうけど
エルメスも天然ぽいな。
案外気づいてないかもよ

---

55 名前：Mr. 名無しさん 投稿日：04/04/04 00:44

エルメス語録

「ははw、実はカマかけてたんですw」
「はい。ちゃんと掴んでますからw」
「きっと言っても聞かないんでしょうねw」
「友達にはよくムーミンに似てるって言われるんですよw」
「和食ってなんか電車男さんらしいですね」
「そうですか？w　じゃあ私もおめかししていきますのでw」

---

598 名前：Mr. 名無しさん 投稿日：04/04/04 22:34

>>596
そうかなー

天然系に語録 >>55 のような台紙は出てこんだろ

---

599 名前：Mr. 名無しさん 投稿日：04/04/04 22:35

台紙キタ━━━━━━(ﾟ∀ﾟ)━━━━━━ !!

---

600 名前：Mr. 名無しさん 投稿日：04/04/04 22:37

台紙って？

---

601 名前：Mr. 名無しさん 投稿日：04/04/04 22:41

>>600
台詞＝だいし＝台紙

---

765 名前：電車男 ◆ SgHguKHEFY 投稿日：04/04/06 20:51

どもです。昨日はメールのやり取りに専念してました
案の定、マトリックス難しいそうです

---

766 名前：Mr. 名無しさん 投稿日：04/04/06 20:57

それどういうこと？

何て言われたんだ？

---

767 名前：電車男 ◆ SgHguKHEFY 投稿日：04/04/06 21:03

>>766
ストーリーが難解なんですよね。2 あたりから。
俺も分かる範囲で解説したんですけどね

でもそこそこ楽しんでもらったみたいです

---

769 名前：Mr. 名無しさん 投稿日：04/04/06 21:16

メールのやり取りに専念…
専念するほどのやり取りだったのね…

('A`) ヴォエア

---

770 名前：電車男 ◆ SgHguKHEFY 投稿日：04/04/06 21:25

とりあえず、次回は少し先になりそうなので（再来週？）
それまで暇になりそうですね。

それまでにこのスレ埋まるかと思われますので
そのままにしておいて、動きがあったら自分がスレ立てようかと
思っていますがどうでしょうか？

---

881 名前：電車男 ◆ SgHguKHEFY 投稿日：04/04/06 22:58

次スレは 15 日辺りに

とんがり帽子をくれたムーミン part3

というスレタイです

みんな今日もありがとう
ノシ

---

367 名前：中の人 投稿日：04/04/10 21:00

お待たせしました。
【毒男が後ろから撃たれるスレ　衛生兵を呼べ】
http://www.geocities.co.jp/Milkyway-Aquarius/7075/
を更新しました。

あの爆撃この爆撃を濃縮して収録しています。免疫のない方はご注意ください。

最近スレがばらばらになってしまったので、本お知らせは私が知っている2箇所だけ貼っています。他に続いているスレがありましたら、転載お願いします。

編集職人さん　ご協力ありがとうございました

---

390 名前：電車男 ◆ SgHguKHEFY 投稿日：04/04/12 20:17

>>367
激しく乙です。思えば一月前は125氏のまとめページを
遠い世界のおとぎばなしかのように思っていた自分ですが
まさか自分自身がまとめサイトに乗る様になるとは…
本当人生分からないと思いました

ここ数日もメールをちょこちょこやり取りしているのですが…
なんですか。これは一般的に言う「脈あり」とかいう現象でしょうか (´ー｀)

---

392 名前：Mr. 名無しさん 投稿日：04/04/12 20:33

電車キタ━━━━(#`Д´)´∀｀)･ω･)゜Д゚)´∀｀)･∀･) ̄ー ̄)´⊿`) ━━━━!!
(´ー｀)←次のトラウマな予感w

---

399 名前：Mr. 名無しさん 投稿日：04/04/13 02:29

脈あり…脈あり…

軍曹…自分は脈…が…とだえそ…う…です……

---

400 名前：Mr. 名無しさん 投稿日：04/04/13 03:08

しっかりしろっ！
故郷のおふくろさんが待ってるぞ！

---

409 名前：電車男 ◆ SgHguKHEFY 投稿日：04/04/13 21:00

昨日は黙って消えてすいませんでした。うっかり寝落ちしました

脈ありというのは、毎日最低一回はメールしているという事と
その内容ですね。主に映画の事だったんですが、そこから
価値観の話になって、そこから更に恋愛っぽい話に展開。
彼女の意見に対して

「僕は経験が全くないので分かりませんが（苦笑）」
「ええっー！それは嘘でしょ。周りの女性が放っておくわけがないです（笑）」

みたいな感じです(´一｀)

412 名前：Mr. 名無しさん 投稿日：04/04/13 21:07

>>409
自信は持って卑屈にならず。
かといって天狗にもならず、今の電車さんの良さ、持ち味を無くさないで
このまま関わって、良い関係を続けられればいいね。

413 名前：Mr. 名無しさん 投稿日：04/04/13 21:10

>>409
エルメスがそう言うってことは、改修後の電車男がむさくるしい秋葉ヲタには見
えないってことだな。
だんだん話題が広がっているようで、今度会う時はいままでより話が弾むかな。

414 名前：Mr. 名無しさん 投稿日：04/04/13 21:10

>>409
ええのー

でもなんか、エルメ子たんは電車男をものすごく偶像化してるようなので、
ボロが出たら怖いなぁ

でも女の「もてるでしょう」ほど当てにならん言葉はないがな
漏れも「もてなくて・・・」っていうと「うそー」といわれるが、
女に言い寄られたことなんてねーよ

415 名前：Mr. 名無しさん 投稿日：04/04/13 21:12

>>409
だからって油断するなよー
図に乗るのも良くない
今まで通り、確実慎重にな

419 名前：電車男 ◆ SgHguKHEFY 投稿日：04/04/13 21:26

はい、これからも気を引き締めてがんがります(`･ω･´)
ではまた二日後に

ノシ

477 名前：Mr. 名無しさん 投稿日：04/04/17 21:29

俺も電車男を見習って美容院とやらに初めて行ってきたぜ！
女の子に髪イジられたり、マッサージされるのっていいよね。
結構(;´Д`)ﾊｧﾊｧする。

ところで、この髪型どうやって再現するんだろ？

478 名前：Mr. 名無しさん 投稿日：04/04/17 21:38

>>477
写真とっておいて、ワックスとかスタイリング剤で再現すれば？

479 名前：Mr. 名無しさん 投稿日：04/04/17 21:42

>>478
その再現のセットってどうやるんだろうw

美容院子「普段ワックスとか付けてますか？」

俺「いえ」

美容院子「付けて下さい…」

正直もっと叱られたかった

480 名前：Mr. 名無しさん 投稿日：04/04/17 21:53

>>479
使い方とかは雑誌とか買ってきたり、ネットや他の板で調べろ。
髪質とか髪型で求める効果が違うから頑張れ。

▼▲男のスタイリング・整髪料【29】▲▼
http://life3.2ch.net/test/read.cgi/diet/1082167933/l50

483 名前：Mr. 名無しさん 投稿日：04/04/17 22:09

>>480
読んでみたけど
意味がサパーリわからん

488 名前：Mr. 名無しさん 投稿日：04/04/17 22:17

>>485
分からない単語

セット力
ブロー
スタイリング
毛束

よく「ねじる」って出るけど、ねじってどうすんだろう?

___

492 名前：Mr. 名無しさん 投稿日：04/04/17 22:33

セット力・・・イメージする髪型に持っていけて維持できるか
ブロー・・・ドライヤーを使って髪をスタイリングする事
スタイリング・・・髪型を整える事
毛束・・・髪の毛の束

かな?なんか間違ってたらスマン。

ねじってどうする言われても・・・
ねじるのは・・・えーと・・・目的とする髪型を作るため?

後、以前出てた美容室検索サイト
http://www.walkerplus.com/hairsalon/
http://www.beauty-navi.com/

___

493 名前：Mr. 名無しさん 投稿日：04/04/17 22:49

ねじって、毛先がくっついて、たばになってわかれたり立ったりするだろ
あれだ
無造作ヘアとかいってぼさっとしてるようできまってるというやつだ
なんか毛先をぐじぐじしてるイケメソ風のやつがたまにいるやつだー

多分な・・・

___

57 名前：Mr. 名無しさん 投稿日：04/04/16 11:38

コンビニで買い物終わって帰ろうとしたらおねいさんが
店員に道を聞いていた
地元だったので何処ですか?と聞いたら知ってる所だったので
送っていった
目的地についたらおねいさんがやたら感謝してくれて
名前とか連絡先聞いてきたが
困ってる人を助けるのは当然です、お礼なぞいりませんと

爽やかにさりました

ええ、へたれですよ‥‥

---

58 名前：Mr. 名無しさん 投稿日：04/04/16 11:44

>>57
案内男としてデビューするチャンスだったのに

---

59 名前：Mr. 名無しさん 投稿日：04/04/16 12:03

>>57
ばか！ばか！
意気地なし！
「お礼したいから」なんてただの方便だったのに……。

---

111 名前：案内男‥‥ならず 投稿日：04/04/16 23:36

なんと今日は別の気の強いおねいさんと連絡先交換してきました

白バイのおねいさんだったとさ＿ITO

---

102 名前：Mr. 名無しさん 投稿日：04/04/16 23:05

WEB カメラ越しにニワトリに命令できるぞ
命令文は英語のみ
http://www.subservientchicken.com/
ヒマつぶしにでもドゾー

---

673 名前：名無しちゃん…電波届いた？ 投稿日：04/04/16 22:57

鶏に「i love you」って言ってみた
カメラにどアップで近づいてきて、ピースしてくれた

ちょと萌えた

---

108 名前：Mr. 名無しさん 投稿日：04/04/16 23:34

>>102　今見た。おもしろいな。ヒマそうだから、だれか命令してやってよ

---

109 名前：Mr. 名無しさん 投稿日：04/04/16 23:34

102のやつってどういう仕組みになってるんだ？
ニワトリがライブ状態で待機してるの？

113 名前：Mr. 名無しさん 投稿日：04/04/16 23:37

>>109
ネタをばらせば、
キーワードに応じてあらかじめ準備してある動画を表示してるだけ

でもおもしろい
calm down とか
lay down とか
hate you とか

121 名前：Mr. 名無しさん 投稿日：04/04/17 00:01

kill me って入れたら近づいてきて、
マジ怖かったから消しちゃった。

123 名前：Mr. 名無しさん 投稿日：04/04/17 00:06

suck my dick って言ったら近づいてきて何かされた

125 名前：Mr. 名無しさん 投稿日：04/04/17 00:12

sex って入れたらチッチッチってされた

128 名前：Mr. 名無しさん 投稿日：04/04/17 00:15

duck て入れたら真似してるし

331 名前：Mr. 名無しさん 投稿日：04/04/17 17:28

>>102 のニワトリの命令文リスト
http://dev.magicosm.net/cgi-bin/public/corvidaewiki/bin/view/Game/Subservient
ChickenRequestList

ニワトリ怖すぎ、夢に出てきそう。
kill me 入れたときホントに殺されるかと思った。

毒男達がニワトリと戯れている間に、電車男はせっせとエルメスにメールを送り
続け、会食の約束を取り付けていた。

147 名前：電車男 ◆ SgHguKHEFY 投稿日：04/04/17 01:02

遅れてすいません。今日は普通に仕事でした…
仕事中にメールもしてたから全然はかどらないですし

明日、会食することに決まりました～

150 名前：電車男 ◆ SgHguKHEFY 投稿日：04/04/17 01:06

なんか誤解させてしまったようですいません…＿|￣|○
実はさっきまで明日か明後日か揉めてました…(´・ω・`)

157 名前：電車男 ◆ SgHguKHEFY 投稿日：04/04/17 01:12

揉めてたっちゅうか、向こうが迷ってた感じですかね
次の日早いからどうしようかなーって感じで。
あとお店どこいくかとか。
昨日までいつ、どこにするか考えてなかったんですよね＿|￣|○

158 名前：Mr. 名無しさん 投稿日：04/04/17 01:12

こんなおそくまで、デートの日取りで、もめてたねぇ・・・

爆撃されました。

162 名前：Mr. 名無しさん 投稿日：04/04/17 01:15

漏れらときたら、塹壕ほるどころか、

に　わ　と　り　と　戯　れ　て　ま　す　た

167 名前：電車男 ◆ SgHguKHEFY 投稿日：04/04/17 01:18

なんというかですね。
最近、結構くだらない事もメールでやりとりしたりしてるんですよね。
今日昼休み何食ったとか、今日暑いとか、テレビ何見たとか

そんなことばっかやって、明日どうするか決めるの忘れてました(´ー`)

170 名前：Mr. 名無しさん 投稿日：04/04/17 01:19

(´ー`)←トラウマになるのかな

172 名前：Mr. 名無しさん 投稿日：04/04/17 01:21

いつ告白とかするのか決めてる？

174 名前：電車男 ◆ SgHguKHEFY 投稿日：04/04/17 01:22

>>172
＿|￣|○

175 名前：Mr. 名無しさん 投稿日：04/04/17 01:23

>>174
誕生日とか、しってるの？

177 名前：Mr. 名無しさん 投稿日：04/04/17 01:24

>>174
((((;゜Д゜)))なんだその＿|￣|○は！！まさか、もしや、既に…！！

182 名前：電車男 ◆ SgHguKHEFY 投稿日：04/04/17 01:26

>>175
お互いに知らないです。

そういや、一緒に通勤しようかなんて話も持ち上がっている訳ですが
時間的にちょっと難しいんですけどね。

なんかこないだ通勤中に痴漢に遭ったそうです＼(`Д´)／

184 名前：Mr. 名無しさん 投稿日：04/04/17 01:26

一緒に通勤…あああああうううああーーーーー

186 名前：Mr. 名無しさん 投稿日：04/04/17 01:27

>>182
俺が一緒に居たら絶対守るのに

とか言っちゃったに違いない・・・。

187 名前：電車男 ◆ SgHguKHEFY 投稿日：04/04/17 01:27

>>177
すんません。どうするか全然考えてないって意味です。
告白したら…どうなるんだろう…

でも、このままの状況を引きずるのも良くないような…

189 名前：Mr. 名無しさん 投稿日：04/04/17 01:28

ゆっくりいけばいいんでないの。
恋愛話とかした？

190 名前：Mr. 名無しさん 投稿日：04/04/17 01:28

>>186
いったのか！？そうなのかーーーっ！？

電車でそういうヤな思いをするほど、
電車に追い風になる予感。

191 名前：電車男 ◆ SgHguKHEFY 投稿日：04/04/17 01:29

>>186
(´ー｀)

199 名前：電車男 ◆ SgHguKHEFY 投稿日：04/04/17 01:31

>>189
映画を通して、かるく恋愛観の話とかしましたよ

204 名前：Mr. 名無しさん 投稿日：04/04/17 01:33

>>199
エルメスがフリーなのは確実そうか？

211 名前：電車男 ◆ SgHguKHEFY 投稿日：04/04/17 01:35

なんか珍しく朝早くメール来たと思ったら
「痴漢に遭った」と。

かなり凹んでいたようなので
メールで必死に励ましました。

で、
「自分がいたら絶対そんなことさせないのに」
「そういう訳にはいかないですから」
「良かったら一緒に通勤しますか？」

出勤時間とか駅とかの関係でやっぱり難しそう

という感じです

217 名前：電車男 ◆ SgHguKHEFY 投稿日：04/04/17 01:36

というかですね。毎日メ1レする方が無理…_|￣|○

222 名前：Mr. 名無しさん 投稿日：04/04/17 01:38

チクソーチクソー、悔しいからニワトリでオナニーしてやる

223 名前：Mr. 名無しさん 投稿日：04/04/17 01:39

>>222
やめとけ、体によくなさそうだ。なんとなく

225 名前：Mr. 名無しさん 投稿日：04/04/17 01:39

>>211
おまいほんと積極的になったよな
もう最初の電話しようかどうしようかって悩んでた電車男とは別人だよ
漏れた地のツムジを踏み台に、激しくステップアップしたんだなぁ
ちょっと切ない気もするけど、うれしいよ

226 名前：Mr. 名無しさん 投稿日：04/04/17 01:40

もともと電車には、勇気があったわけで。
きっかけだけだったんだな。

229 名前：電車男 ◆ SgHguKHEFY 投稿日：04/04/17 01:42

>>204
本人の口から「フリーです」とは聞いた事無いですね…_|￣|○

マトリックス2でネオがトリニティの目の前で他の女とキスするシーンがあって
それに彼女はショックを受けたらしく、そこから恋愛観の話になっていきました。

因みに彼女は自分がトリニティの立場だったらショック死するそうです(´―`)
で、俺は「経験ゼロなので分かりません_|￣|○」→「そりゃあ嘘でしょw」み
たいな

243 名前：Mr. 名無しさん 投稿日：04/04/17 01:49

聞いちゃえばいいじゃん、彼氏いるかいないか
「もし彼氏いるなら、こうやって何度も食事にお誘いするのご迷惑じゃないかと

思って」
とかなんとか言ってさぁ

---

256 名前：Mr. 名無しさん 投稿日：04/04/17 01:57

どうやらすぐ告白とかする気はなさそうだし、長い戦いになりそうだなぁ〜。
でもなんとなく、エルメスの言動聞いてると、電車の思惑はバレてて、
エルメスが悩んでるような気がすんだよ。
今告白とかしても、「ちょっと…考えさせてください」とか言われちゃいそうな
予感

---

258 名前：電車男 ◆ SgHguKHEFY 投稿日：04/04/17 01:58

今日も色々と助言有難うございました
明日に備えます

ノシ

---

273 名前：Mr. 名無しさん 投稿日：04/04/17 02:14

正直、電車タソに関してはもう、俺たちの出る幕はないよ。
電車の発する鬱爆弾に鬱になるだけさ。
鬱スレのあるべき姿に戻っただけかもしれないな…

---

291 名前：Mr. 名無しさん 投稿日：04/04/17 08:45

く・・寝た後に来たのか、電車タソ

まずは関係維持おめ、で、ちょい長いけど、一緒に通勤〜の話を・・・
どうしても・・かなり電車が無理をしてもそれは駄目なのかな？
別に通勤の服なんか、社会人ならスーツでいいでしょ？
数が無いなら、Ｙシャツだけでも７枚ぐらい有ればいい
そうすりゃ、少々洗濯できなくても毎日代えれるし

そこは男が無理をしてでも「守る」べきだと思うよ？
女性にとって痴漢ってのは本当に恐ろしい存在だと思うし
なにより、喪前は「電車男」だろ？
電車で彼女を守った事がきっかけなら、ここでも彼女を守れるのは喪前だ！

そして、そんな話になるって事は、彼氏居ないと思うな
大体彼氏いれば「一緒に食事行ってくれる相手が居ない」なんて言わないし
痴漢から守ってくれ＝一緒に通勤しよう、と頼むのもその彼氏に頼むべ？

電車、これは超チャンスだぞ？

毎日エルメスに会えるんだぞ？
そうすれば、仲良くなるチャンスも増えるだろ？
話す内容なんか「なんでもいい」って、この1週間で分かったろ？

まあ・・・電車のほうが、エルメスよりも出勤早いから無理だって話なんだろうけど・・・
それでも、せめて来週の頭2日だけとか、自分の職場に遅刻を頼んでみるとか・・・

ここで、一緒に通勤する事ができれば、かなりのポイントUPだと思うんだがなぁ
電車タソ、これが所謂「フラグが立つ」ですよ？w

---

294 名前：電車男 ◆ SgHguKHEFY 投稿日：04/04/17 10:49

今起きました。そして美容院予約完了

同伴通勤については今日話し合うつもりです
問題というのは、彼女のおりる駅と俺の降りる駅が線が違う上に
かなり離れているので、彼女の降りる駅まで付いて行ったら確実に遅刻するんですよね
要するにどうしても一緒に通勤するならお互いに早起きですよ。
そして時間早くしたらラッシュにも巻きこまれない悪寒…＿|￣|○

---

296 名前：Mr. 名無しさん 投稿日：04/04/17 10:53

ところで、電車タソ今日はどう言う予定なの？
差し支えない範囲で良いので、よろ

---

297 名前：Mr. 名無しさん 投稿日：04/04/17 10:54

出かける前にみたらリアルタイムか('A`)
一般的な痴漢対策についてぐぐってから行ったらどうか、と言ってみる。

---

298 名前：電車男 ◆ SgHguKHEFY 投稿日：04/04/17 10:59

>>296
いつも通りですね。夕方頃合流して、また2件周ります。

>>297
おkです

---

305 名前：電車男 ◆ SgHguKHEFY 投稿日：04/04/17 11:43

時間的にかなり早いのですが、そろそろ出ます。

また夜に来ます

ノシ

さっそうと出撃に向かう電車男。初陣の不安さを微塵も感じさせない。

---

387 名前：Mr. 名無しさん 投稿日：04/04/17 23:30

エチまでいかずとも「ちゅぅ」して帰って来たりしただけでも瀕死だな

・・・手を仲良く繋いだぐらいなら、這って大本営に戻る事ぐらいはできるが

---

392 名前：Mr. 名無しさん 投稿日：04/04/17 23:39

全戯がおわり…

エルメス子「ねぇ電車さん…あたし電車さんとひとつになりたい…」
電車男「おｋ」
戦車男「ゴムどこか　たのむ」
エルメス子「今日…大丈夫な日だから…生でもいいよ…」
電卓男「いやさすがにそれは…」
エルメス子「はは、実はカマかけてたんですｗ　誠実そうな人でよかった」

いざ挿入…

前戯男「あれ…もういっちゃった…」
エルメス子「え、もう？」
電話男「(´・ω・｀)」

エルメス子「電車さんらしいですねｗ　ちゃんと（ナニを）掴んでますからｗ」
便所男「(´一｀)」

---

401 名前：Mr. 名無しさん 投稿日：04/04/17 23:49

皆、結局電車が成功するのと、失敗するの、本音はどっちに期待してる？

漏れは電車に成功して、エルメスと仲良くカポーになってもらいたいよ

---

403 名前：Mr. 名無しさん 投稿日：04/04/17 23:49

>>401
まったく同じだ

---

404 名前：Mr. 名無しさん 投稿日：04/04/17 23:51

>>401
同意。

---

408 名前：Mr. 名無しさん 投稿日：04/04/17 23:52

>>401
成功に 1 票 ノシ

新たな都市伝説を作ってほすぃ

---

409 名前：Mr. 名無しさん 投稿日：04/04/17 23:52

>>401
性交、いや成功するほうに 10000 エルメス

---

410 名前：Mr. 名無しさん 投稿日：04/04/17 23:52

俺は電車が幸せになるならなんでもいいよ

---

415 名前：Mr. 名無しさん 投稿日：04/04/17 23:54

マジで遅い訳だが
これはもしかするとアレか？

---

420 名前：Mr. 名無しさん 投稿日：04/04/17 23:55

みんなもちけつ。
電車の帰りが遅いのは今に始まったことじゃないぞ

---

423 名前：Mr. 名無しさん 投稿日：04/04/17 23:55

電車は帰ったら即 PC 立ち上げてエルメスにメールを送るはず
そのときについでに報告カキコをしないのは不自然
よってまだ帰宅していないと予想

---

448 名前：Mr. 名無しさん 投稿日：04/04/18 00:14

今夜の 2 軒目はろまんてぃっくな夜景が見える高層ホテルのバー
そろそろ終電だから帰ろうかとする電車にエルメスが

---

449 名前：Mr. 名無しさん 投稿日：04/04/18 00:15

>>448
(ﾉ∀`)毒男ﾗｼｲ発想

---

459 名前：Mr. 名無しさん 投稿日：04/04/18 00:29

レスがないのが一番の爆撃だと今夜気付きました
もう辛いので寝ます

---

464 名前：Mr. 名無しさん 投稿日：04/04/18 00:34

俺は待つ！ヤツが戻ってくるまで！
深夜組の意地を見せてやる！

例によって帰りが遅い。脱落者が出始めた頃、戻ってきた電車男。奴は懐に今までにない強力な火器を忍ばせていた。

---

476 名前：電車男 ◆ SgHguKHEFY 投稿日：04/04/18 00:42

どもです。只今帰りました。
家まで送ったのですっかり遅くなってしまった…(´ー`)
今日は本当疲れた…＿|￣|○

では着替えてきますﾉｼ

---

478 名前：Mr. 名無しさん 投稿日：04/04/18 00:44

>>476
お帰り＆モツカレ

---

479 名前：Mr. 名無しさん 投稿日：04/04/18 00:44

爆撃ｷﾀ━━━━(ﾟ∀゚(○=(゚∀゚)=○)ﾟ∀゚)━━━━!!!

---

481 名前：Mr. 名無しさん 投稿日：04/04/18 00:44

ｷﾀ━━━━(ﾟ∀゚(○=(゚∀゚)=○)ﾟ∀゚)━━━━!!!!!

家まで送ってﾀ━━━━(Д゜(O=(´∀`)=O)Д゜)━━━━!!!!!

487 名前：Mr. 名無しさん 投稿日：04/04/18 00:45

> 家まで送ったのですっかり遅くなってしまった
> 家まで送ったのですっかり遅くなってしまった
> 家まで送ったのですっかり遅くなってしまった
> 家まで送ったのですっかり遅くなってしまった
> 家まで送ったのですっかり遅くなってしまった

いきなりボディブローかよ・・・＿|￣|○

523 名前：電車男 ◆ SgHguKHEFY 投稿日：04/04/18 01:00

戻りました。

今日は夕方に待ち合わせてたんですが
美容院の予約が早い時間にしか取れなかったので
慌てて準備してかなーり早く家を出ました。

美容院に着いたら、また前の人がやってくれて
「今日はデートですか？」
と聞いてきたので
「えぇ、まぁ」
と言ってやりました (´ー｀)

時間までかなりあるので、久し振りに秋葉探索へ
もう何も買えないけどね…＿|￣|○
しかし絵売りの姉ちゃんに
「お兄さん秋葉っぽくないですね」
と言われたのが収穫でした (｀・ω・´)

一通り見回って、いい時間になってきたので
待ち合わせ場所へ。１５分前に着いたけど
既に彼女が待っていた。
俺は小走りで彼女の元へ

528 名前：Mr. 名無しさん 投稿日：04/04/18 01:00

>「お兄さん秋葉っぽくないですね」

…しにそう

540 名前：Mr. 名無しさん 投稿日：04/04/18 01:02

「お兄さん秋葉っぽくないですね」

ほんとか？
人間ってここまでかわれるのか！？
うっそだろうううう！！
ｗせｄｒｆｔｇｙふじこｌ

---

556 名前：Mr. 名無しさん 投稿日：04/04/18 01:06

防空壕！防空壕どこ？！？！！！

---

557 名前：Mr. 名無しさん 投稿日：04/04/18 01:06

もう、遅い・・・いまさらにげｒ

---

559 名前：Mr. 名無しさん 投稿日：04/04/18 01:06

俺の対カップル用装備は竹やりなんだけど、
屋根に上ったら電車に届くかな？

---

563 名前：Mr. 名無しさん 投稿日：04/04/18 01:07

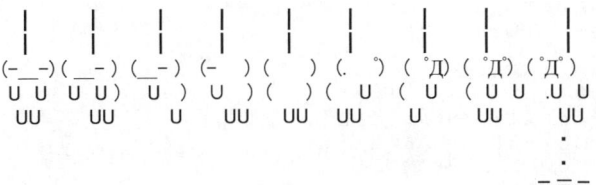

---

573 名前：Mr. 名無しさん 投稿日：04/04/18 01:08

もまえら落ち着け、まだ第一波も来てないんだぞー！

---

582 名前：Mr. 名無しさん 投稿日：04/04/18 01:09

ちょっと待ってください！

　　敵　機　は　ま　だ　爆　弾　を　投　下　し　て
　　い　ま　せ　ん　！！

>>582
威嚇射撃でこの有様だ・・・

威嚇射撃だけであわてふためく毒男達に、今度は電車男はまっすぐ銃口を向けた。

---

616 名前：電車男 ◆ SgHguKHEFY 投稿日：04/04/18 01:15

「こんにちは」
「あれっ！？今日は早いですねｗ」

と軽く挨拶。彼女はいつも遅れていたので
今日こそは早く来るつもりでいたそうです。
今日の彼女の服装は春らしく薄着でした。

珍しく、ズボンというかジーパン履いてましたね。
いやぁ「ちゃんと食べてるの？」と聞きたいくらい
足細いです。短い袖の可愛らしいシャツ？
みたいなの着てました。腕も白くて細かったですﾊｧﾊｧ
うーん、薄着っていいね（´ー｀）

早速、店へ移動開始。
今日も街は、もうずっと人大杉で
それを二人で掻き分けるように進んでいく。
俺はちょっと後ろを歩いていた。
「やっぱり今日も人多いですね～」
と彼女がぽやく
「大丈夫です。ちゃんと掴んでるんでｗ」
俺は冗談っぽく言って彼女の手首を掴んだ
「あははｗ」
彼女は掴まれた手を見て笑ってた。
「じゃあしっかり付いて来てくださいねｗ」
と店へと歩いていく。

手首細かったなぁ…（´ー｀）

---

625 名前：Mr. 名無しさん 投稿日：04/04/18 01:16

> 俺は冗談っぽく言って彼女の手首を掴んだ

> 俺は冗談っぽく言って彼女の手首を掴んだ
> 俺は冗談っぽく言って彼女の手首を掴んだ
> 俺は冗談っぽく言って彼女の手首を掴んだ
> 俺は冗談っぽく言って彼女の手首を掴んだ

新型爆弾キタ━━━━━━━━(ﾟAﾟ)━━━━━━━━ !!!!!

---

630 名前：Mr. 名無しさん 投稿日：04/04/18 01:17

俺はここまでだったらしい・・・先に逝く

＿|￣|○スマン

---

635 名前：Mr. 名無しさん 投稿日：04/04/18 01:18

衛生兵　えいせひえ r っへいいいいいいいいいいいいいいいいいいいいいいいい

---

636 名前：Mr. 名無しさん 投稿日：04/04/18 01:18

なんて有り様だ…

---

640 名前：Mr. 名無しさん 投稿日：04/04/18 01:18

電車のモビルスーツはバケモノか

---

645 名前：Mr. 名無しさん 投稿日：04/04/18 01:19

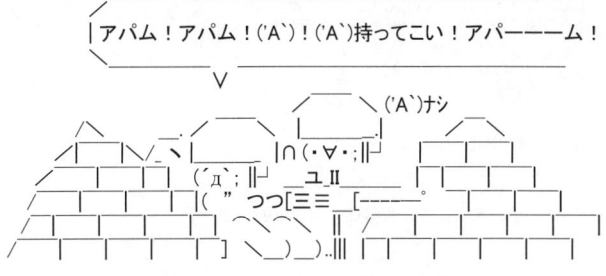

---

661 名前：Mr. 名無しさん 投稿日：04/04/18 01:21

ああ…これだよ。
俺達と同じ毒男だったはずの電車の成長っぷり…

今までの神にない凄まじい破壊力…！！

取り残された俺達はその輝かしい背中をただ眺めるのみ…

ごふっ

---

663 名前：Mr. 名無しさん 投稿日：04/04/18 01:21

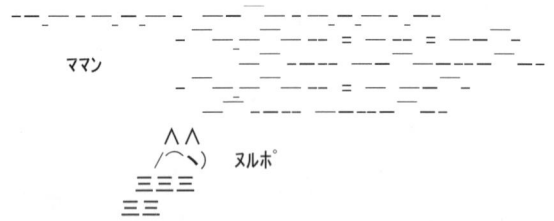

---

664 名前：Mr. 名無しさん 投稿日：04/04/18 01:21

みんなが光に包まれていく

俺はまだ・・・やらなきゃ・・・

---

672 名前：Mr. 名無しさん 投稿日：04/04/18 01:23

> 「大丈夫です。ちゃんと掴んでるんでｗ」
> 俺は冗談っぽく言って彼女の手首を掴んだ
> 「あはは ｗ」
> 彼女は掴まれた手を見て笑ってた。
> 「じゃあしっかり付いて来てくださいねｗ」

なんだ？何が起こっているんだ！？
これが連邦の新兵器なのかッ！！！？

---

688 名前：Mr. 名無しさん 投稿日：04/04/18 01:25

報告します！
第一高射砲陣地沈黙しました！
敵は新型爆弾を使用した模様です！！！

---

689 名前：Mr. 名無しさん 投稿日：04/04/18 01:25

すげぇ、電車の一言一言が
おれの胸のぐじゃぐじゃしたとこで、破裂する。

なんという精度。これが新兵器。

次々に倒れていく毒男達に追い討ちをかけるようにさらに引き金を引く電車男。

695 名前：電車男 ◆ SgHguKHEFY 投稿日：04/04/18 01:26

俺は彼女の手首を掴んだままだ。
信号待ちに差しかかると、**彼女が俺の手を振り払って
逆に俺の手の平を握ってきた。
「この方が自然ですね」**
と微笑みかけてくれた。なんかもうびっくりして
俺どんな顔してたか分からない。

彼女の手、細くて、冷たくて、柔らかくてちっちゃいんですよ。
今でもあの感触忘れませんね。

しばらく歩いてると、緊張のせいか俺、手に汗かいてきてしまった…_|￣|○

それでも離さずに握っててくれて有難う。

699 名前：Mr. 名無しさん 投稿日：04/04/18 01:27

ぎゃあああ
あああ
あああああああああああああああああああああああああああああああああああああ

702 名前：Mr. 名無しさん 投稿日：04/04/18 01:27

い く ら な ん で も こ れ は も う 間 違 い な い

701 名前：Mr. 名無しさん 投稿日：04/04/18 01:27

新型爆弾だ！
このスレから半径 10 キロ圏内の全住民を避難させろ！
急げ！！！！！！！！！！

707 名前：Mr. 名無しさん 投稿日：04/04/18 01:28

> 信号待ちに差しかかると、彼女が俺の手を振り払って
えっ？
> 逆に俺の手の平を握ってきた。
ちゅど〜〜ん

---

713 名前：Mr. 名無しさん 投稿日：04/04/18 01:28

>>707
助走つきの攻撃みたいなもんだな・・・
破壊力二倍・・・

カプールの連中はなぜおとなしく信号待ちをできないのだ、あんな事やこんな事
しやがって、などという理不尽な怒りもむなしく電車男の攻撃は続く。

---

715 名前：Mr. 名無しさん 投稿日：04/04/18 01:29

なんで手つなぎだけでセクース爆撃よりも破壊力あるんだろう・・・

---

717 名前：Mr. 名無しさん 投稿日：04/04/18 01:29

> 逆に俺の手の平を握ってきた。
>「この方が自然ですね」
> 逆に俺の手の平を握ってきた。
>「この方が自然ですね」
> 逆に俺の手の平を握ってきた。
>「この方が自然ですね」
> 逆に俺の手の平を握ってきた。
>「この方が自然ですね」
> 逆に俺の手の平を握ってきた。
>「この方が自然ですね」
> 逆に俺の手の平を握ってきた。
>「この方が自然ですね」
> 逆に俺の手の平を握ってきた。
>「この方が自然ですね」

第二波来ました！
かなりデカいです！！！！！！！！！

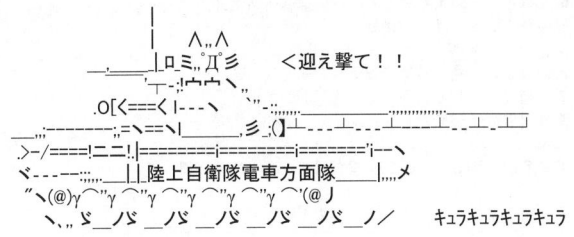

我々は・・・・いったい何を作ってしまったのだ
いったい誰が、アレがあんな怪物にまで成長すると予想できただろうか
最初はほんの好奇心と、わずかな慈悲の心だった
我々の探究心が彼に力を与え、力を得始めた彼は
自らの力でどんどん成長を重ねていった
そしていまや、彼は我々をつま先で殺戮できるほどのバケモノになったのだ
ああ、これは勝利なのか、それとも敗北なのか
我々の期待以上バケモノを生み出してしまったことは
否、これは我々の功績でさえない、
我々はただ彼に眠っていた本能を呼び覚ましただけに過ぎない
そうだ、そうなのだ、やはり我々は敗者、永遠の敗者にすぎないのだ！

今日の店はかなり風変わりな感じでした。
ホラーな雰囲気で。
「ここも前から来たかったんですよ〜」
という事。自分はやっぱりかなり緊張します。

でも料理はかなり(ﾟдﾟ)ｳﾏｰかったです。
値段もそこまで高くなかったですし。
飲み物は彼女はカクテルを頼んで
「あ、じゃあそれもう一つ」
と俺も同じものを頼んだ。
「カクテルも飲むんですね」
「いや、同じの飲んでみようかなってｗ」
「ははｗ」

そこでマトリックス3巻を受け取る
メールでも話したけど、また感想や謎について語り合う
彼女はキアヌ萌えだそうです。俺はスミス萌え。
例のキスシーンはやっぱり
((((;゚Д゚)))アワワワワ
という感じで見入っていたそうです。
で、結局キスしてしまってヽ(゚Д゚)ノウワァァン
俺はその様子を見て(´ー`)モエーン

---

870 名前：Mr. 名無しさん 投稿日：04/04/18 01:56

第三波来ました！！！！！！！！！！

---

884 名前：Mr. 名無しさん 投稿日：04/04/18 01:58

(ネオが作品中) で、結局キスしてしまってヽ(゚Д゚)ノウワァァン
か・・焦ったよ・・はは

---

919 名前：Mr. 名無しさん 投稿日：04/04/18 02:07

この間が怖いんだよ・・・マジで

---

922 名前：Mr. 名無しさん 投稿日：04/04/18 02:08

東京に住んで長いが
どこの店か全然想像つかん。

名古屋だったらここを思い浮かべるんだが。
http://www.kangoku.com/41.htm

---

924 名前：Mr. 名無しさん 投稿日：04/04/18 02:08

>>922
俺が思ったのも監獄居酒屋

---

933 名前：Mr. 名無しさん 投稿日：04/04/18 02:10

http://r.gnavi.co.jp/g528910/

ここと思われ

---

923 名前：電車男 ◆ SgHguKHEFY 投稿日：04/04/18 02:08

それと例の同伴通勤の話もしました

その話になると、見る見る元気が無くなってきたので
思わず何度も「大丈夫ですか？」と聞いてしまった。
結局時間の関係で難しそうなので
今回はお流れとなりました。

そこでぐぐった痴漢対策のページを出力したものを渡す。
俺も読んだので口頭で重要な部分を説明する。
彼女は何度も
「有難うございます」
と何度も頭を下げてた。俺も何故か釣られて頭を下げる

２件目の予約の時間が迫ってきていたので
少し早かったけど店を出る。
今回も割り勘でした。
「そろそろ御馳走させて下さいよ」
とまた冗談っぽく言うと
「ダメですw」
とサラリと流されました（´一`）

---

929 名前：Mr. 名無しさん 投稿日：04/04/18 02:09

やさしいな。
なんか、本当に涙がでる。

---

941 名前：Mr. 名無しさん 投稿日：04/04/18 02:12

おい・・
本当におまえら、よれよれだな？

---

942 名前：Mr. 名無しさん 投稿日：04/04/18 02:12

だめだ、落ち着かない、バナナでも食おう

---

944 名前：Mr. 名無しさん 投稿日：04/04/18 02:13

うちにはバナナがない…

---

945 名前：Mr. 名無しさん 投稿日：04/04/18 02:13

>>933
毎日３回行われる心臓バクバクのアトラクションでおもしろさ最強の監獄居酒
屋。（全室完全個室）

（全室完全個室）

（全室完全個室）
（全室完全個室）
（全室完全個室）
（全室完全個室）
（全室完全個室）
（全室完全個室）
（全室完全個室）

---

953 名前：Mr. 名無しさん 投稿日：04/04/18 02:16

>>923
どんな雰囲気だったのかが分からないので漏れの勘繰りすぎかもしれんが
電車の書き込みを見る限りでは同伴出勤の話題はしつこいような気がする。

それと痴漢対策については紙媒体を渡すよりも電車自身が要点を教えてあげたほうがいいと思われ。

まあ、エルメスの電車に対する好感度ならそれくらいは気にしないとも思うがな。

---

960 名前：Mr. 名無しさん 投稿日：04/04/18 02:19

>>953 が言う通り一緒に通勤する話題はもう忘れた方がいいね
痴漢対策もわざわざプリントまでされちゃうと
嬉しさもあるだろうけど物々しすぎて少しひいてしまったかもしれない

---

966 名前：Mr. 名無しさん 投稿日：04/04/18 02:20

>>965
そう！マイナスポイントだよな！でもな、

('A`) そんなことじゃ揺らがないんだろうなエルメスと電車の仲はさ・・・

---

967 名前：Mr. 名無しさん 投稿日：04/04/18 02:20

ここは電車のマイナスポイントを探して心の安定をはかるスレになりました

---

971 名前：Mr. 名無しさん 投稿日：04/04/18 02:21

>>953
けっこう同意
痴漢なんてけっこう満員電車乗ってると普通にあっちゃうから
そのときはショックでもその後までずっと引きずることはないと思う
だからそこまで男の人（まして好きな人）に気にしてもらうとかえって
悪いと思っちゃうからその話はもうしない方がいいと思う

・・・と久々にアドバイスしてみるｗ

56 名前：電車男 ◆ SgHguKHEFY 投稿日：04/04/18 02:29

店を出ると、また手を取ってきたので
俺も彼女の手を握る。この時は何も言わずに。
俺も特に何も言わなかった。

次の店は少し離れているので電車で移動
切符を買ったりする時とか、改札通る時以外は
ずっと手を繋いでた。しかも全部向こうから。

車中では
「こうして一緒に通勤出来ると助かるんですけどねｗ」
とちょっと甘えた雰囲気ﾀﾞ━━━━ヽ(ヽ(´∀`(´∀`(´∀`)ノ´∀`)ノ´∀`)ノ)ノ━━━━!!!!
本当にＪＲが憎いです。

駅に着いてまた移動。改札を出る時、今度は俺から手を差し伸べると
「すいませんｗ」
「いえいえ」
とおずおずと握ってきました(´ー`)

なんか眠くなってきたよﾏﾏﾝ…＿|￣|○

66 名前：Mr. 名無しさん 投稿日：04/04/18 02:30

もう立派なアベックですね。

73 名前：Mr. 名無しさん 投稿日：04/04/18 02:31

アベックという単語、久々に見ました。

90 名前：Mr. 名無しさん 投稿日：04/04/18 02:33

こりゃもー確定ですね。
痴漢話がくどいとかもう超えちゃってますね。
（エルメス子の上手いフォローなのかもしれんが）

良かったな電車。
お前は今最高に輝いてる…！('A`)

118 名前：Mr. 名無しさん 投稿日：04/04/18 02:38

>>56 は、自分の中では神申 125 のカブールシート以来最大級の爆撃だった…
＿|￣|○

129 名前：Mr. 名無しさん 投稿日：04/04/18 02:39

電車がエルメスに恋してるんじゃない！！
エルメスが電車に恋してるんだ！！

156 名前：電車男 ◆ SgHguKHEFY 投稿日：04/04/18 02:45

今度の見せはカフェっぽいというか
お菓子とか甘い物が豊富な店でした
ここも彼女が前々からチェキしてた店だそうです。

ここでも彼女と同じカクテルを頼むと
流石に笑われましたw

俺は普段、甘い物とか食べないんですが
ここのは(゜д゜)ｳﾏｰかったです。
ちゃんと大人でも美味しいと思える様に作ってあるというか
男でもスイスイ食べれました。

あと初めてファッション関係の話しました
というよりも一方的に聞かれてたんですが
それと、どんな服がいいかとかアドバイスももらったり

↑と関係いですが
明日早いってのは月曜の事ですね
最初日曜に会う予定でしたが
朝早いのでやっぱり土曜にという感じで

同伴出勤も今日会ってゆっくり話しましょうという段取りでした

168 名前：Mr. 名無しさん 投稿日：04/04/18 02:48

電車ものすごい勢いで成長してるよな・・・orz

169 名前：Mr. 名無しさん 投稿日：04/04/18 02:48

>> 今日あって
？？？？

172 名前：Mr. 名無しさん 投稿日：04/04/18 02:49

乾いていたスポンジに一気に水分を与えたようになってるな＞電車男

---

173 名前：Mr. 名無しさん 投稿日：04/04/18 02:49

おまいら・・・違う、違うぞぉーーー
電車のこの成長っぷりを、自らの糧とするのだ！！！

---

176 名前：電車男 ◆ SgHguKHEFY 投稿日：04/04/18 02:50

>>169
すいません。もう昨日の話ですね。
一応言っておきますけど、隣に彼女はいませんよw
俺は今一人で自宅です。

---

243 名前：sage 投稿日：04/04/18 03:08

電車さんありがとう！お陰で自分が毒女な訳がわかったよ！！

もうチカンにあっても、そいつをホームに蹴り倒して
マウント取ったりなんてしない。。。しないよ。。。しないから＿|￣|○

毒男のみんなとは別の意味での爆撃を食らって死にそうです

---

246 名前：Mr. 名無しさん 投稿日：04/04/18 03:08

>>243
・・・・・

---

273 名前：243 投稿日：04/04/18 03:12

しかも上げてるし。。。ゴメン
もう書き込むつもりはないけど
私には電車さんはいないからな～
チカンとは適度に戦って散る事にします

スレ汚しスマソ

---

278 名前：Mr. 名無しさん 投稿日：04/04/18 03:13

>>273
○ キニスルナ
＼
＿ﾄ￣|○

301 名前：電車男 ◆ SgHguKHEFY 投稿日：04/04/18 03:18

話に夢中になっているとあっという間にラストオーダーの時間になった
閉店までいるのもなんなので、そこで出る事にした。外は少し寒かった。
もう人通りも夕方ほど多くないのではぐれる心配も無いが
どちらからともなく手を繋いだ。

帰りの車中でも元気が無かったので
「お疲れですか？」
と聞くと、黙って首を振った。今までに無い仕草だと思った
「ちょっと酔ってるんですよw」
「ほ、本当ですか？」
心配になってしまう。

と、沈黙がまた続いて、元気が無さそうだったので
俺は屈んで、うつむきがちな彼女の顔を下から覗き込むと
彼女は目をパッチリ開いて
「うん？」
って空元気を振り絞ってた。その表情に思わず激しく萌える

彼女が降りる駅が近くなって来たところで
「駅から家までどれくらい歩くんですか？」
と俺は彼女に聞く
「１０分ちょっとですね」
「じゃあ、送っていきますね」
「え！？悪いんでいいですよ」

と、こんな感じで断られました(´･ω･`)

---

306 名前：Mr. 名無しさん 投稿日：04/04/18 03:19

俺は屈んで、うつむきがちな彼女の顔を下から覗き込むと
俺は屈んで、うつむきがちな彼女の顔を下から覗き込むと
俺は屈んで、うつむきがちな彼女の顔を下から覗き込むと
俺は屈んで、うつむきがちな彼女の顔を下から覗き込むと

---

331 名前：Mr. 名無しさん 投稿日：04/04/18 03:23

断られたあとの続きがあるんだろう

ものすごいでかいやつが

皆一瞬で死んじゃうくらいのすごいやつ

332 名前：Mr. 名無しさん 投稿日：04/04/18 03:23

元気なさそうなエルメスっていうのは　なんかの伏線か？？
まさか・・・

---

342 名前：Mr. 名無しさん 投稿日：04/04/18 03:25

> 帰りの車中でも元気が無かったので
これがポイントだ。
うん、なんかやばい予感がする。南の空から爆音が近づいているのは何？

---

347 名前：Mr. 名無しさん 投稿日：04/04/18 03:26

「んー、でももうちょっと電車さんと一緒に居たいから、やっぱり送ってください」

こうか!?

---

354 名前：Mr. 名無しさん 投稿日：04/04/18 03:28

エルメス子が気を利かせた振りをして実はカマを掛けていて
電車タソが「いやいや、送りますよ」ともう一回言ってくるのを
見越していたんだよっ！！

うわー、イイナー

---

355 名前：Mr. 名無しさん 投稿日：04/04/18 03:28

>>332
「電車さんといつまでも一緒にいたいのに　帰る時間が近づいてくるの寂し
い・・・」

---

357 名前：Mr. 名無しさん 投稿日：04/04/18 03:28

>>355
お前、ギャルゲーやり杉

---

358 名前：Mr. 名無しさん 投稿日：04/04/18 03:28

>>355
エルメス子はそんな感じのこと言いそうだな…

---

359 名前：Mr. 名無しさん 投稿日：04/04/18 03:28

>>355

電車男は懐から巨大な火器を抜き出し、毒男に狙いを定めて、引き金を引いた。

---

365 名前：電車男 ◆ SgHguKHEFY 投稿日：04/04/18 03:30

彼女の降りる駅に着いた。俺は
「じゃあまたメールしますね。おやすみなさい」
と別れの挨拶をするが、**彼女はそっと俺の手を引いて**
ドアの方へ俺を引いていく。
俺は「え？」という感じで、そのまま引っ張られていく

で、結局二人で駅を降りてしまった。
彼女は申し訳なさそうに
「やっぱり家までお願いします…」

おねだりキタ━━━(´∀｀)・ω・) ゚Д゚)´∀｀)・∀・)￣ ￣)´_ゝ`)-_)゚ヨ゚)´Д｀)´ー｀)━━━!!!!

もうその表情で3杯は行けそうでした。
「はい、大丈夫ですよw」
と俺は快諾する

改札を出ると、またどちらからともなく手を繋ぐ
駅を出て5分も歩くと、住宅街に出て人通りも少なくなる
しかも暗いところも多いので危ない雰囲気だと思った
俺は
「今度から送りますよ」
と言うと、彼女は黙ってうなずいてくれた。

---

370 名前：Mr. 名無しさん 投稿日：04/04/18 03:31

おい、おまいら、手を引かれてますよ！

---

373 名前：Mr. 名無しさん 投稿日：04/04/18 03:32

> 彼女はそっと俺の手を引いてドアの方へ俺を引いていく
> 彼女はそっと俺の手を引いてドアの方へ俺を引いていく
> 彼女はそっと俺の手を引いてドアの方へ俺を引いていく
> 彼女はそっと俺の手を引いてドアの方へ俺を引いていく

> 彼女はそっと俺の手を引いてドアの方へ俺を引いていく

---

386 名前：Mr. 名無しさん 投稿日：04/04/18 03:33

おい、おまいら、今日は手を繋ぎっぱなしですよ！

---

436 名前：Mr. 名無しさん 投稿日：04/04/18 03:40

エルメス子は絶対に電車の告白を待っている！
女ってぇのは自分から言えなくて待っているタイプが多いんだっ！
その事を付き合いだしてから言い出すからたちが悪いっ！
間違いない。

---

478 名前：電車男 ◆ SgHguKHEFY 投稿日：04/04/18 03:46

更に１０分歩いただろうか。家の前まで来た。
…結構良い家！？と反射的に思ってしまった

「ここです。こんなところまで有難うございました」
と彼女は深々とお辞儀をする。
「いえいえ」
また俺も釣られる。

「家に着いたらメール下さいね」
「あ、はい。また明日も」
「たまには電話しましょうｗ」
「そうですねｗ」

と家の前で少し雑談。
「あ、電車終わっちゃいますね」
と彼女が気を利かせてくれる
「はい。じゃあ行きますね」
と彼女の元を離れて、最後に手が離れた
少し歩いて振りかえると、彼女が手を振ってた

こんなところです（´一｀）

---

489 名前：Mr. 名無しさん 投稿日：04/04/18 03:48

ちょっと待て、電車。それで告らないのは・・・。
エルメスは待ってたんだと思うが。

---

497 名前：Mr. 名無しさん 投稿日：04/04/18 03:49

こんなところです (´一`)
こんなところです (´一`)
こんなところです (´一`)
こんなところです (´一`)
どんなところだよ ＿|￣|○

---

500 名前：Mr. 名無しさん 投稿日：04/04/18 03:49

とりあえずﾁｯｽも告白も無かったです。
さすがにそれはどうしたらいいのか分からない… ＿|￣|○

---

501 名前：Mr. 名無しさん 投稿日：04/04/18 03:49

俺はもう行っちゃってイイとおもうぞ
>> 電車

---

502 名前：Mr. 名無しさん 投稿日：04/04/18 03:49

> 電車
言いたい事は色々あるがとりあえず報告乙
疲れてるのにありがとな

---

530 名前：電車男 ◆ SgHguKHEFY 投稿日：04/04/18 03:53

寝ます…
今日もみんなあらいがとう〜
ﾉｼ

---

535 名前：Mr. 名無しさん 投稿日：04/04/18 03:53

>> 電車
おやすみ
ﾉｼ

---

536 名前：Mr. 名無しさん 投稿日：04/04/18 03:53

電車あらいがとう〜
ﾉｼ

---

538 名前：Mr. 名無しさん 投稿日：04/04/18 03:54

>>530
おつかれ。早めに告ろうね。
ﾉｼ

---

539 名前：Mr. 名無しさん 投稿日：04/04/18 03:54

>>530
昨日もよくがんばった。ゆっくり休んでくれ
ノシ

---

541 名前：Mr. 名無しさん 投稿日：04/04/18 03:54

電車乙
ノシ

---

542 名前：Mr. 名無しさん 投稿日：04/04/18 03:54

>>530　ノシ　ゆっくり休めよ！

---

544 名前：Mr. 名無しさん 投稿日：04/04/18 03:54

おやすみ・・・。

もうお前の時間はエルメスのものだ。
とっととねやがれ

---

546 名前：Mr. 名無しさん 投稿日：04/04/18 03:54

>>530
乙

ノシ

---

547 名前：Mr. 名無しさん 投稿日：04/04/18 03:54

何人いるんだよ！

---

548 名前：Mr. 名無しさん 投稿日：04/04/18 03:55

>>530
おっつー

もう少しだけ俺らを鬱にしてくれよ

---

549 名前：Mr. 名無しさん 投稿日：04/04/18 03:55

ノシ

550 名前：Mr. 名無しさん 投稿日：04/04/18 03:55

ノシ　けこういるね

567 名前：Mr. 名無しさん 投稿日：04/04/18 03:58

勝算確かになったから、あとはどのタイミングで告るかだけだな。
電話やメールの告白はなしな。デート中に告ってほすい。

570 名前：Mr. 名無しさん 投稿日：04/04/18 04:00

やっぱ二人が出会った電車の中でコクるのが吉でしょ

577 名前：Mr. 名無しさん 投稿日：04/04/18 04:01

これでアベック不成立だったら
エルメスはとんでもない宇宙人レベルの女
俺は真剣にマソコを憎む

580 名前：Mr. 名無しさん 投稿日：04/04/18 04:02

>>570
で、結婚式の仲人は当然、2人を結びつけた酔っ払いのじじい。

恋のキューピットが酔っ払いじじいだなんて・・・・

581 名前：Mr. 名無しさん 投稿日：04/04/18 04:03

最後に電車にこの言葉を送る…

女ってのは天邪鬼な生き物だから・・・
もう来ないで！て言われたときは台風だろうが核爆弾が落ちようが行かないといけないし、
送らなくていいよ、て言われたときはつないだ手を離さないで「送る」って言わなきゃいけないんだ。
言動をそのままストレートにとらえたら「んもう！女心わかってない」て拗ねられるんだ。
でも本気で嫌がってることを気付かずに強引なことしたら、キモがられるんだ。

そういう生き物なんだ…ついていけなかったよママン…　＿|￢|○

あまりに順調でエルメス陥落同然じゃないか、という意見が多くを占める。攻撃側に回ったとは言えつい最近まで攻撃される側だった電車男には、エルメスへのとどめの一手に欠いていた。エルメス陥落できるのか？　とどめの一手が浮かばず撤退するのか？

Mission
4

このカップを
使う時が来た

「彼女はそっと俺の手を引いてドアの方へ俺を引いていく」強力な攻撃を仕掛けた電車男。「次の約束はまだ決めてないです」この後驚きの展開が住人達を襲う。

656 名前：電車男 ◆ SgHguKHEFY 投稿日：04/04/18 12:09

おはようございます
あぁ、よく寝た
良い疲れで眠ると気持ち良いものですね…(´ ー `)

658 名前：Mr. 名無しさん 投稿日：04/04/18 12:13

>>656
次の出陣はいつだ？

660 名前：電車男 ◆ SgHguKHEFY 投稿日：04/04/18 12:18

次の約束はまだ決めてないです
とりあえず、また連絡します。という事ですね。

661 名前：Mr. 名無しさん 投稿日：04/04/18 12:18

>>656
もはやう。今日はいい天気だな

665 名前：電車男 ◆ SgHguKHEFY 投稿日：04/04/18 12:26

最近のレスの傾向ではまだ告白は早いということだったので
まさか昨日の今日でこんなにもう告白という意見が出るとは思わなかったよ…
＿|￢|○

671 名前：Mr. 名無しさん 投稿日：04/04/18 12:37

>>665
だって漏れらには、普段のメールのやり取りの雰囲気がわかんないからなぁ
意外とじわじわ盛り上がってたみたいだな
タイミングは自分で見計らって行うベシ

672 名前：Mr. 名無しさん 投稿日：04/04/18 12:39

時期は電車男が判断すればいい。スレの意見に流されるなよ。
漏れの感想だが、昨日の報告はどう見ても脈ありなので、

かなり可能性高いと見た。
ところでエルメスの友達は、その後電車男のことをエルメスにどう感想言ったか、
エルメスから聞いた？

675 名前：電車男 ◆ SgHguKHEFY 投稿日：04/04/18 12:45

そうだったんデ ィ スカ…
俺は全然分からなかったよ…＿|￣|
>>672
特に感想とかは何も言ってなかったですよ

676 名前：Mr. 名無しさん 投稿日：04/04/18 12:47

まぁ告白のタイミングも分からない所が
毒男らしいと言えば毒男らしい

679 名前：電車男 ◆ SgHguKHEFY 投稿日：04/04/18 12:52

お、メールきた。
今、昨日渡した痴漢対策読んでるみたいです
早速明日から実践するらしい(´ー｀)
俺はまだまだ毒男ですよ…＿|￣|○

680 名前：Mr. 名無しさん 投稿日：04/04/18 12:52

>>675
わからなかったって、脈ありの反応がわからなかったってこと？
だとしたら、そのニブサ萌え。
エルメスが友達に電車男見立ててもらって好感触を得たから、
「親友が言うなら大丈夫」て安心してエルメスさらに接近したのかなあ、とおもた。

685 名前：Mr. 名無しさん 投稿日：04/04/18 12:55

俺さ、昨日も３時ごろまで居たんだ
前々スレぐらいから見てるんだけどさ
で、彼女と一緒に住んでるんだけど、そんな時間に書き込んでるのを
寝ぼけて見られて、浮気の疑いかけられちったよ・・・
そしてそのまま勘違いされて、別れ話まで発展・・・・
とりあえず、まだ別れてないけど、さっき出て行ったよ。。。
なあ？罰かなぁ・・・俺がエルメスと電車を見ながら、羨んだから
今回の爆撃で、リアル被弾しちゃったよ・・・/\/\/\

686 名前：電車男 ◆ SgHguKHEFY 投稿日：04/04/18 12:55

最近
「可愛いですね」
って言いたくてしょうがない

688 名前：Mr. 名無しさん 投稿日：04/04/18 12:56

>>685
・・・・。

689 名前：Mr. 名無しさん 投稿日：04/04/18 12:56

>>685
このスレに連れてこい。
毒男達で説得してやろう。

690 名前：電車男 ◆ SgHguKHEFY 投稿日：04/04/18 12:57

>>685
なんっつーことを…＿|￣|○

695 名前：Mr. 名無しさん 投稿日：04/04/18 13:00

/VVVl・・・出て行ってるよ、今日は帰ってくる気無いってさ
>>621
すまん。。同じ電車を応援する者として、大目に見てくれ orz

702 名前：Mr. 名無しさん 投稿日：04/04/18 13:05

>>686
言え。

705 名前：Mr. 名無しさん 投稿日：04/04/18 13:06

>>702
電車がいいたいタイミングなら、
言うタイミングなんだろうなぁ～

707 名前：Mr. 名無しさん 投稿日：04/04/18 13:12

ずっと手を握ってきて電車降りる間際に手を引いて下ろしてしまい、
それで告って「そういうつもりでは」なんて言われたら、これは犯罪ではないで
しょうか。
ありえない。

711 名前：Mr. 名無しさん 投稿日：04/04/18 13:16

>705
けだし名言だね。
言いたい時、言えるって思った時が告白する最良のタイミングだってね。
でも電車タソの性格を見ていたら漏れと似ている気がする。
言おうと意識していてもびびっちゃって言えないっていう。
(気に障ったらスマソ)
そういう人って言える時は自分の意識と違うところでしゃべっちゃう
んだよね。何でだかは分からないんだけどさ。

それは突然やってきた。

---

714 名前：電車男 ◆ SgHguKHEFY 投稿日：04/04/18 13:18

電話北

716 名前：Mr. 名無しさん 投稿日：04/04/18 13:19

電話 ｷﾀ ──(゜∀゜)──(゜∀)──(゜)──( )──(゜)──(∀゜)──
──(゜∀゜)── !!!!!

717 名前：Mr. 名無しさん 投稿日：04/04/18 13:19

きたきたきたーーー！
今日もあうんだ！！
昼あってみようよ！！
いや、無理にとはいわないけど！！

738 名前：電車男 ◆ SgHguKHEFY 投稿日：04/04/18 13:26

会う

740 名前：Mr. 名無しさん 投稿日：04/04/18 13:27

　　738 名前：電車男 ◆ SgHguKHEFY 投稿日：04/04/18 13:26
　　会う

ｷﾀY⌒Y⌒(゜∀゜)⌒Y⌒(。A。)⌒Y⌒(゜∀゜)⌒Y⌒Y　!!!
ｷﾀｷﾀｷﾀｷﾀ──(゜∀゜≡(゜∀≡゜∀゜)≡゜∀゜)──!!!!!!!!!!

ｷﾀ─(´_ゝ`)´_>`)･─)´∀`ミ :;;;)´Ａ`)´ー`)･ω･`)`Д´)0Ⅲ0)´∀`)･(ｴ)･)─!!!!

---

742 名前：Mr. 名無しさん 投稿日：04/04/18 13:27

ｷﾀｷﾀｷﾀｷﾀ───(ﾟ∀ﾟ≡(ﾟ∀ﾟ≡ﾟ∀ﾟ)≡ﾟ∀ﾟ)─────!!!!!!!!!!

---

743 名前：Mr. 名無しさん 投稿日：04/04/18 13:28

あうんだ！
よし・・・えらいぞ・・・すごいぞ・・・まぶしいぞ・・・
ﾉｼ

---

747 名前：Mr. 名無しさん 投稿日：04/04/18 13:28

ｷﾀﾖ⌒Ｙ⌒Ｙ(ﾟ∀ﾟ)⌒Ｙ⌒(｡Ａ｡)⌒Ｙ⌒(ﾟ∀ﾟ)⌒Ｙ⌒Ｙ!!!
怒涛の展開ｷﾀﾀﾀﾀﾀﾀﾀ───(((((ﾟ(ﾟ(ﾟ(((ﾟ∀∀ﾟ)))ﾟ)ﾟ)ﾟ)))))───!!!!!!

---

748 名前：Mr. 名無しさん 投稿日：04/04/18 13:28

昼間に爆撃！

---

749 名前：Mr. 名無しさん 投稿日：04/04/18 13:28

うわ！神風だ！電車に神風！！！！！

---

752 名前：Mr. 名無しさん 投稿日：04/04/18 13:29

昼間の惨劇を誰が予想した？

---

757 名前：Mr. 名無しさん 投稿日：04/04/18 13:29

意表をついて昼に攻め込んで木やがッ他！！！

771 名前：電車男 ◆ SgHguKHEFY 投稿日：04/04/18 13:32

言え良く

775 名前：Mr. 名無しさん 投稿日：04/04/18 13:33

言え良く？？？？？？？？？

779 名前：Mr. 名無しさん 投稿日：04/04/18 13:33

>>771
どした？

780 名前：Mr. 名無しさん 投稿日：04/04/18 13:33

>>771
なんだ、これは？誰か暗号解読！助けを求めているのか？

781 名前：Mr. 名無しさん 投稿日：04/04/18 13:33

言え良く？？？
暗号解読班ーーーー！！

782 名前：Mr. 名無しさん 投稿日：04/04/18 13:33

家行く？

783 名前：Mr. 名無しさん 投稿日：04/04/18 13:34

>>771
情報部！情報部！暗号表を！

784 名前：Mr. 名無しさん 投稿日：04/04/18 13:34

言え良く・・・
・・・
・・
・
家にいく出好きァーーーーーーーー

785 名前：Mr. 名無しさん 投稿日：04/04/18 13:34

>>782

それだーーーーーーーーーーーーーーーーーーーーーーーーーーーーーー
ーー！！！
うそだろおおおおおおおおおおおおおおおおおおおお！！！！！

---

798 名前：Mr. 名無しさん 投稿日：04/04/18 13:35

今日、エルメスの家にはエルメスと犬しかいません
きっとそうなんです

---

800 名前：Mr. 名無しさん 投稿日：04/04/18 13:36

隊長、敵機の奇襲です！
こちらはまったく準備ができていません、応戦できません！！

---

813 名前：電車男 ◆ SgHguKHEFY 投稿日：04/04/18 13:37

通話終了
えー向こうの家遊びに行く事になりました
急いで支度します
着ていく服ねーーーよ！！11
あとカップ持ってく

---

820 名前：Mr. 名無しさん 投稿日：04/04/18 13:38

うがあああ
エルメスのカップで二人でお茶〜〜〜〜〜〜〜〜〜〜〜〜〜〜〜〜
あああありえねぇ

---

828 名前：Mr. 名無しさん 投稿日：04/04/18 13:39

うあ。かっぷ！！
ほんとにあのペアカップ、
一緒につかうんだ！？
うそだろ！？
これって・・こんなことって！？

---

830 名前：Mr. 名無しさん 投稿日：04/04/18 13:39

カップ2つの真意はまさかそういうことだったのか？
いやそんなまさかこんなことになるとは本人たちですら
予想していなかったはずだあs3えdrftyふきおlp

---

840 名前：電車男 ◆ SgHguKHEFY 投稿日：04/04/18 13:41

忘れてたけど、昨日カプの話したんだった
「使う機会無い」って
それをさっき話してて、「暇なんで来ませんか、お茶入れます」
という感じ
急いでサｙワー浴びてくる
あと夜まで両親いないってさ
マジで服無い…

---

847 名前：Mr. 名無しさん 投稿日：04/04/18 13:42

夜まで両親いないキ…(-_-)キ(_－)キ!(－)キッ!( )キタ(ﾟ)キタ!(ﾟ∀)キタ!!(ﾟ∀ﾟ)キタ──!

---

848 名前：Mr. 名無しさん 投稿日：04/04/18 13:42

> あと夜まで両親いないってさ
> あと夜まで両親いないってさ
> あと夜まで両親いないってさ
> あと夜まで両親いないってさ

---

853 名前：Mr. 名無しさん 投稿日：04/04/18 13:43

あと夜まで両親いないってさ
あと夜まで両親いないってさ
あと夜まで両親いないってさ
これは訓練ではない
繰り返す、これは訓練ではない！！

---

854 名前：Mr. 名無しさん 投稿日：04/04/18 13:43

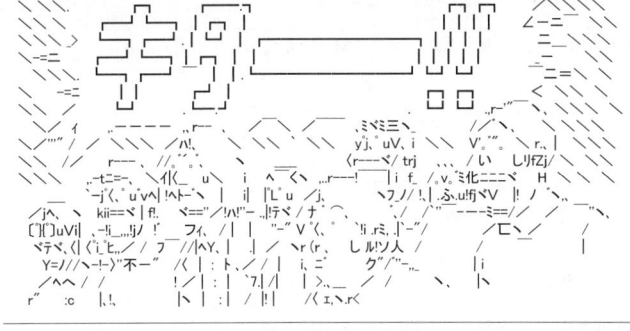

860 名前：電車男 ◆ SgHguKHEFY 投稿日：04/04/18 13:44

あと今日告るの？
むりぽ

---

862 名前：Mr. 名無しさん 投稿日：04/04/18 13:45

>>854
うわぁ・・・・・本当にそれおれたちだ・・・・

---

866 名前：Mr. 名無しさん 投稿日：04/04/18 13:45

チソコよくあらっておけよ

---

867 名前：Mr. 名無しさん 投稿日：04/04/18 13:45

>>860
自分の判断で。
妖精の国のことはよくわかりません。

---

875 名前：Mr. 名無しさん 投稿日：04/04/18 13:46

>860
自分の中で言えるって思ったら言うのが一番いいと思う。
言う時期ってのは自分の中で薄々わかるでしょ。
その時期を逃さないようにして、あとは自分の心の準備が出来たら
言うのが一番いと思うよ。
外目から見れば言ってもおかしくない時期だとは思うけど
本人たちの雰囲気とか感覚もあるだろうし。
で、1 から 18 で 1 個数字選ぶとしたらどれ？

---

908 名前：Mr. 名無しさん 投稿日：04/04/18 13:51

おいちょっと待て！
急にスレが伸びてやがると思ったらなんだよこれ！
リアル爆撃だったのかよ！参加したかったよこれ！
自分の HP とかメン手してる場合じゃねーってんだよこれ！
つか奇襲に対するオマイラのレスに激ﾜﾛﾀってのよこれ！
で読み進めてくうちに鬱になってきたってばよこれ！
To 電車男
悪いことはいわん。子暮れ。
あと近藤君は持参してけ。悪いことはイワン。

---

920 名前：Mr. 名無しさん 投稿日：04/04/18 13:52

電車「あのですね…実はお話がありまして…」
エロ「はい？」
電車「気がついたらエルメスさん好きになってました。よければ付き合ってくれませんか？」
オーソドックスに池！！

---

923 名前：Mr. 名無しさん 投稿日：04/04/18 13:53

気づいたら鳥肌立ちまくってたよ ('A`)

---

948 名前：Mr. 名無しさん 投稿日：04/04/18 13:57

昼間から何でこんなに人がいるんですか？ｗ

---

955 名前：電車男 ◆ SgHguKHEFY 投稿日：04/04/18 13:58

よし、マッハで浴びてきた
チソコも洗った
さて、何着ていくか

---

962 名前：Mr. 名無しさん 投稿日：04/04/18 13:59

電車「実は、話しておかなければならないことがあるんです」
エルメス「(こくびをかしげて) なんでしょう？」
電車「前にもお話したとおり、僕はいままであまり女性とこういうおつきあいを
　　　したことがありませんでした。だから、エルメス子さんがどういう気持ちで
　　　僕みたいなのとお食事したり、誘ってくれたりするのかよくわかりません」
エルメス「・・・・・・」
電車「でも、ひとつだけ確かに言えることがあります」
エルメス「なんですか？」
電車「それは、僕があなたにひかれているということです。
　　　最初は他に身近に女性があまりいないから、そう思ってしまうんじゃないか、
　　　とか考えたりもしました。でも違うんです。
　　　あなたとお会いして、お話していくうちに、どんどんあなたにひかれていく
　　　自分がいた。
　　　こんな僕があなたみたいな人に好意を寄せてしまうなんて
　　　ご迷惑だということはよくわかっています。
　　　でも、今日はこれだけは伝えておかなければならないと思って・・・・。
　　　好きです。ぼくと付き合ってください」

---

966 名前：Mr. 名無しさん 投稿日：04/04/18 14:00

>>962

長い！！
だけど、いまの電車なら・・・・

---

969 名前：Mr. 名無しさん 投稿日：04/04/18 14:01

>>962 に夜景バックとかのシチュで
一言一言想いを込めて
噛み締めるように話せばまず落ちる

---

970 名前：電車男 ◆ SgHguKHEFY 投稿日：04/04/18 14:01

いや無理…ぽ
普通にお茶して帰ってきますよ

---

32 名前：電車男 ◆ SgHguKHEFY 投稿日：04/04/18 14:08

服買いに行く時間無いんで
昨日の服に臭い取りスプレー掛け捲ってます
アイロンもかけーな

---

61 名前：Mr. 名無しさん 投稿日：04/04/18 14:12

ソファーで向かい合って座る二人
エルメス「あの・・・」
電車「はい？」
エルメス「そちらに座ってもいいですか？なんだか電車さんが遠くて」
電車「あ、は、はい。もちろんいいですよ」
エルメス、電車の横にそっと座る
電車「なんかちょっと照れちゃいますね」
エルメス「嫌ですか？」
電車「とんでもないです。うれしいです」
電車の手をそっととるエルメス。
エルメス「男の人の手をこんな風に近くで見たのははじめてです」
電車「そ、そうですか。でも僕の手なんてきれいでもないし、強そうでもないし」
エルメス「いいえ、この手があの日電車で私を助けてくれたんです。
　　　私にとっては世界で一番たくましい手です」
電車「そ、そんなことないですよ。僕なんて臆病者で・・・・・・」
何も言わずじっと電車の目をみつめるエルメス。
どぎまぎしながらエルメスを見返す電車。
そっと目を閉じるエルメス。
電車「え・・・・？」
エルメス「（目をつむったまま、小さな声で）嫌、ですか？」
電車「ととととんでもないです」
ぎこちなくエルメスの肩を抱く電車。

そっと重なる唇。

---

66 名前：Mr. 名無しさん 投稿日：04/04/18 14:13

>>61
お、おい・・リアルだな・・・。
その妄想を胸に、昼ねするよ。

---

67 名前：Mr. 名無しさん 投稿日：04/04/18 14:14

>>61
ちょっとリアルだ。

---

85 名前：電車男 ◆ SgHguKHEFY 投稿日：04/04/18 14:17

行ってくる！
ノシ

---

100 名前：Mr. 名無しさん 投稿日：04/04/18 14:19

>>85
出撃！全隊、敬礼！（`-´)＞　ビシッ！

エルメスの自宅に二人きりという萌え萌えのシチュエーションが、毒男達の妄想
に火をつけた。

---

90 名前：Mr. 名無しさん 投稿日：04/04/18 14:18

「ママ、パパとママはどこでであったの？」
「なあにいきなり」
「ねえ、どこでであったの？」
「うふふ、どうしたのいきなり・・・
　んーとね、電車の中でママがおじさんにからまれて困ってたときに
　パパが助けてくれたのが最初かな」
「へー！パパあんな弱そうなのにかっこいい！！」
「そうよ、だからパパはママのヒーローなの。今も昔もね」
「一目惚れ？」
「エル車ったらそんな言葉どこで・・・
　でも、そうね、一目見たときに、『この人だ！！』って感じた・・・」
「ふーん。ラブラブだね」

「この子ったら。大人をからかわないの」
ああ・・・もうだめぽ・・・

---

107 名前：Mr. 名無しさん 投稿日：04/04/18 14:20

結婚式の披露宴で、エルメスが電車の方をちらちら見ながら
照れくさそうに２人の馴れ初めを話しているのが見える。

---

114 名前：Mr. 名無しさん 投稿日：04/04/18 14:21

>>107
式場の外で花吹雪の準備をする漏れ達

---

154 名前：Mr. 名無しさん 投稿日：04/04/18 14:32

結婚式の祝電に毒男一同というのが届いているのが見える。

---

178 名前：Mr. 名無しさん 投稿日：04/04/18 14:43

エルメス語録
「ははｗ、実はカマかけてたんですｗ」
「はい。ちゃんと掴んでますからｗ」
「きっと言っても聞かないんでしょうねｗ」
「友達にはよくムーミンに似てるって言われるんですよｗ」
「和食ってなんか電車男さんらしいですね」
「そうですか？ｗ　じゃあ私もおめかししていきますのでｗ」
「そういう人なかなかいないから良いと思いますよ」
「うちの犬見ますか？」
「また電車で困った人を助けたりしてたんですか？」
「この方が自然ですね」
「じゃあしっかり付いて来てくださいねｗ」
「やっぱり家までお願いします…」
「こうして一緒に通勤出来ると助かるんですけどねｗ」
こんなもんか
適宜追加よろ

---

247 名前：Mr. 名無しさん 投稿日：04/04/18 16:20

夜まで両親居ないとか言うて、実は両親とも電車が来ること知ってて、早めに帰っ
てきそうだな。
父「うちのエルメス子を助けてくれた好青年が来るとあっちゃあ、一目みなきゃ
　な」
母「お父さんったらはしゃぎすぎですよ」
エル「もー、私の電車さんにヘンなこと言わないでよー」

父「おほっ！私の、ときたか。こりゃ先が楽しみだなあ、母さん！」
母「ほんと、エルメス子ったら・・ホホホ」
とかいう一家団欒を妄想しつつ、洗濯ほしてくる・・・('A`)

---

253 名前：Mr. 名無しさん 投稿日：04/04/18 16:28

母「ほんとに。この子ったら電車さんに助けてもらったときのこと今でも時々話
　　すんですから」
父「今時殊勝な人だ。私からも改めて感謝するよ。ありがとう。」
エル「もうやめてってば、恥ずかしい…」

---

257 名前：Mr. 名無しさん 投稿日：04/04/18 16:34

父「エルメスが男友達をウチにつれてくるなんて初めてのことだよなあ、母さん」
母「ええ、ええ、エルメス子はほんと奥手で・・・電車さん、いつまでも仲良くし
　　てやってくださいね」
エル「もー、お母さんまで！（赤面」
ヽ(´ー`)ノ処女率うpとか

---

258 名前：Mr. 名無しさん 投稿日：04/04/18 16:36

電「あ！いや！そんな！こちらこそ、よろしくおねがいしますdf」

---

261 名前：Mr. 名無しさん 投稿日：04/04/18 16:40

父「はっはっはっw本当に噛むんだなw」
エル「お父さん！？」
母「お父さんったら！電車さんに悪いですよ。ホホホ」

---

264 名前：Mr. 名無しさん 投稿日：04/04/18 16:43

父「じゃあ、まあ、あとは若いもんに任せて、年寄りは退散するか（ポンと膝をうつ」
母「ええ、ええ、じゃあ電車さん、エルメス子をお願いしますね」
父「じゃあな。またあとでな。ガハハハハ」
二人きりになる。鹿おどしカポーン
電車「あ・・・あの・・・」
エルメス「・・・は・・・はぃ・・・」
電車「ご・・・ご趣味は・・・？」

---

266 名前：Mr. 名無しさん 投稿日：04/04/18 16:44

出会ってから何回ご趣味聞いてんだよｗ

---

269 名前：Mr. 名無しさん 投稿日：04/04/18 16:45

手をつなぐ仲なのにお互い敬語なんだな
セックスも敬語なんだろうな
電車「入れますよ？」
エル「はい。お願いします。」
電車「気持ちいいですか？」
エル「気持ちいいですよ。あははｗ」
電車「いきそうです。」
エル「はい。どうぞ。」
なんか皇族のセックスみたい

---

281 名前：Mr. 名無しさん 投稿日：04/04/18 16:59

１時間ぶりに戻ってきたと思えばオマイラは…
大好きだーーーーーーーーーーーーーー

---

282 名前：Mr. 名無しさん 投稿日：04/04/18 17:00

電車「へぇー、僕、女の子の部屋に入るの初めてなんですよ、へぇー」
エルメス「もぅ、あんまり見ないでください (テレテレ)」
電車「とっても落ち着いててかわいい部屋ですね」
エルメス「ありがとうございます。私も男性を部屋に入れるのなんて初めてなんです
よ」

---

284 名前：Mr. 名無しさん 投稿日：04/04/18 17:02

>>282
電「えっ・・本当ですか！？」
エル「ぷぅ（ほほを膨らます）電車さん、うたがってるんですか？」
電「あっいや！そういう意味じゃ ｓ ｄ ｆ」
エル「嘘ですよｗカマかけたんです♪」

---

285 名前：Mr. 名無しさん 投稿日：04/04/18 17:04

エル「じゃぁ・・（腕をうしろに組んで）、どういう意味だったんだろうな？♪」（電
車のぞきこむ）

---

289 名前：Mr. 名無しさん 投稿日：04/04/18 17:12

電「エルメスさん、かわいいから・・(ｺﾞﾆｮｺﾞﾆｮ]」
エルメス「えっ、きこえない？？」
電「かわいいから！」
エルメス「えっ？？？」

296 名前：Mr. 名無しさん 投稿日：04/04/18 17:28

で、そろそろ夕飯の心配をする時間なワケだが、電車たちはどうするのかな。
・ふたりで外食
・ふたりで料理中
・セックスしておなかぺこぺこ。もう外食中。
・ご両親帰宅。ｴﾙﾒｽ＆ｴﾙﾒｽ母が夕飯の支度をする中。電車＆ｴﾙﾒｽ父はﾌﾞﾗﾝﾃﾞｰを
傾けつつ男同士の会話
・すでに親族とﾏｯﾀﾘ
どれかなどれかな

---

301 名前：Mr. 名無しさん 投稿日：04/04/18 17:35

>>296
・天然な電車たんは、本当にお茶だけ飲んで帰宅

　　　　　　　　　　　　　さすがにこれは無いな…orz

---

303 名前：Mr. 名無しさん 投稿日：04/04/18 17:35

ｴﾙﾒｽ家のｷｯﾁﾝは広そうだなあ
電車男が帆帆しても充分なｽﾍﾟｰｽがありそうだ

妄想しまくり待ち疲れた頃、電車男帰宅。

---

360 名前：Mr. 名無しさん 投稿日：04/04/18 19:34

電車来ねえ・・・いつまで待たせる気だ
連結作業に時間がかかってるのか？

---

362 名前：Mr. 名無しさん 投稿日：04/04/18 19:45

夜に親帰ってくるのに、電車はまだ帰ってこねえええええええええええ。

---

367 名前：電車男 ◆ SgHguKHEFY 投稿日：04/04/18 20:01

帰宅しますた。
普通に何事も無く終了
こんなもんですよ。
過去ログ読んできまーす

374 名前：Mr. 名無しさん 投稿日：04/04/18 20:04

>>367
心配しなくても過去ログたいしたこと書いてないよ
みんな妄想爆発させてるだけ(´・ω・`)

375 名前：Mr. 名無しさん 投稿日：04/04/18 20:05

何事もなく！？！？！？ Oh, No!! あり得ん！！！！

383 名前：電車男 ◆SgHguKHEFY 投稿日：04/04/18 20:08

過去ログなんか多いので先に報告行きますw
少々お待ちを

396 名前：電車男 ◆SgHguKHEFY 投稿日：04/04/18 20:21

速攻で支度して行って参りました。
駅からの道はほとんど真っ直ぐなので覚えてました
門の前に来た。緊張が高まる。インターホン鳴らすのに
２分位かかったかも。意を決してボタンを押す。
「どちら様でしょうか？」
「あ、電車です」
「はーい、今開けます」
とのやり取りの後に門の向こうで大きなドアが開いた
こっちまで来て、門を開けてくれる
「こ、こんにちは」
「どうぞ上がって下さい」
と中に入っていく。
彼女の服装は部屋着ではなかったが、結構ラフな感じだった
それでも枡ｻは高いと思った。ラフなのも良いね…(´ー`)
「急に誘ってしまってすいませんでした」
と彼女が謝るが
「いやぁ、どうせ暇なのでw」
中は綺麗で広い。やはりうちとは違う。良い匂いもするし
居間（客間？）まで通されると、ﾜﾝｺﾀﾝが迎えてくれた
これがまた可愛い(*´Д`*)ﾊｧﾊｧ

413 名前：電車男 ◆SgHguKHEFY 投稿日：04/04/18 20:36

しばらくﾜﾝｺﾀﾝと戯れる。
居間も広くて明るくて綺麗だ。うちなんか居間無いしw
「どうぞかけていて下さい」
と、俺は大きなソファーに腰掛ける。

「今、お茶入れますね。コーヒーと紅茶どっちが好きですか？」
「えーじゃあ、紅茶でお願いします」
俺は持ってきたカップの箱をテーブルの上に置く
「本当そのままだったんですねw」
「うちは緑茶しか煎れないんですよw」
「じゃあ、湯のみの方がよかったですか？」
「いや、全然。これは飾っておきますw」
などと冗談を交わす。
「では温めておきますね」
と彼女はカップを持ってキッチンへ行く。
しばらくしてトレーにコーヒーを煎れる道具を持って来て
テーブルに置いた。因みにこの時前かがみになって
服の中が見えました(;´∀`)＝3ムッハー!!!
ピンクでした

442 名前：電車男 ◆ SgHguKHEFY 投稿日：04/04/18 20:51

「好きなものとかあります？」
と彼女はいくつかの紅茶の葉の入れ物を俺に見せる
「紅茶は午後の紅茶しか飲んだ事無くて…＿|￣|○」
「じゃあ○○かな？」
なんかの紅茶の種類を言って、それをポットに入れる
次はお湯を持ってきて
透明のポットに注いでいく。赤い葉っぱがフワーっと
広がっていくのが見える。というか彼女手慣れてるなぁ
「ちょっと蒸らしておくのがポイントなんですよ」
と言って、一旦注ぐのを止める。
もう一度キッチンに戻ると、今度はお菓子を持ってきてくれた
「これ、昨日母が焼いてくれたんですけど…」
と、マフィンが4個出てきた。それと市販のクッキーっぽいものもあった
「わざわざすいません…」
俺は頭を下げる。
紅茶を煎れ終わると、エルメスのカップが俺の前に

ついにこのカップを使う時が来た

444 名前：Mr. 名無しさん 投稿日：04/04/18 20:51

ダージリン
アールグレイ
オレンジペコー

450 名前：Mr. 名無しさん 投稿日：04/04/18 20:53

電車は覚えなくちゃいけないことが多くて大変そうだな。
毒男でよかった・・・よかった・・・よか・・・

---

452 名前：電車男 ◆ SgHguKHEFY 投稿日：04/04/18 20:54

>>450
というか報告の為に台紙や出来事や話題を覚えるのが大変…＿|￣|○

---

455 名前：Mr. 名無しさん 投稿日：04/04/18 20:54

マフィン焼いちゃうんだぜ。紅茶はアッサムだかアールグレイだかしらんが、
紙の袋に入ってないやつだ。きっと暖炉の上には鹿の生首が飾ってあるんだ。

---

461 名前：Mr. 名無しさん 投稿日：04/04/18 20:55

きっと風呂はライオンの口からお湯が出るやつだぞ。

---

466 名前：Mr. 名無しさん 投稿日：04/04/18 20:59

こりゃ親父は葉巻吸いながら登場だな。

---

467 名前：Mr. 名無しさん 投稿日：04/04/18 20:59

鹿の生首は絶対ないな

---

475 名前：Mr. 名無しさん 投稿日：04/04/18 21:00

フフフ、自慢じゃないが俺の隣人は上流階級だぜ

---

477 名前：Mr. 名無しさん 投稿日：04/04/18 21:02

>>475
隣人かよ！
ほら、突っ込んでやったぞ

---

490 名前：Mr. 名無しさん 投稿日：04/04/18 21:06

>>452
報告のために覚えるなんてしなくていいって
いつでも目の前にいる人に集中しろ

---

498 名前：電車男 ◆ SgHguKHEFY 投稿日：04/04/18 21:13

復帰しますた。メールしながらなので遅くなりそうですが…＿|￣|○

518 名前：Mr. 名無しさん 投稿日：04/04/18 21:24

※
メールしてるなら紅茶のブランドキボォーン

---

525 名前：Mr. 名無しさん 投稿日：04/04/18 21:28

>>518
紅茶のブランド　これ重要だね

---

559 名前：Mr. 名無しさん 投稿日：04/04/18 21:39

>>452
おまいが興味もったこと覚えていけばいい
相手が好きなものや興味あることを覚えたい、面白いと思う
っつーのも愛のひとつの要件だと思うぜ

---

569 名前：電車男 ◆ SgHguKHEFY 投稿日：04/04/18 21:44

「砂糖とか入れますか？」
と砂糖とミルクの入った入れ物が出てきたが
「あ、このままで」
「通ですねｗ」
「そんなことないですよｗ」
と冗談を交わしつつ、遂にカップに口を付ける
紅茶って、コンビニにあるペットボトルのしか飲まないけど
こんなに美味い物だとは思わなかった。
しかもこれにマフィンとクッキーがよく合う。
なによりこのカップで飲んでるのが美味いんだろうなぁ
「私もカップ借りてもいいですか？」
「あ、はい、どうぞ、どうぞ」
彼女も自分の分を入れようとしたが
「あ、僕が入れますよ」
「いいですよｗ　お酒じゃないですしｗ」
「まぁまぁ」
とポットを手に取ると、彼女の分を注いだ

---

571 名前：Mr. 名無しさん 投稿日：04/04/18 21:45

普通の午後のほのぼのとした風景だな。ｶﾌﾟｰﾙの。

---

573 名前：Mr. 名無しさん 投稿日：04/04/18 21:47

こんな午後の紅茶は(ﾟ∠ﾟ)ｲﾗﾈ

---

594 名前：Mr. 名無しさん 投稿日：04/04/18 21:55

電車がここまで来て告るのを躊躇っている理由は何？

---

598 名前：Mr. 名無しさん 投稿日：04/04/18 21:56

告白をしたことがない。

---

601 名前：電車男 ◆ SgHguKHEFY 投稿日：04/04/18 21:57

彼女もカップを手にとって、ゆっくりと飲み始める
その仕草が絵になるというか、見ていて違和感が無い
すごく自然だった。
しばらくは紅茶とかお菓子の話をしていた
今度からは自分でも煎れてみようかと思うと言うと
お勧めのメーカーとかお菓子とか教えてくれた。
もう忘れちゃったけど…__|¯|○
よく二人とも無言になることもあったけど
それも自然な雰囲気だった。
「休日はいつもこうして過ごしてるんですか？」
と俺が聞くと
「いつもはもっとゴロゴロしてますよｗ」
と笑ってくれる。
「あ、僕もだｗ」
なんかこういつもとは違ってとにかくマターリしてました

---

615 名前：電車男 ◆ SgHguKHEFY 投稿日：04/04/18 22:00

>>518
ベアノティーだそーです

---

622 名前：Mr. 名無しさん 投稿日：04/04/18 22:03

「ベノアティー」だ！

---

623 名前：Mr. 名無しさん 投稿日：04/04/18 22:03

>>615
英国王室御用達じゃねーか！

---

624 名前：電車男 ◆ SgHguKHEFY 投稿日：04/04/18 22:04

ベノアティだった…＿|￣|○

689 名前：電車男 ◆ SgHguKHEFY 投稿日：04/04/18 22:34

「こんな休日をすごすのは初めてです。でもいいもんですね」
「あははw」
と雑談。一通り、お茶と菓子を平らげる。
結局３杯も飲んでしまった…
ﾜﾝｺﾀﾝが構って欲しそうにしているので
手招きすると、近寄ってきた
「おりこうさんなんですね」
「というか人懐っこいだけなんですけどw」
確かに人懐っこい犬だった。
俺は今まで動物にこんな好かれた事無いし
「この犬ってディズニー映画の…」
「○△□ですね」
「かわいいっすねー」
俺はじゃれ合っているうちにこいつが気に入ってしまった
「気に入られてるみたいですよ？w」
「僕もこの子好きかもしれないですw」
と犬やペットについて話してた
今日はつまらなくてすいません(´･ω:.:...

692 名前：Mr. 名無しさん 投稿日：04/04/18 22:36

ツッこむべきはそこじゃない、
○△□を室内で飼っている…！！！

648 名前：Mr. 名無しさん 投稿日：04/04/18 22:14

※そうだ、なんさいなのよ？※

698 名前：電車男 ◆ SgHguKHEFY 投稿日：04/04/18 22:36

>>648
まだ聞いてないです。とりあえず年上なのは確定
仕事は聞きましたが一応伏せておきますね
結構稼いでそうな感じです

742 名前：Mr. 名無しさん 投稿日：04/04/18 22:52

■ベノア
19世紀からの創業という、伝統のあるイギリスの高級食品会社。

（正式に発足したのは、1910 年）「パパ・ベノア」と呼ばれたフランス人の名シェフが創業。
実は、イギリスでは王室や高級レストランなどへの卸売りのみで、
小売りは一切していないんだとか。
世界でも、日本でのみ小売販売をしてるらしいです。
品質管理が厳しいことで有名で、英国王室御用達商のなかで、
３つの紋章の使用が認められている数少ない会社の一つ。

---

751 名前：Mr. 名無しさん 投稿日：04/04/18 22:55

>>742
情報班、ご苦労

---

747 名前：電車男 ◆ SgHguKHEFY 投稿日：04/04/18 22:53

「ここってエルメスさんの部屋ですか？」
まぁ多分違うんだろうけど聞いてみた
「ははｗ違いますよ。でも散らかってるので見せられませんｗ」
と爽やかにスルーされました…＿|￣|○
あと、俺の影響でパソコン買おうと思っているらしいです
つーか持ってなかったんですか。
とりあえずＰＣで出来ることとか色々教えました。
そして、今度一緒に買いに行く事に(`・ω・´)
そんなこんなで時間が過ぎていく。
「あ、そろそろ親御さん帰ってきません？」
「そうですね。」
「マズいですよね」
「大丈夫ですよ」
「(ﾟдﾟ)ﾎﾟｶｰﾝ」
両親にはかなり俺の事話してあるらしいです…
週末によく会ってたりとかしてることも
今日家に連れて来るとまでは言ってなかったらしいですが
別に家に連れ込んだくらいでは怒らないとの事
でも俺が恐いのでやっぱりおいとますることにしました。

---

775 名前：電車男 ◆ SgHguKHEFY 投稿日：04/04/18 23:00

彼女は駅まで送ると言ってくれたが
帰りが危ないので送らないでいいですよと断りました(`・ω・´)
告白についてですが、会ったのは今日で５回目ですし
タイミング的にどうなんかなとも思います
そして何より「好き」と言う勇気が無いんですよ…＿|￣|○
みんなどうやってそんな勇気振り絞ってるんディスカ…

791 名前：Mr. 名無しさん 投稿日：04/04/18 23:03

電車男「えーと、気に入ったサイトはこーやって"お気に入り"をクリックして
ー…」
エルメス子「何ですかこの2ちゃんねるって？」
電車「あ、いやそれは行かないほうが…」
エルメス子「とん…がり帽子を…くれたムーミン？　何ですかこれ？」
きゃー

798 名前：Mr. 名無しさん 投稿日：04/04/18 23:05

> 電車男
昔、俺も似たような感じで女の方から誘われてた事があったんだよ。
相手が俺に気があるのはすぐにわかったけど、
初めてのことだったし、なんか関係を壊すのが恐くて自分の気持ちを隠してた。
結局煮え切らない俺は愛想をつかされた。
エルメスみたいな女は気持ちの切り替えが早いからな。
一度愛想をつかされるとリベンジは不可能だ。
俺みたいな失敗はするな。好きだ、と言うだけでいいんだよ。

811 名前：Mr. 名無しさん 投稿日：04/04/18 23:10

エルメスって電車が必死で告白しても
「ありがとうございます。私も電車さん好きですよ（ニコニコ）」
「え？あ、いや、ですから…」
みたいな感じになったりしないだろうか…
やはりダブルボケのカップルは大変だ

817 名前：Mr. 名無しさん 投稿日：04/04/18 23:12

>>775
勇気がないとか言ってんじゃねーよ！
あんたはエルメス嬢が好きなんだろ？
その純粋な気持ちを彼女に伝えるんだよ。これは誠意だ。
「もし拒まれたらどうしよう・・・」なんて考えるな。
大丈夫、俺たちがついてる。君はやれるはずだ。
次のデートのときに夜景のきれいなところなどムードある場所に行って、
・・・口説け。君の望むような返答を、お前はもらえるだろう。
その時にはありったけのひがみ根性を込めて君を祝福するよ。

833 名前：Mr. 名無しさん 投稿日：04/04/18 23:16

恋愛対象にみえてないのなら、
長期戦にもっていくんだな。

Mission.4　このカップを使う時が来た

俺がとったほうほうは、
「彼女の生活にいろいろ入り込む」
パソコンを選んであげるのは、いいと思うよ！
少なくとも PC のこと聞くときは、電車にたよるしね。
日常で、電車がいなきゃ、だめなことを
ひとつひとつ増やしていくんだ。

---

877 名前：電車男 ◆ SgHguKHEFY 投稿日：04/04/18 23:27

俺ももぐら氏のログ読んでたんで
それを意識しておびえているのは正直あります

---

878 名前：Mr. 名無しさん 投稿日：04/04/18 23:27

>>866
もぐらを出されると辛いな。
まあ、おまいさんの言ってる事はまっとうだ。
元々報告を聞いて鬱になるスレだしな。

---

879 名前：Mr. 名無しさん 投稿日：04/04/18 23:28

一応貼っとく
「たしかにもぐらさんはいい人だけど、そういう感情はないです。勘違いしない
でください。」

---

881 名前：Mr. 名無しさん 投稿日：04/04/18 23:28

>>866
思い出したよ・・・・あの日は毒男達の涙雨が降ったなぁ・・・・

---

882 名前：Mr. 名無しさん 投稿日：04/04/18 23:28

>879
くぁwsでｒｆｔｇｙふじこｐ；

---

883 名前：Mr. 名無しさん 投稿日：04/04/18 23:28

>>879
一応はるなｗ

---

885 名前：Mr. 名無しさん 投稿日：04/04/18 23:29

>>879
ｷﾞｬｧｧｧｧｧｧｧｧｧｧｧｧｧｧｱｽ

886 名前：Mr. 名無しさん 投稿日：04/04/18 23:29

>>879
くぁwせdrftgyえるめすpl；

888 名前：電車男 ◆ SgHguKHEFY 投稿日：04/04/18 23:29

>>879
＿|￣|○

889 名前：Mr. 名無しさん 投稿日：04/04/18 23:29

電車の恋なので電車のペースでしかやりようないよな。
リニアになるか鈍行になるかは電車次第。
初めの頃ならともかくも、今や電車は立派な男ですよ…。
いいなあ楽しそうだなあ。
いいなあ。

890 名前：Mr. 名無しさん 投稿日：04/04/18 23:29

>>877
選択は任せる。
愛情＞怯え
になったら告ればいい。
そして手段が解らなければ叫ぶがいい。
告　どこか　たのむ
そうすれば漏れたちは力を貸すぞ！！

891 名前：Mr. 名無しさん 投稿日：04/04/18 23:29

おまいら本当イイやつだな
他人のことでこんなに必死になってさ・・・。
おまいらみたいなやつらが周りにいれば
俺の人生もっとたのしかっただろうな。

914 名前：Mr. 名無しさん 投稿日：04/04/18 23:34

オマイラのレス読んでて泣いた
どーでもいい DQN がカッポー人生満喫してるってのに…
不公平杉やしないか！？

922 名前：Mr. 名無しさん 投稿日：04/04/18 23:36

>>914

カッポー人生がかならず上とはかぎらんさ・・
あ、いや・・たぶんだけど・・・

「告白」と「自分の誤解ではないか」の間で揺れ動く電車男。スレは「早く告白」と「電車のペースで」の２つに割れた。電車、告白できるのか？

Mission
5

「あんまりその気に
させないで下さい」

電車男がエルメスのカップで頂いたというベノアティーに、にわかに興味をかき
立てられた住人達。販売店を探して買いに行く猛者まで現れた。

---

126 名前：Mr. 名無しさん 投稿日：04/04/19 11:55

紅茶好きの友達にベノアティーについて聞いたが
そいつも飲んだことがないらしい
そして入手困難 & 高価らしい
エルメスのカップを贈ってくる時点で
只者じゃないと思っていたが
これはちょっと

---

140 名前：Mr. 名無しさん 投稿日：04/04/19 13:41

銀座の松坂屋でのみ買えるらしい
ここだにサロンもあるらしい

---

141 名前：Mr. 名無しさん 投稿日：04/04/19 13:47

ベノアに電話してみた
したら >>140 のとおりだった
おｋ、今から首都高かっトンで逝ってくる
うつじばくあとはたのむ

---

147 名前：Mr. 名無しさん 投稿日：04/04/19 14:09

ベノアのありかハｹ-ﾝ
http://www.matsuzakaya.co.jp/ginza/service/gourmet.shtml

---

150 名前：Mr. 名無しさん 投稿日：04/04/19 14:29

おいおい、みんなﾊｸﾏ-茶飲んだら自分にも幸せが訪れると勘違いしてんじゃない
だろうな？

---

159 名前：Mr. 名無しさん 投稿日：04/04/19 14:44

今度一緒にＰＣ買いに行くんだよな？
秋葉に連れて行けるだろｗ

---

161 名前：Mr. 名無しさん 投稿日：04/04/19 14:47

あんまりアキバで自分の素をエルメスに晒すなよ〜
フィギュアの店とか入るんじゃないぞ〜w

165 名前：Mr. 名無しさん 投稿日：04/04/19 14:49

パーツ買ってエルメたんちで組んでやれば？
事あるごとにサポートできるしw

171 名前：Mr. 名無しさん 投稿日：04/04/19 15:00

今のうちに
デスクトップ
ノート
MAC
自作
それぞれの場合にどれが(・∀・)イイか選んでおいてやろうよ
唯一俺達が役に立てる事だし

178 名前：Mr. 名無しさん 投稿日：04/04/19 15:19

逆にエルメスを秋葉娘にしてやれ

179 名前：Mr. 名無しさん 投稿日：04/04/19 15:24

そしてエルメスは２ｃｈねらーになると。

180 名前：Mr. 名無しさん 投稿日：04/04/19 15:25

そしてばれる。

189 名前：Mr. 名無しさん 投稿日：04/04/19 16:02

よーしまとめるぞ。
・MAC（iBook ←なぜか変換できる）
・パーツで購入（サポートを電車にさせる）
・ネット、インターネットができる
・ルータ、モデム、回線（FTTH）もチョイス
・DVD 再生可能（焼けなくていいか？）
・ノート型
・LongHorn 対応
・映画を DL してターホ
さて、これを全部満たすマシンはっと・・・

195 名前：Mr. 名無しさん 投稿日：04/04/19 16:36

198 名前：Mr. 名無しさん 投稿日：04/04/19 17:16

でも、教えるときの、教え方次第では・・・毒男だし ('A`)ｳﾞｫｪｱ

電「で、これがマザーボードって言って・・・」(鼻息荒く、必死且つ嬉しそう
　に説明)

エ「・・ハァ・・」(明らかに解らないし、＋激しく＋つまらない)

電「これは PCI スロットが 7 個あるから、拡張性が・・・」(気付かず、目をき
　らきらさせて、説明)

エ「・・・・・あの、用事思い出したんで、帰りますね、今日はありがとうござ
　いました」(有無を言わさず、帰宅)

電「え？・・あ、送っていきますよ〜〜」(焦って追いかけるが、途中で転びそ
　のまま立ち去られる)

('A`)ｳﾞｫｪｱ

199 名前：Mr. 名無しさん 投稿日：04/04/19 17:20

うぇーはっはっはっは、逝ってきたぜ、銀座は松坂屋

R グレイ 1 缶買って 4F で飲んできた

・・あ、あああ、あのぅ、これは・・・・・・・・紅茶ですか？

香りもいいしなんていうか深いよ、えるめすたん

201 名前：Mr. 名無しさん 投稿日：04/04/19 17:22

>>199

おお、どうだった？

因みに一人で行ってきたの？

202 名前：Mr. 名無しさん 投稿日：04/04/19 17:22

>>199

おまい行動力あるなぁ

203 名前：Mr. 名無しさん 投稿日：04/04/19 17:24

>>199

銀座に近づく → 軽い頭痛

銀座到着 → 激しい頭痛

松坂屋へ近づく → 吐き気・めまい

松坂屋到着 → 足がｶﾞｸｶﾞｸ・冷や汗

紅茶売り場へ到着 → 泡吹いて失神

208 名前：199 投稿日：04/04/19 17:31

>>201
えるめすたんと一緒うわなにを s るやm←電車に轢かれたらしい
と冗談は置いといて、ジャンプの銀魂のｸﾞﾗﾀﾞﾝｵﾔｼﾞみたいな香具師が
1 人でアイスティーを飲んでたらしいですｗ
アイスの R グレイ頼んだら長方形のクッキーみたいなのが 2 個ついてきました
スコーンは場のふいんき（何故か ry）というか貴婦人やらえるめすたんのやうな
女性の目があれだったのでいそいそと一杯だけ飲んで撤退します
レジにもお茶は置いてあったかな？
1 缶 100g 入りで葉によって 1000 ～ 2000 円でした
他にも茶請けのような物やスコーンらしき物も販売してました

---

212 名前：Mr. 名無しさん 投稿日：04/04/19 17:35

アキカジの俺でも入れるかな？

---

213 名前：Mr. 名無しさん 投稿日：04/04/19 17:36

【銀座】春の珍事？紅茶売り場で独身男性多数昏倒【松坂屋】
東京松坂屋銀座店において紅茶売場にやってきた男性客が次々と
昏倒するという事態が相次いだ。倒れた男性は夕方までに１６名に及び
いずれも原因は不明。倒れた男性同士に面識等はなく、共通している点は
独身であることのみ。中には意識が混濁し「エルメス」や「電車」、「ダルシム」
などと
わけのわからない言動を続けている者もおり、都内の病院に搬送された模様。
店側でも「普段はあまり来られない客層の方ばかり、何が起こっているのか
把握できず、コメントも対策もしようがない」と困惑の色。
賑やかな店舗内で次々と起こる予想外の事態に買物客も足を止め
心配そうに眺めていた。

---

214 名前：Mr. 名無しさん 投稿日：04/04/19 17:36

じゃあエルメスと電車の模型持って
ベノアサロン OFF かな

---

217 名前：Mr. 名無しさん 投稿日：04/04/19 17:40

>>199 はエルメスに恋をしてしまったな？

---

225 名前：199 投稿日：04/04/19 17:48

高いのではなく入手しづらいから稀少なのかもしれませぬ
>>212

流石にやめた方がよろしいかと
いちおスーツで逝きました
>>214
殺伐というか紳士的またーりでないと気まずい悪寒
電車たんハァハアとかざわついたりするのはよろしくないかと
>>217
電車たんが告らないならいっそ漏れが:y=一(ﾟдﾟ)∴ ターン

---

280 名前：Mr. 名無しさん 投稿日：04/04/19 18:15

つーか、この紅茶談義はいつか役に立つのカ−

---

307 名前：電車男 ◆ SgHguKHEFY 投稿日：04/04/19 18:28

直帰したらいつもより早く家に着きました(・∀・)
そういや今日はまだメールしてないな…

---

309 名前：Mr. 名無しさん 投稿日：04/04/19 18:29

お茶・珈琲板からこの板の反応を考えると・・・
('A`) ヴェノア

---

310 名前：電車男 ◆ SgHguKHEFY 投稿日：04/04/19 18:30

なんだか楽しそうですねw
ログ洗ってきますノシ

---

333 名前：電車男 ◆ SgHguKHEFY 投稿日：04/04/19 18:41

ＰＣの予算と使用目的はまたメールして聞いてみます
こないだはネトとメールできればいいかなと言ってましたよ

---

338 名前：電車男 ◆ SgHguKHEFY 投稿日：04/04/19 18:43

軽く目を通してみました〜
ペノアティーについて色々調べてたんですね。
つか買いに行った人まで！？すごい！

---

349 名前：電車男 ◆ SgHguKHEFY 投稿日：04/04/19 18:48

気のせいかもしれないんですけど、最初に会った時よりも
確実に可愛くなってるんですよね…(´ー`)

---

352 名前：Mr. 名無しさん 投稿日：04/04/19 18:49

>>349
それ以上言うと僕がブチキレる

353 名前：Mr. 名無しさん 投稿日：04/04/19 18:49

(´ー`) ←この顔
チッキショー

369 名前：199 投稿日：04/04/19 19:00

えるめす邸十嗜みありのえるめすに煎れてもらった十2人きり十ペアカップ？
の相乗効果で飲んだら漏れなら幸せすぎて死にそうな程美味しいですよ？ヘ゛ノアペコ
もうねアホかと馬鹿かと
そこらの茶葉なんか煎ってよしって感じです＿|￣|○

370 名前：電車男 ◆ SgHguKHEFY 投稿日：04/04/19 19:01

>>358
(´д`)ｸﾏｰいですか？
俺はダージリンという種類を飲んだらしいですが
あ、あとマフィンと一緒に出てきたのは
スコーンとかいうやつかも…
やたらデカいクッキーだなと思いましたが

377 名前：電車男 ◆ SgHguKHEFY 投稿日：04/04/19 19:05

>>371
さすがに秋葉でPCは買わないと思います
俺、自作できないし…

376 名前：Mr. 名無しさん 投稿日：04/04/19 19:05

早く告れよ＞電車

381 名前：電車男 ◆ SgHguKHEFY 投稿日：04/04/19 19:10

>>376
最近そのことばかり考えてますよ
なんか、会って以来ずっと親しくしてくれてるんですけど
やっぱり付き合うとなると、俺ってどうなんだろう？とか思うんですよね
俺なんか全然釣り合わないしな…
でもこのまま告白しないでいるとどうなるんだろうとも思います

ずっと友達のままなのでしょうか？そうなんでしょうけど
もし告白して、ダメだったら距離置かれちゃいますよね？
そしたらせっかく仲良くなれたのに、もう会えなくなったりしそうで恐いです
何よりダメだったら俺が彼女に合わせる顔がないよ…_|￢|○

386 名前：Mr. 名無しさん 投稿日：04/04/19 19:14

>>381
おまえソルでも男か？
本当に好きならふられても何度でも何度でも
アタックしてみろ

387 名前：Mr. 名無しさん 投稿日：04/04/19 19:14

振られて距離置くなんて、厨房じゃあるまいし

394 名前：Mr. 名無しさん 投稿日：04/04/19 19:17

>>381
あせる事はないと思われ・・・
イイ雰囲気でマメに会ってるんなら
急いで告る事はないと思うぞ。
まぁ、さすがにそのまま半年も1年も経ちましたってんじゃ
マズイだろうがな

401 名前：Mr. 名無しさん 投稿日：04/04/19 19:19

そのうち告白するのが我慢できなくなるよ
その時が告白する時
無理にするもんじゃないよ
外野は急かしちゃダメよん

417 名前：Mr. 名無しさん 投稿日：04/04/19 19:24

次は電車が呼ぶ番だろ？

420 名前：電車男 ◆ SgHguKHEFY 投稿日：04/04/19 19:25

>>417
(((((((((;゛Д゛)))))))) ｶﾞ ｸﾞｶﾞ ｸﾞﾌﾞﾙﾌﾞﾙ ｶﾞ ﾀｶﾞ ﾀﾌﾞﾙ ｶﾞ ﾀｶﾞ ｸﾞｶﾞ ｸﾞｶﾞ ｸﾞｶﾞ ｸﾞｶﾞ

425 名前：Mr. 名無しさん 投稿日：04/04/19 19:28

電車って実家なんだよね？

426 名前：Mr. 名無しさん 投稿日：04/04/19 19:28

エルたんが PC にそこそこ詳しくなるとする
で、まぁこのまま親しくなってお互いのウチを
行き来するようになったとする
お気に入りの整理と履歴の削除は忘れるな！！！！！

445 名前：Mr. 名無しさん 投稿日：04/04/19 19:40

これ以上急かすような事をいうのは辞めようぜー
どう考えても今となっては漏れらの毒男臭い助言より
電車自身の判断の方が有効な希ガス。
('A`)ヴェノア

484 名前：Mr. 名無しさん 投稿日：04/04/19 19:57

俺、紅茶が好きで色々と葉も集めたりしてる。
とある女性にそう言ったら
「キモイ。紅茶が穢れるから今すぐやめて水道水沸かして飲んでろ」
と、言われた。
そんな俺でも、頑張って生きています。
長く帰ってないけど母さん、今度そっちに顔出します・・・

497 名前：電車男 ◆ SgHguKHEFY 投稿日：04/04/19 20:05

まんぷくになったところで
さて、メールしてきます(｀・ω・´)

503 名前：Mr. 名無しさん 投稿日：04/04/19 20:09

>>484
俺が思うに、その女が紅茶を汚してると思うんだな

506 名前：Mr. 名無しさん 投稿日：04/04/19 20:11

>>503
いいこといった。
めちゃくちゃいいこといった。

510 名前：電車男 ◆ SgHguKHEFY 投稿日：04/04/19 20:15

送信完了(｀・ω・´)
>>506
狂おしく同意

家に彼女が来たら
両親腰抜かすだろうな…(´—`)
でも俺の部屋大改造しないと呼べない
倉庫でも借りますかね…

ファッションの話題となるとＲＯＭっていた秋葉系毒男達、エルメスのパソコン
に話題が及ぶと多くのアドバイスが付く。

542 名前：電車男 ◆ SgHguKHEFY 投稿日：04/04/19 20:32

返信きました。
ネットとメールが出来ればいいそうです
予算は２０くらいだそうです
金持ちだなオイ
ノートがいいそうですよ。
でとりあえずウィンドウズ
ＤＶＤは出来なくてもいいそうです
そして
給料日後にしてくれだそうです

551 名前：電車男 ◆ SgHguKHEFY 投稿日：04/04/19 20:35

でもノート＆ルータ or モデム買うとすると
普通くらいのスペックですかね

552 名前：Mr. 名無しさん 投稿日：04/04/19 20:35

Sony　VAIO
NEC　Lavie
Toshiba　Dyna
あたりが、手堅いが・・・
個人的には NEC をおすすめ。

569 名前：Mr. 名無しさん 投稿日：04/04/19 20:44

自分の得意な話題だと食いつきの良いもまいらが好きだ

567 名前：Mr. 名無しさん 投稿日：04/04/19 20:44

ノートパソコンを２人で選んで買ってしばらくの事だった。

エルメスより架電
エ 「電車さん、これどうやるのかわからないんですけど」
電 (特に断る理由ないので)「はい、これから伺います」
電車 設定中 エルメス寝てしまう。電車静かに帰る
エ 「電車さん、CD を MP3 にしたいんですけど」
電 「はい、これから伺います」
エ 「今日は勝手に帰らないで下さいね」
設定深夜に及ぶ。
エ 「私自身のサポートもしてください」
電 (特に断る理由ないので)「一生サポートします」

---

572 名前：電車男 ◆ SgHguKHEFY 投稿日：04/04/19 20:44

>>567
見覚えのあるコピペ キタ━━━━(。A。)━(´∀`)━(。A。)━(´∀`)━(。A。)━━━━!!!!

---

575 名前：Mr. 名無しさん 投稿日：04/04/19 20:46

NEC は保証もサポートも悪くない
ネット直販の NEC ダイレクトで買えば要らないソフト無しのを選べる
バイオは不当に高い気がするけど女うけはいい

---

578 名前：Mr. 名無しさん 投稿日：04/04/19 20:48

あ、でも一緒に買いに行くためにはネットで買うのはまずいなw

---

582 名前：電車男 ◆ SgHguKHEFY 投稿日：04/04/19 20:49

>>578
ネット環境無いですしね
ネット設定などの理由でまだ家に上がり込みますよ…(´ー`)

---

584 名前：Mr. 名無しさん 投稿日：04/04/19 20:50

策士来たー(´ー`)

---

587 名前：Mr. 名無しさん 投稿日：04/04/19 20:50

ネット設定などの理由でまだ家に上がり込みますよ…(´ー`)
ネット設定などの理由でまだ家に上がり込みますよ…(´ー`)
ネット設定などの理由でまだ家に上がり込みますよ…(´ー`)
ネット設定などの理由でまだ家に上がり込みますよ…(´ー`)
ヴェノア
ネット設定などの理由でまだ家に上がり込みますよ…(´ー`)

ネット設定などの理由でまだ家に上がり込みますよ…(´一｀)
ネット設定などの理由でまだ家に上がり込みますよ…(´一｀)
ネット設定などの理由でまだ家に上がり込みますよ…(´一｀)

---

596 名前：電車男 ◆ SgHguKHEFY 投稿日：04/04/19 20:53

じゃあログを参考に
軽く探してみましたと返信しておきます
回線はどっちがいいかなぁ…
この際光っすかね

---

600 名前：Mr. 名無しさん 投稿日：04/04/19 20:54

>>596
たぶん、オーバースペック。
ADSL にしとけ。
それで不満がでてら、また電車に相談がいく。

---

614 名前：Mr. 名無しさん 投稿日：04/04/19 20:57

家族で使うのか個人でかわからないが
もしかしたらエルメスの部屋に入れてもらえるかもな・・

---

621 名前：電車男 ◆ SgHguKHEFY 投稿日：04/04/19 21:00

あ、今彼女に似てる人 CM に映ってた
ハイチオール C の

---

634 名前：Mr. 名無しさん 投稿日：04/04/19 21:03

>>621
中谷美紀カーーーーーーー！！！！！？？？？

---

637 名前：Mr. 名無しさん 投稿日：04/04/19 21:03

ダメだ、もうダメだ、中谷美紀と聞いてしまったら
漏れはもう電車を応援できん
スマン、ドロップアウトだ、このスレも、人生も・・・・・・

---

640 名前：電車男 ◆ SgHguKHEFY 投稿日：04/04/19 21:05

>>634
名前は分かりません…_|￢|○
YOU にも似てますよね

690 名前：電車男 ◆ SgHguKHEFY 投稿日：04/04/19 21:22

あまり詳しくは書けませんが
髪は長め
背は標準
かなり痩せめ
ですね。
俺は彼女の方が好きですけどね（´一｀）

702 名前：Mr. 名無しさん 投稿日：04/04/19 21:25

俺は彼女の方が好きですけどね（´一｀）
彼女の方が好きですけどね（´一｀）
の方が好きですけどね（´一｀）
が好きですけどね（´一｀）
きですけどね（´一｀）
すけどね（´一｀）
どね（´一｀）
（´一｀）←この顔・・・
チキショー

703 名前：電車男 ◆ SgHguKHEFY 投稿日：04/04/19 21:26

でも、今日はいつになく返事が遅いんです（´･ω･｀）

708 名前：Mr. 名無しさん 投稿日：04/04/19 21:26

>>703
えっ。
話題はなんだったの？

721 名前：電車男 ◆ SgHguKHEFY 投稿日：04/04/19 21:30

>>708
PC のです
彼女虚飾症なんかな…＿|￣|○
でもこないだはモリモリ食べてたし…

737 名前：Mr. 名無しさん 投稿日：04/04/19 21:35

ひょっとして、幸せで少し太ってふっくらしてきたから
「最初に会った時よりも確実に可愛くなってる」
のでは？

742 名前：電車男 ◆ SgHguKHEFY 投稿日：04/04/19 21:37

あ、でも以前ダイエット超頑張ってたとかいう話してましたな
>>737
(ﾟ∀ﾟ)

---

743 名前：Mr. 名無しさん 投稿日：04/04/19 21:37

電車よ何を思ってるか知らんがな・・・
エルメスはまだお前の女じゃないぞ

---

744 名前：Mr. 名無しさん 投稿日：04/04/19 21:37

>>743
シ---

---

745 名前：Mr. 名無しさん 投稿日：04/04/19 21:37

>>743 がいいこと言った

---

747 名前：電車男 ◆ SgHguKHEFY 投稿日：04/04/19 21:38

_|￣|○

---

748 名前：Mr. 名無しさん 投稿日：04/04/19 21:38

そうだ、だから早く自分のものにしろ>電車

---

749 名前：Mr. 名無しさん 投稿日：04/04/19 21:38

いい方きついが、自分がエルメスの恩人という立場を忘れるな。
向こうは断りたくても断れない可能性もあるんだからな。

---

750 名前：Mr. 名無しさん 投稿日：04/04/19 21:39

>>749 がさらに追い討ち w

---

762 名前：Mr. 名無しさん 投稿日：04/04/19 21:41

これ喜久子姉ぇ？

---

772 名前：電車男 ◆ SgHguKHEFY 投稿日：04/04/19 21:45

誤爆した…_|￣|○

冗談っぽく強気な発言したりしてますけど
直接会うと8割りがすっ飛んでいきます…＿|￣|○
このスレにいるとなんかなんでも出来るような気持ちになるんですよ

---

781 名前：Mr. 名無しさん 投稿日：04/04/19 21:47

　762 名前：Mr. 名無しさん 投稿日：04/04/19 21:41
　これ喜久子姉ぇ？
電車！お前か！

---

789 名前：電車男 ◆ SgHguKHEFY 投稿日：04/04/19 21:50

メールキタ――――――(´∀｀)――――――!!!
分からないことだらけなので
教えて下さいね♪
だそうです

---

792 名前：Mr. 名無しさん 投稿日：04/04/19 21:50

井上喜久子
http://www.office-anemone.com/image/photo_kikuko.jpg

---

803 名前：電車男 ◆ SgHguKHEFY 投稿日：04/04/19 21:54

>>792
(;´Д`)ﾊｧﾊｧ

---

805 名前：Mr. 名無しさん 投稿日：04/04/19 21:56

電車ﾀﾝは喜久子姉ちゃん萌えだったのか・・・

いつ告る、上手くいくのではないか、自分のペースで、という論議が続く。しか
しいずれのレスも、電車本人でさえも、エルメス自身の気持ちは憶測に頼ってい
た。この後やってくる事態の急変までは。

---

827 名前：Mr. 名無しさん 投稿日：04/04/19 22:05

住人を意識してペース上げたりしないで欲しい
それで失敗したら報われない

828 名前：Mr. 名無しさん 投稿日：04/04/19 22:05

なぁ、長期戦でも、応援してやろうじゃないか。

829 名前：Mr. 名無しさん 投稿日：04/04/19 22:08

今までのように一回や二回でケリがつくのもおかしいもんな
ましてや相手はついこないだまで見ず知らずの人だった訳だし・・・
なんせよ電車の好きなようにやってくれ

830 名前：Mr. 名無しさん 投稿日：04/04/19 22:10

いままでの盛り上がりかたが
尋常じゃなかっただけに、期待してしまうよね。
俺も、電車のレス見るたびに、まだドキドキするもんw
でもそれを毎回求めるのは、酷だよね。
でも、それが普通だったら、がっかりするってだけの話でしょ？
まぁ、その感情より、電車のペースを大事にしてやろうぜってこった。

831 名前：Mr. 名無しさん 投稿日：04/04/19 22:11

みんなやさしい

873 名前：Mr. 名無しさん 投稿日：04/04/19 22:45

しかし最初やつは
「万が一、隣に座ってたお姉さんと何か起こそうとしても
絶対、不釣合いなんだよね…_|￣|_
一緒に街歩いたりとか絶対出来ない 」
とか言ってたのに・・・嘘つきやがって手までつないでんじゃねーか
_|￣|○

879 名前：Mr. 名無しさん 投稿日：04/04/19 22:47

そういや電車で女性が鏡落としたから拾ってあげたら
お礼言われて、顔を見合わせたら次の駅で逃げるように降りていった。
えーと・・・('A`)

938 名前：Mr. 名無しさん 投稿日：04/04/19 23:06

ごめん。俺は彼女にこのスレのＵＲＬおしえちゃったよ
会う度に一回はこのスレの話もする

944 名前：Mr. 名無しさん 投稿日：04/04/19 23:08

>>938
俺は彼女に教えてもらった・・・
女も結構見てるというのはなんとなく分かる。

---

947 名前：Mr. 名無しさん 投稿日：04/04/19 23:09

>>938
俺も。彼女が誰かにマンコ置いてカエレって言われたらしい

---

165 名前：電車男 ◆ SgHguKHEFY 投稿日：04/04/20 21:27

今日はベノアティーとか紅茶について色々メルで話しました
彼女は紅茶党らしく、あの時コーヒーって言われたらどうしようかと思ったそう
です（´一｀）

---

183 名前：電車男 ◆ SgHguKHEFY 投稿日：04/04/20 21:40

しかし次回会うのは連休明けになりそうな悪寒

---

188 名前：電車男 ◆ SgHguKHEFY 投稿日：04/04/20 21:44

具体的に言うと５月２週目でしょうか
彼女は連休中は忙しいそうです（´・ω・｀）

---

255 名前：Mr. 名無しさん 投稿日：04/04/20 22:25

正直、二人デートで向こうから手をつないできて、
さよならのときにその手をそっと引っ張って電車から引きずり降ろすくらいの
関係にまでなってるのに告白しちゃーだめってのはどーなんでぃすか？
エルメス子が堅い子なら、そこまでするってことは相当電車に入れあげてるわけ
で、
それほど堅くない子なら、それならそれで攻められれば弱いかもしれんわけで
いままでの話からすれば前者だと思うけど、
そのエルメス子がずーっと手をつないで甘えて来て家にまで呼ぶんだぜ？
これでダメならもう本当に女なんて ('A`) ヴェノム

---

303 名前：Mr. 名無しさん 投稿日：04/04/20 22:51

まあ、それはあるかも・・・
電車の話聞いてると、エルメス子って
中谷美紀より美人で清楚でだけど気取ってなくて、
エスプリ効いてて、おしゃれで、話題も豊富で正義感が強くて
完璧超人だもんな

Mission.5 「あんまりその気にさせないでください」

でも本当にそんな人がいて電車とくっついたら
毒男にも光があるっておもっていいのかな

315 名前：Mr. 名無しさん 投稿日：04/04/20 22:56

あるわけ無いじゃん。
現実見ようぜ。
俺なんか電車で、重い荷物持ってる女性に席を譲って
しばらくしたら譲った隣の席が空いたんで、そこに座ったら凄い間あけられたし。
昨日の鏡拾いに引き続きもうあれですよ限界　（'A`）ヴェノア

389 名前：Mr. 名無しさん 投稿日：04/04/21 10:51

ほんともー告らなくても上手く行きそうな肝してきた
夜景とか見ながら
エ：「ちょっと酔っちゃったみたい・・・」
電：「だいじょうぶですか？（とエルメス子の顔をのぞきこむ）」
エ：「うふふ、電車さんっていつもそうやって私の顔のぞきこむんですね」
電：「え、あ、す、すみまｈｆだｊｋ＆；きくこｆｓ」
エ：「うふふ・・・」
変な体勢で見詰め合う二人
突然目を閉じるエルメス子
電：「どどどどどどうしたんですか？具合でも悪いんですか？」
エ：「もう、電車さんったら・・・」
ちょっとすねたように笑うエルメス子
電：「す、すみません。こういうこと慣れてなくて」
エ：「天然ボケもタイガイにしとけや」
電：「え・・・・・・・・・？」

409 名前：Mr. 名無しさん 投稿日：04/04/21 21:17

今日、電車で酔っぱらいを追い払ったけど付近の人とは会話すらしなかったよ…

410 名前：Mr. 名無しさん 投稿日：04/04/21 21:25

>>409
それが普通の物語

411 名前：Mr. 名無しさん 投稿日：04/04/21 21:26

>>409
GJ！はげしく！！
そして好きだ！！

412 名前：409 投稿日：04/04/21 21:48

>>410
結構大変だったんだけど、ここで話しても面白いような話じゃないね。マジ普通だ。
電車のようになりたいと思わなかったわけではないが、俺自身が一番むかついたんで。
>>411
ありまと。俺も好きだよｗ

---

413 名前：Mr. 名無しさん 投稿日：04/04/21 21:50

そしてまた一つ、愛が生まれた・・・

---

443 名前：Mr. 名無しさん 投稿日：04/04/21 22:59

てか毎日メールしたりって、もうカプールなんじゃないの？
手をお互い積極的につないだりしてるみたいだし。
人の気持ちは分かんないけど、言うなら早い方がカプールとしての時間をより長く楽しめるんではないかと思うよ、個人的に。
成功すればだけど…ってかそれで失敗したら、漏れ毒を貫くよ。

---

444 名前：Mr. 名無しさん 投稿日：04/04/21 23:08

けど付き合う前の段階が一番楽しいものなんだよ
きっと…
なんて逝ってみました ('A`)ｳﾞｧｧ

---

445 名前：Mr. 名無しさん 投稿日：04/04/21 23:12

>>443
いや、俺が思うに告る前が一番どきどきする。
手を握ったら握り返してきたり、目が合ったら微笑みかけてきたり、
でも相手の気持ちを言葉で聞いていない。そんなとき、想いをめぐらせて
もんもんとしている頃が、一番楽しかったかもしれない。そんな時期なんて
そう長くないんだから、電車には付き合うようになる前の今を楽しんだら
いいんじゃないかと思う。
たいして経たないうちに屁をかけあい、裸でうろうろされても目もくれなくなる
＿厂｜○

---

446 名前：Mr. 名無しさん 投稿日：04/04/21 23:14

>>445
敵兵発見！

全員構え！
撃てーーーー！！ヽ(｀Д´)ノ

***

448 名前：Mr. 名無しさん 投稿日：04/04/21 23:16

O｢|＿-3O｢|＿← >>445

***

449 名前：Mr. 名無しさん 投稿日：04/04/21 23:17

>>444-445
禿胴

***

451 名前：Mr. 名無しさん 投稿日：04/04/21 23:32

俺もヴェノア行って来た
なんっつーか、俺がいちゃいけないところだった
上品そうなおねいさんとかおばさまがたくさんいて
俺浮きまくり

***

事態は大きく動いた。

***

591 名前：電車男 ◆ SgHguKHEFY 投稿日：04/04/23 22:11

どもです。今日は収穫があったので報告します

メールでまず、服（ファッション）の話から
暑くなってくると薄着になって体型が隠れなくなるから嫌だと
彼女が申していました。そこで俺は、あなたは細身ですし
体型隠れなくても全然おｋですよ。という風に体型の話になり
んで、友人や親からは「そんなに細いから色気が無い」とか
よく言われるそうです。

…で

引用
「いつまでもこんな体型だから彼氏も出来ないんでしょうか～（×_×)」

フリー確定しますた

594 名前：Mr. 名無しさん 投稿日：04/04/23 22:13

ｷﾀ━━━━━━(ﾟ∀ﾟ)━━━━━━ !!

やったな電車野郎！！

---

595 名前：電車男 ◆ SgHguKHEFY 投稿日：04/04/23 22:16

これからフォローしますよ…(´ー`)
では今日はメールに専念します
また何かあったら報告に参りますので～(×_×)

ﾉｼ

---

598 名前：Mr. 名無しさん 投稿日：04/04/23 22:20

> 彼氏も出来ないんでしょうか～(×_×)

さて、同士諸君。
この文章をどう解釈する？

---

600 名前：Mr. 名無しさん 投稿日：04/04/23 22:23

>>598
鎌かけに１０００カマカ

---

601 名前：Mr. 名無しさん 投稿日：04/04/23 22:23

このころのやりとりが一番楽しいんだよなぁ。

---

635 名前：Mr. 名無しさん 投稿日：04/04/23 23:02

なぁ、まさかさ？いや、これこそ杞憂に終わるんだろーけどさ・・・。
エルメス子はさ？今までおれらの三歩先いく行動して見事に皆に爆撃してたっし
ょ？
いや、ありえないけどさ・・・。もしかしたらさ、今日爆撃とかこないよね？
大丈夫だよね？

---

649 名前：Mr. 名無しさん 投稿日：04/04/23 23:08

空襲警報発令！空襲警報発令！
総員退避せよ

---

654 名前：Mr. 名無しさん 投稿日：04/04/23 23:10

索敵班なにやってるの！
弾幕張れ！
総員第一種戦闘配置！

---

664 名前：Mr. 名無しさん 投稿日：04/04/23 23:14

おまいら、電車がやっぱりすきなのなw

---

665 名前：Mr. 名無しさん 投稿日：04/04/23 23:15

>>664
大好きです

---

671 名前：電車男 ◆ SgHguKHEFY 投稿日：04/04/23 23:19

おk

「あんまりその気にさせないで下さい（笑)」

全身全霊でその気にさせてきます(´ー`)

ﾉｼ

---

672 名前：Mr. 名無しさん 投稿日：04/04/23 23:19

おっっっっっっっっっっっっっっっっっっっっっっっっっっっっっっっっっっk

っっっっっっっっっっっっっっっっっっっっっっっっっっっっっっっっっっっっっっけええ
えええええ
けkろあえjりえけけけけけっけけっけけけけ

---

673 名前：Mr. 名無しさん 投稿日：04/04/23 23:20

これはどうあがいてもエルメス子の釜かけですな。
何気に気がついてる電車がいるように思えるのですが・・・('A`)ｳﾞｪﾉｱ

---

674 名前：Mr. 名無しさん 投稿日：04/04/23 23:20

ぐっはぁぁぁぁ

---

675 名前：Mr. 名無しさん 投稿日：04/04/23 23:20

>>671
それはどっちのメッセージだ！！？

---

676 名前：Mr. 名無しさん 投稿日：04/04/23 23:21

('A`) ヴェノアァァアッァァアァァ !!!!

---

684 名前：Mr. 名無しさん 投稿日：04/04/23 23:22

皆逃げろ爆撃がきたぞあああああああああああああ

---

705 名前：Mr. 名無しさん 投稿日：04/04/23 23:26

```
   〇 ん？
 __┌┐_____

   Σ.. .. … .. ……〇 タターン
 __┌┐_____
```

---

706 名前：Mr. 名無しさん 投稿日：04/04/23 23:26

俺はランサーだからこの大きな盾でガードしたぜ！！

盾貫いてあぼーん

---

724 名前：電車男 ◆ SgHguKHEFY 投稿日：04/04/23 23:33

「少なくとも私にはモテモテですよ」

---

729 名前：Mr. 名無しさん 投稿日：04/04/23 23:33

うわぁあああああああああああああああああああああああああ

---

730 名前：Mr. 名無しさん 投稿日：04/04/23 23:33

>>724
うっひょーーーーーーーーーーーーーーーー！このイケメソが！

---

732 名前：Mr. 名無しさん 投稿日：04/04/23 23:34

私には持て持て？エルメスが言ったの？

---

733 名前：Mr. 名無しさん 投稿日：04/04/23 23:34

一行爆撃キタ━━━━━━━━(゜∀゜)━━━━━━━ !!!

---

734 名前：Mr. 名無しさん 投稿日：04/04/23 23:34

うあああああああああああ
くるぞおおおおおおおおおおおおおおおおおおおおおおおおおおおおお」

---

735 名前：Mr. 名無しさん 投稿日：04/04/23 23:34

>>724
>>724
>>724
>>724
>>724

もうね、アホかtうgは；４８ｈｙぱｈｇぽｈｇヴェノア(×_×)

---

736 名前：Mr. 名無しさん 投稿日：04/04/23 23:34

>>724
ぎゃあああああああああああ

---

737 名前：Mr. 名無しさん 投稿日：04/04/23 23:34

>>724
おまいそりゃなんかおかしーだろ

---

746 名前：Mr. 名無しさん 投稿日：04/04/23 23:35

奇襲にしちゃこれは酷過ぎる

---

764 名前：Mr. 名無しさん 投稿日：04/04/23 23:38

※　電車よ、脈あり確定だが、とどめの告白はメールじゃなくて会った時にしろ
よ。

憶測は、確信に変わった。

775 名前：電車男 ◆ SgHguKHEFY 投稿日：04/04/23 23:39

とりあえず、人段落しました

なんというか、次会う時が決戦になることは必至です
お互いの考えていることはもうお互いに分かってい
る、分かってしまった。
という感じなので。あとは直接会ってそれの確認です。

今日のメールのやりとりの詳細はまた明日に…

ﾉｼ

みんなありがとう

---

776 名前：Mr. 名無しさん 投稿日：04/04/23 23:39

奇跡の瞬間を目の当たりに出来て光栄です .....

---

788 名前：Mr. 名無しさん 投稿日：04/04/23 23:40

ありがとう

ありがとう

ありがとう

しにたい

---

790 名前：Mr. 名無しさん 投稿日：04/04/23 23:40

>>775
文字でこの鬱度を表現できないのが辛い。
元気玉以上の鬱を！！！

---

791 名前：Mr. 名無しさん 投稿日：04/04/23 23:40

>>775
あーそうですか
まだじらしますか ('A`) ｳﾞｪﾉｱ

電車男最終章、次回完結！

---

792 名前：Mr. 名無しさん 投稿日：04/04/23 23:40

>>775
キタ━━━━━━m9(ﾟ∀ﾟ)━━━━━━━!!!! >>775

---

795 名前：Mr. 名無しさん 投稿日：04/04/23 23:40

嗚呼…世界が真っ白になっていくよ…

どうする、おまいらも漏れといっしょにあの光の向こうに逝くか…？

---

796 名前：Mr. 名無しさん 投稿日：04/04/23 23:40

　み　ん　な　あ　り　が　と　う　！

('A`) ヴェノア

---

797 名前：Mr. 名無しさん 投稿日：04/04/23 23:41

ちょっと待て！もうすぐエンディングなんだよな！？
エルメス友出現の伏線はどこで消化されるんだ！？

---

801 名前：Mr. 名無しさん 投稿日：04/04/23 23:41

電車の場合
　「少なくとも私にはモテモテですよ」→　エルメスは、私（電車）にはもてて
いますよ
　ほとんど告白紙一重

エルメスの場合
　「少なくとも私にはモテモテですよ」→　電車は、エルメスにはもてています
よ
　エルメスが言ったなら確定

---

802 名前：Mr. 名無しさん 投稿日：04/04/23 23:42

あとは直接会ってそれの確認です。
あとは直接会ってそれの確認です。
あとは直接会ってそれの確認です。
あとは直接会ってそれの確認です。
あとは直接会ってそれの確認です。
あとは直接会ってそれの確認です。
あとは直接会ってそれの確認です。
あとは直接会ってそれの確認です。

なんだこの余裕は、
これが、これがあの電車なのか！！？
俺たちはとんでもない怪物を世に送り出してしまったのかあああぁ！

807 名前：Mr. 名無しさん 投稿日：04/04/23 23:42

ザブザブ

873 名前：Mr. 名無しさん 投稿日：04/04/23 23:54

そうだよなぁ…成長したんだもんな。
別に相手も「合コンで」とかじゃないんだもんなぁ。
アキバな男が人助けたところから始まったんだもんなぁ。

毒男の奇跡って、こういう事なのかもな…

「奇跡」じゃないよな。がんばった結果だよな！

874 名前：Mr. 名無しさん 投稿日：04/04/23 23:55

125 神はまごうことなき大神だが、もともと童貞じゃないうえにファッションに
も精通、会話も小粋で本来的に毒男ではなかった。いわば、訓練を受けた傭兵だ。

しかし電車は違う。秋葉系で声優好きという本格的な毒男だったのだ。
それがいまでは確かな自信と落ち着きをもって爆撃をしている。

伝説だよこれは。生きながら独板の伝説となった男、その名は電車。

886 名前：Mr. 名無しさん 投稿日：04/04/23 23:59

そうか、俺がビデオ屋で
AV 何借りようかな。
最近は女優重視で選んでたから今日はジャンル重視かな。
コスプレものがいいな。チアやナース。
よし、今日はホクホクだなあ。さあ家に帰って頑張ろう。

とか考えてた一方でこんなサクランボ空間が存在してたんだな。

56 名前：Mr. 名無しさん 投稿日：04/04/24 00:50

カップのブランドを聞いたネ申と、カップのお礼の
電話を勧めたネ申がいなかったら
この奇跡も起こらなかったわけか…

78 名前：Mr. 名無しさん 投稿日：04/04/24 01:44

>>56
おい、一人重要な人を忘れてますよ。
酔っ払って暴れてたジジイをw

まぁ、>>56 の言ってる人たちがいなかったら
この展開はなかったのかもしれないけど、
このきっかけをもたらしたのは、なんと言っても
電車男の勇気。
あのとき見て見ぬフリしてたら、今はなかった。

そんな勇気を持った若者がわれら毒男の仲間で
あることに乾杯！
日本もまだまだ捨てたもんじゃない。
電車、おめでとう！

95 名前：電車男 ◆ SgHguKHEFY 投稿日：04/04/24 09:56

おはようございます
昨日は途中で落ちてしまってすいませんでした。
睡魔に敗れました

メールの詳細いきます

98 名前：電車男 ◆ SgHguKHEFY 投稿日：04/04/24 09:58

ｷﾞｬﾌﾟ！ケロロ終わってから行きます
すっかり忘れてた…＿|￣|○

99 名前：Mr. 名無しさん 投稿日：04/04/24 10:01

ｷﾀ━━━━━━(ﾟ∀ﾟ)━━━━━━ !!

と思ったら、ヲイ電車！
まだアニメ見てのか。

いや、毒男としてうれしいけど。

11時前に出かけてしまうので、早めに頼むぞ。

---

100 名前：Mr. 名無しさん 投稿日：04/04/24 10:01

>>98
ヲタの素顔キタ━*゜+.*.｡.｡.:*.゜(｀∀´)゜.*.:゜+..｡.:*゜+*!!!!

---

101 名前：Mr. 名無しさん 投稿日：04/04/24 10:05

>>98 ここまできてアニメチェックを忘れないお前が大好きだ。

---

106 名前：電車男 ◆ SgHguKHEFY 投稿日：04/04/24 10:24

ケロロまじで面白いですな
今期のヒットかも…(´一｀)

では今度こそ行きます

---

110 名前：電車男 ◆ SgHguKHEFY 投稿日：04/04/24 10:30

「いつまでもこんな体型だから彼氏も出来ないんでしょうか〜(×_×)」
まずはこれに対してのフォローです

「エルメスさんなら痩せてても太ってても良いと思いますよ
周りの男が見る目無いとか（笑）」

これと、自分は体型、性格、服装、顔がダメなので
いつまで経っても彼女もできません(×_×)

という感じ返しました。

---

111 名前：Mr. 名無しさん 投稿日：04/04/24 10:30

総員配置につけ〜！！！
敵襲！敵襲！

---

117 名前：Mr. 名無しさん 投稿日：04/04/24 10:33

う、上から堕ちてくるよ、怖いものが落ちてくるよー

---

118 名前：Mr. 名無しさん 投稿日：04/04/24 10:38

119 名前：Mr. 名無しさん 投稿日：04/04/24 10:38

>>118
きっと警備が手薄な時間帯を狙った攻撃だ。

123 名前：電車男 ◆ SgHguKHEFY 投稿日：04/04/24 10:40

その後の返信で
「あんまりその気にさせないで下さい（笑）」
と
「少なくとも私にはモテモテですよ」
がキタ━━━━ヽ(ヽ(`∀´)ヽ(`∀´)ﾉ`∀´)ﾉ`∀´)ﾉ)/)━━━━ !!!

これに対し
「その気って…なんの気でしょうか？
経験がゼロなのでさっぱりわかりません（笑）」

「エルメスさんも少なくとも僕にはモテモテです」
と返す

125 名前：Mr. 名無しさん 投稿日：04/04/24 10:41

キタ Y⌒Y⌒Y⌒Y⌒Y⌒Y⌒(｡A｡)!!!

129 名前：Mr. 名無しさん 投稿日：04/04/24 10:43

上からくるぞ

141 名前：電車男 ◆ SgHguKHEFY 投稿日：04/04/24 10:49

さらに彼女から返信
「「その気」ですか？これって実際に会って説明した方が良いのでしょうか？」
と急に冗談っぽさが消えたのが文面からも伝わってきた。
思わず携帯を握る手に汗が…

これに対して
「会わないと言えない事なんですか？なんだろう…？
それはもしかしたら自分もあるかも…
今度会って言いたい事…」

と返しました。

すぐに彼女から返ってきました
「では今度会った時にでも（笑）」

こんなところです(×_×)

142 名前：Mr. 名無しさん 投稿日：04/04/24 10:50

このぬる po な感じも、電車とエルメスらしいといえばらしいがな。

148 名前：電車男 ◆ SgHguKHEFY 投稿日：04/04/24 10:52

俺、からかわれてるのかな

149 名前：Mr. 名無しさん 投稿日：04/04/24 10:52

もはや逢った瞬間に言葉は要らない状況だな

ええ、わたしはそんな状況はヴァーチャルでしか体験してませんが

151 名前：Mr. 名無しさん 投稿日：04/04/24 10:53

>>148
急に冷めるな。そんなことは無い。自信を持て。

152 名前：Mr. 名無しさん 投稿日：04/04/24 10:53

電車よ

そこまで鈍いと犯罪だぞっと

154 名前：電車男 ◆ SgHguKHEFY 投稿日：04/04/24 10:54

やりとり、分かり難くなってしまったみたいでごめんなさい…＿|￣|○
経験ゼロなのは俺です

次に会うのはとりあえず5月2週目の予定です

164 名前：Mr. 名無しさん 投稿日：04/04/24 10:58

今すぐどうにか会った方が良くないかい？

早くトドメをさしてくれよ。

168 名前：電車男 ◆ SgHguKHEFY 投稿日：04/04/24 10:58

彼女は 29 日から旅行だそうです
4 日に帰ってくるので、5 日に会えるっちゃ会えます

旅行帰りで疲れていると思うので
無理強いはしないようにします

---

170 名前：Mr. 名無しさん 投稿日：04/04/24 10:59

>>164
もったいない。もうしばらくこの淡い感情を楽しんだ方がいい。
もし付き合い始めたらこの感情は楽しめない。

---

173 名前：Mr. 名無しさん 投稿日：04/04/24 11:01

女性と約束しても 3 ヶ月先延ばしにされる俺が来ましたよ。

---

174 名前：電車男 ◆ SgHguKHEFY 投稿日：04/04/24 11:01

夢見てるみたいだなぁ
これで壷だったら死にますよホントに

---

175 名前：Mr. 名無しさん 投稿日：04/04/24 11:01

>170
よくわかるぞー。
付き合いだしたら千年の恋だろうが
いつかはそんな気持ちは無くなる

けど後々後悔したくなけりゃさー…もったいねぇよ。

>173
ときめきを楽しんでるんだよきっと

---

180 名前：Mr. 名無しさん 投稿日：04/04/24 11:04

>>173
お、いいねぇ。
俺も女に「今度飲みに行きましょう」
と言われ、真に受けてたら
「社交辞令って知ってますか？」
と駄目出しされたぜ！

---

181 名前：電車男 ◆ SgHguKHEFY 投稿日：04/04/24 11:06

たしか 1 ヶ月前は、髪長くて、眼鏡かけてて
服も適当で週に 3 日は秋葉探索に出てて
ゲームやってアニメ見て 2 ｃｈ周ってただけの人生だったんだよなぁ

ここ最近、ｵｼｬして外出するのが楽しい俺がいますよ…

---

183 名前：Mr. 名無しさん 投稿日：04/04/24 11:06

>>180
気風のいい姉御肌に惚れたと言え

---

188 名前：電車男 ◆ SgHguKHEFY 投稿日：04/04/24 11:08

みんな本当にありがとう
2 ｃｈで人生変えられるとは思わなかったよ…

---

192 名前：Mr. 名無しさん 投稿日：04/04/24 11:12

今週（といっても今日 or 明日だが）は会えないんだっけ？

---

194 名前：Mr. 名無しさん 投稿日：04/04/24 11:14

もしこのままケコーンとかになったら
これほど新郎新婦のなれそめコメントを考えるのに
苦労しないカプールも珍しいなｗ

---

195 名前：Mr. 名無しさん 投稿日：04/04/24 11:15

もう映画だなドラマだな小説だな
俺にしか見えないレンタルビデオ屋があったとか
駅で和服美人の鼻緒を直すとか
妙な事務所に間違い電話しちゃうとか
色々妄想するけど俺にはサクセスストーリーは無かったな

---

200 名前：電車男 ◆ SgHguKHEFY 投稿日：04/04/24 11:17

>>192
今日明日は休日返上だそうですよ
早く会いたいなぁ…(´ー`)

あ、そういや女の人恐くなくなってる…

>>200
女が怖かったのかよ?

---

203 名前：Mr. 名無しさん 投稿日：04/04/24 11:19

付き合ってみてから、本当の女の恐ろしさを知る・・・

といってみるテスト

---

206 名前：Mr. 名無しさん 投稿日：04/04/24 11:22

俺自身は一人ぼっちで何も無くても
仲間の恋愛話を聞いてこんなにﾜｸﾜｸﾄﾞｷﾄﾞｷするんなら
それでいいじゃないか
これからも一人ぼっちでもいいじゃないか

---

209 名前：電車男 ◆ SgHguKHEFY 投稿日：04/04/24 11:24

それじゃ、また服必要になりそうなので
買ってきますか…(´ー`)
給料日前なんだけどな…(×_×)

今日も助言色々有難う！

ﾉｼ

そう言って出かける電車男の背に、もはや迷いはなかった。

Mission
6

奇跡の最終章

奇跡の最終章の幕が明けた。

221 名前：Mr. 名無しさん 投稿日：04/04/24 12:01

なんてこった…
一番肝心な爆撃に遭えなかった…

電車、遅くなったが俺から一言。
お前ってやつぁ、幸せ者だな、こんにゃろー。

俺の脳内ではもういっくんと中谷美紀が楽しそうに手繋いでいちゃいちゃしてる
ぞ。
('A`) ヴェノア

223 名前：Mr. 名無しさん 投稿日：04/04/24 12:31

なんだよ…………
い き な り 爆 撃 か よ ！
し か も 超 強 力 な ！（ × ＿ × ）

昨日まで死ぬ思いで連チャンで徹夜してレポート仕上げて
やっと眠って…起きたらこれですか orz
もう疲れたよパトラッシュ…

お幸せに＞電車タソ

231 名前：Mr. 名無しさん 投稿日：04/04/24 13:12

今読み終わって思ったこと。

ひょっとしてさ、電車の天然な要素って、「余裕ある男」みたいに見られてるっ
ぽい？

232 名前：Mr. 名無しさん 投稿日：04/04/24 13:20

>>231
最初の頃はパニクってどもったりしてただろうし、それは無いんじゃ？

233 名前：Mr. 名無しさん 投稿日：04/04/24 13:21

>>231

どうだろう
女の人とつきあったことないとかはバレテーラだし
トイレの場所がわからなくて竹竹してるのは余裕があるとは思われんだろ

むしろ、照れたり慌てたりボケてたりしててカワイイ人と思われているカモ

---

272 名前：電車男 ◆ SgHguKHEFY 投稿日：04/04/24 19:27

どもです。今週過去ログを漁ってます
そういやヴェノアに行ったりする人もいるんですね。
ウェイトレスさんがメイドさんって(｡ﾟ∀ﾟ)=3 ﾑｯﾊｰ!!!

えー今日は
「早く会いたいですね」
とお互いにメールしております。

それと来年の GW は一緒に過ごす約束を取り付けました(´ー｀)

---

273 名前：Mr. 名無しさん 投稿日：04/04/24 19:28

>>272
ってもう来年かよ！！

一体どこまで話がすすんでｋｌ＠ぽい＠ｐ：ｋ、；ｌ」「＠

---

280 名前：Mr. 名無しさん 投稿日：04/04/24 19:38

来年ってあんた・・・　どうすごす約束取り付けた？
もしかしてタヒチの水上バンガローに２人でハネムーンオプションで
；生尾ｐれｗｔ９０ｚｇｆｄｊﾉぁｂｍｌ；；ｓｔｂｆこｐﾉぁｇｆｄ

---

281 名前：Mr. 名無しさん 投稿日：04/04/24 19:38

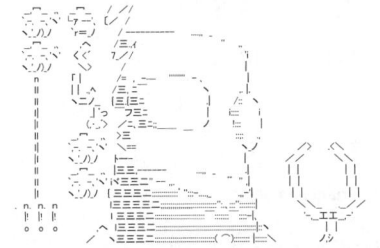

299 名前：電車男 ◆ SgHguKHEFY 投稿日：04/04/24 20:07

えと…俺の連休の予定を聞かれた訳ですが…
何も無い…＿|￢|○

301 名前：Mr. 名無しさん 投稿日：04/04/24 20:08

エルメスも実は毒女板住人でこのスレみたいなスレで
どうしよう…今日素敵な人に出会いました。
このスレ魔力ありすぎ。とか報告してて
毒女達にお礼はカップに汁！できればエルメスで！
とかアドバイス受けて
お礼の電話キターとか、おちゃにかたのむとか
レスしてたに違い無い

304 名前：Mr. 名無しさん 投稿日：04/04/24 20:10

電車は金は大丈夫か？
服買ったりデートでかなり金使ってるようだし、
両方とも実家だから、これからギシアンするならホテル代も必要だし。

311 名前：電車男 ◆ SgHguKHEFY 投稿日：04/04/24 20:28

正直に同人イベント行くなんて言えないよな…＿|￢|○
とりあえず買い物と言っておきました
嘘ではないですよね

金もないしなぁ

312 名前：Mr. 名無しさん 投稿日：04/04/24 20:29

>>311
うんあれだ。
殴って良いか？

313 名前：Mr. 名無しさん 投稿日：04/04/24 20:30

眩暈が

ちょっと龍神村まで逝って芽依子様と逢引してくるわ　ノシ

314 名前：Mr. 名無しさん 投稿日：04/04/24 20:30

オタキタ━━━━(ﾟ∀ﾟ)━━━━!!!!!

315 名前：Mr. 名無しさん 投稿日：04/04/24 20:30

>>311
今後のことを考えて、同人イベントはやめて
オサレな街を散歩したほうがいいと思う。

---

316 名前：Mr. 名無しさん 投稿日：04/04/24 20:31

>>311
そろそろヲタも卒業時期じゃないか？

---

317 名前：電車男 ◆ SgHguKHEFY 投稿日：04/04/24 20:32

「え～！女の子とお買い物ですか？」

さてどうしたものか…（´ー｀）

---

318 名前：Mr. 名無しさん 投稿日：04/04/24 20:33

ここまで来てまだ同人イベントなんか逝くか貴様はっ！！

```
        ∧_∧
       ( ﾟAﾟ／ ＿＝  ヾ ドクオキーック!!
        ＼  ＼ ＝ －＝／     ＿     .∴'∵'_ )･。∧∧
        ／   ＿ Ｕ＝－＿＝＝  ＝  '；･'O ;#;))∀ﾟ(;;)。ζ  。
      ／.ヘ＿ ＿ －＿ ＿  ＿ ＿＋･(  ；,";,つ つ ゜
     .｜.｜.ヾ. ＝ －./    ＿＿＿,,,   *;･¥ （つバキィ!!!
     ｜｜  ＝ ／                      じ'
     ｜.＼.＿＝ ／
       ∪(. ヽ
        ｜ ノ
        .｜｜
        ノ ）
        ミノ
```

---

319 名前：Mr. 名無しさん 投稿日：04/04/24 20:33

エルメスやきもちｷﾀ━━━━(ﾟ∀ﾟ)━━━━!!!!!

---

337 名前：電車男 ◆ SgHguKHEFY 投稿日：04/04/24 20:42

とりあえず
「買い物はいつも一人です」

と返しておきました

付き合う事になったらヲタやめなくちゃいけないのか…

趣味
エルメス

になっちゃうな…(×_×)

---

339 名前：Mr. 名無しさん 投稿日：04/04/24 20:43

呪呪呪呪呪呪呪呪呪呪呪呪呪呪

---

340 名前：Mr. 名無しさん 投稿日：04/04/24 20:43

ﾉﾛｹｷﾀﾜｧ*･ﾟﾟ･*:.｡..｡.:*･ﾟ(n'∀')η ﾟ･*:.｡. .｡.:*･ﾟﾟ･* !!!!!

---

341 名前：Mr. 名無しさん 投稿日：04/04/24 20:43

> 趣味
> エルメス

ｺﾞﾗｧ！

---

342 名前：Mr. 名無しさん 投稿日：04/04/24 20:44

>>337
You!! チョットナグラセロ!!

---

359 名前：電車男 ◆ SgHguKHEFY 投稿日：04/04/24 20:49

彼女に
「ヲタやめて」
って言われれば止められるかもしれないけど

そうじゃなかったら正直やめられそうにありません
エロ同人は理解されないか…＿|￣|○
ロリは買ってないけどさ…

---

364 名前：Mr. 名無しさん 投稿日：04/04/24 20:52

　エ　ロ　同　人　ヲ　タ　　　　だったのか・・・・

リアルの女はオシッコ漏らしたみたいに濡れないんだからな！ｗ

365 名前：Mr. 名無しさん 投稿日：04/04/24 20:52

マジで付き合えばエロ同人なんて忘れる
暇も余裕も無くなるしな

366 名前：電車男 ◆ SgHguKHEFY 投稿日：04/04/24 20:54

>>365
経験者談ｷﾀ*.゜・*:.｡..｡.:*・゜(´∀｀)゜・*:.｡. .｡.:*・゜・*!!!!!

俺もがんがります…
普通のゲームくらいならいいよね…？

368 名前：Mr. 名無しさん 投稿日：04/04/24 20:55

まぁ　リアル女を知ればその良さが分るだろうけどな
同人とは比べ物にならないって事を。
知った上で同人の方が↑だと感じるのなら、そこの世界から出ない事をお薦めす
る。

408 名前：Mr. 名無しさん 投稿日：04/04/24 21:23

　名前：Mr. 名無しさん 投稿日：05/05/04 20:03

　も・・ッもう一度
　もう一度買っちゃダメか・・？
　あの金使っちゃダメか・・？
　本当にこれで最後だから・・

　子供が生まれるのヨ・・電車さん・・

　ゴメ・・ン　ずっとふりきれて・・なかったんだ

　・・・・
　・・わかった・・電車さんの好きなようにすればいいわ
　・・でも　わたしはもうついていけない・・
　(えろほん) 買いにいった電車さんを
　夜どおし不安な気持ちで待ち続けるのは　もう　イヤなの・・
　さよなら　子供はわたしが 1 人で・・
　電車に帰ります　私

電車サンは・・わたしとの　わたし達の子供との幸せよりも・・
終わりのない同人をとってしまった・・

気をつけろ、同人あぼーんはいつでも口をあけてニヤニヤしながらまっているゾ

---

410 名前：電車男 ◆ SgHguKHEFY 投稿日：04/04/24 21:30

お疲れのようで今日は早く休むそうです
俺明日は休みだけど早く休もうっと（´一`）
次会うのは一応５月２週目の予定です

今日もみんなありがとう

ノシ

---

430 名前：Mr. 名無しさん 投稿日：04/04/24 22:08

もう寝てるとは思うから、後で見てくれ、電車。

告る時は、藻　前　か　ら　！

これは大事だぞ。今までの神々は女の子たちに告ってもらってたが、
ここまで時間をかけたからには、藻前から告らねば駄目だ。
エルメスにいつもいつも頼ってちゃ駄目だ。
それだけ、忘れないでおいてくれ。

ちなみに、これは漏れのダチ（モテ系）から教わった教えだ。
勿漏れは論未使用だがな。

---

465 名前：Mr. 名無しさん 投稿日：04/04/25 00:54

我々が、我々の手で「最強の兵士」に育ててしまった電車。
これから、全てを終わらせるメガトン級の爆撃を始めるだろう。

ヲマイラは塹壕を深く掘れ。
俺様は爆発の瞬間。爆心地へ走りこみ、被害の拡散を防ぐ。
衛生兵はその後の医療活動の為に後方待機だ。
毒男板を守れるのはヲマイラしか居ない。
電車に「激励と賞賛」の鉄槌を与えられるのは君たちだけだ。
諸君らと一緒に戦えた事を誇りに思う。以上！　('A`)ノ　ジークヴェノア

---

493 名前：Mr. 名無しさん 投稿日：04/04/25 11:46

旅行から帰ったエルメスと久々に電話した電車男。喜んでいるのかと思えば、な
ぜか 首が取れている。そんな電車男に毒男達は……

---

751 名前：電車男 ◆ 4aP0TtW4HU 投稿日：04/05/04 21:58

電話してきます

ノシ

---

910 名前：Mr. 名無しさん 投稿日：04/05/04 23:02

電車待ち

---

913 名前：Mr. 名無しさん 投稿日：04/05/04 23:04

どうせセーラームーンのゲームをやってるんだろ

---

914 名前：電車男 ◆ 4aP0TtW4HU 投稿日：04/05/04 23:04

お待たせしました。ではいきまーす

先程通話終了しましたが…
話色々聞かせてもらったんですが
やっぱりなんだか俺なんかがお付き合いしたいなーなんて思っちゃいけない

そういう人なんだなと改めて実感させられました。

ぶっちゃけ海外旅行だったんですが
彼女が海外でしかも外国語を駆使して優雅な時間を過ごしてる間
俺って何してたんだろ…＿|￣|○
イベント行っても同人誌買わなかったぜーとか浮かれてましたが…
それがなんだって言うんだ…＿|￣|..............○

あと決戦になるのかどうか怪しくなってきましたが
次会う日が決まりました。今週末になります

正直、自信喪失＿|￣|

---

924 名前：Mr. 名無しさん 投稿日：04/05/04 23:07

今更何を言うか、この電車が。
もう漏れらは藻前の背中は押さないよ。
今まで十分、色んな毒男が押したしな。
最後くらい藻前自身の勇気で逝ってこいや。

とマジレスするもやっぱり心配 ('A`)

---

933 名前：Mr. 名無しさん 投稿日：04/05/04 23:10

>> 電車
規制解除されてるかな・・・

そこで自信を無くすなよ、お前は確実に進化した。
毒男から卒業まであと一歩じゃねーか。
そんなことで諦める様じゃ相手がエルメスじゃなくても上手くなんか行かない
ぞ？
女と付き合うって事はそこから先も努力の連続なんだよ。
始る前から挫折するな、エルメスと自分を比較するな、エルメスに相応しい男に
なるとエルメスに言え。
お前はお前の良さを伸ばせばいいんだよ。

と、ケコーンしてる漏れが言って見る。

---

934 名前：Mr. 名無しさん 投稿日：04/05/04 23:10

すでにハイスペックイケメンになった電車に意見するのも何だが
たとえエルメスがどんなに上だと感じても彼女はおまいを必要としてくれてる。
なおかつおまいもエルメスが必要だ。
なら答えは１つなんじゃないかな？

937 名前：Mr. 名無しさん 投稿日：04/05/04 23:11

結構スペック高そうだなー。
漏れのむかーーーーしの彼女もｴﾙﾒｽﾀｿとスペック的に似てる。

けどな。

俺も劣等感とかあったけど、
相手はそんなもん全く気にしてなかった。
結局、気にしすぎてた俺から身を引いたわけだが。
後悔してるぞ。
電車にはそういう思いをして欲しくないな。

940 名前：電車男 ◆ 4aP0TtW4HU 投稿日：04/05/04 23:12

そう、俺にはオーバースペックだったのさ…＿|￣|○

もしも付き合う事になっても
彼女を満足させられる恋愛関係を保つことは
俺のスペックでは不可能です…

同人誌やヲタ趣味を捨てることがすごい努力などと
勘違いしてましたが、それは彼女に嫌われない為にする努力で
好かれる為の努力じゃないんだな…と痛感…

今週末は駄目で元々というつもりで行くしかないですね。('A`)ｳﾞｪｱ

943 名前：Mr. 名無しさん 投稿日：04/05/04 23:13

君には失望させられたよ

954 名前：Mr. 名無しさん 投稿日：04/05/04 23:16

>>940
うわっ、すげー相手に失礼じゃないか？
彼女も完璧人間じゃないんだ
弱い時だってきっとある
スペック云々言う前に、守ろうとする気合を入れんかい !!

955 名前：Mr. 名無しさん 投稿日：04/05/04 23:16

駄目で元々と言って、爆撃の威力を上げる作戦
俺は騙されない

956 名前：Mr. 名無しさん 投稿日：04/05/04 23:16

>>940
漏れもそうだがおまいはヲタなんだろ？
実際セーラームーンがどうたら言ってたじゃないか
で、エルメスのほうも分野は違えどヲタかと思われ
紅茶であったり外国語であったり。
今までセーラームーンに向けていた情熱をエルメスへ向けてみれば
自分が何をするかわかると思うけど

957 名前：電車男 ◆ 4aP0TtW4HU 投稿日：04/05/04 23:17

やっぱりこのスレに来ると自信が湧いてきます(｀・ω・´)
俺頑張るよ

962 名前：Mr. 名無しさん 投稿日：04/05/04 23:17

>> 電車
氏ね !! おまいは二度氏ね !!
いや、何度も氏ね !!

スポーツや学問と恋愛は全然違うんだぞ。
スポーツや学問に必要なのが努力＜才能だとしても
恋愛に必要なのは努力＞才能なんだよ。
そんなに簡単に諦められるお前なら長続きはしないだろうが
絶対諦めないつもりでエルメスの事を想って見ろ。
結果なんてのは誰にも分からないがお前自身が後悔しないためにも人生で一番必
死になれ。

965 名前：Mr. 名無しさん 投稿日：04/05/04 23:17

>>940
明日になれば弱音吐いたことなんか忘れるとは思うが、
お前が好きになったエルメスが、お前の上っ面だけ惚れたと思うか？
エルメスがそんな薄っぺらな見方をする女か？
それは電車男がよく知っているだろう。

22 名前：電車男 ◆ 4aP0TtW4HU 投稿日：04/05/04 23:27

なんでおまいらそんなにいいヤツなんだ…

32 名前：Mr. 名無しさん 投稿日：04/05/04 23:30

さて

エルメスはフツーに海外旅行に行ってフツーに楽しんで帰ってきただけだろ
それは彼女が今まで積み上げてきたものだけど、自然にやってることだよね
そして、電車と一緒に食事に行ったりするのも、無理して合わせてるわけじゃなくて
彼女がそうしたいからそうしてるんだろ

じゃあ、それでいいじゃないか
おまいはおまいで別の道を歩いてきたんだから同じ事が出来る訳じゃないよ
今から一緒の道を歩こうとしてるんだろ？
自分のことを卑下する必要はないよ

---

36 名前：Mr. 名無しさん 投稿日：04/05/04 23:31

13 名前：Mr. 名無しさん 投稿日：04/05/04 23:28
さっそくですが

>> 電車

あのね、ぶっちゃけね、英語がどうとか海外がどうとか紅茶がどうとか
そう言う以前に、エルメスんちに行くとかそっちの方がよっぽど大変なんよ。
エルメスんち行きのチケットとか JTB で売ってくれない訳。
どうすれば招待してもらえるのか誰も教えてはくれない訳。
英語とか海外とかは金と暇でどうにかなるんだよ。

大体スペックの違いなんか初めから分かってんの。
アニオタとかきもい事は明らかで、向こうはお嬢サンなわけ。
最初っから、その差はどどーんとひらききっちゃって向こうが見えないくらいなの。

今更、いちいちうだうだ言ってるとヌッコロスぞ、ホントに。

---

71 名前：電車男 ◆ 4aP0TtW4HU 投稿日：04/05/04 23:42

本当にみんなありがとう。言葉の一つ一つが胸に刺さってきます
お陰様で気力ＭＡＸまで回復しますた！（ ＼`_＞´)ﾉｫｫｫ‼

お土産たくさんあるので大きなバッグ持ってきて下さいだそうです…（´ー｀）

---

74 名前：Mr. 名無しさん 投稿日：04/05/04 23:43

復活したー！>(´ー｀）

76 名前：Mr. 名無しさん 投稿日：04/05/04 23:43

電車は立ち直ったのか？
これからエルメスとしたい事、行きたい場所、食べたい物を考えろ。
エルメスとの付き合う未来を想像しろ。
自分に負けるな、エルメスと付き合いながら成長して行け。
お前がエルメスのためにひたむきであればエルメスならお前を必ず受け入れてくれるさ。

---

91 名前：Mr. 名無しさん 投稿日：04/05/04 23:45

おい、藻前らまだ気づかんのか？

史 上 最 大 級 の 爆 撃 機 に 給 油 し た ん だ ぞ ？

決戦の日があと数日に迫り、電車男、スレ住人共に緊張が高まってきた。

---

402 名前：電車男 ◆ 4aP0TtW4HU 投稿日：04/05/05 17:31

どもです。ようやくさっき帰ってきました。
色んな所行って疲れた…＿|￣|○

土産手に入れて、数カ所下見行って、ちょっと秋葉寄って…
その間も彼女とメールしてたんですが
「次のデートの下見に来てます」
と書いたら

「(^3^)」

こんな顔文字が…(´ー｀)

準備は万端。あとは決戦の日を待つばかりです

---

403 名前：Mr. 名無しさん 投稿日：04/05/05 17:32

チュウキタワァ*・゜゚・*:.｡..｡.:*・゜(n'∀')η゜・*:.｡. .｡.:*・゜゚・* !!!!!

---

409 名前：電車男 ◆ 4aP0TtW4HU 投稿日：04/05/05 17:36

(;´Д｀)ﾊｧﾊｧ (;´Д｀)ﾊｧﾊｧ (;´Д｀)ﾊｧﾊｧﾊｧﾊｧ :` ::.･.`.` д`.`

414 名前：Mr. 名無しさん 投稿日：04/05/05 17:44

>>409
ん？またトリップ洩れたのか？
それとも萌え壊れたのか？

415 名前：電車男 ◆ 4aP0TtW4HU 投稿日：04/05/05 17:46

旅行先の写メールで友達と一緒pに寝巻きｄｄｒｗｗ３えｒｔｙｈじこｋｍ

416 名前：Mr. 名無しさん 投稿日：04/05/05 17:46

>>414
後者

417 名前：Mr. 名無しさん 投稿日：04/05/05 17:47

>>415
ななな、なんですとーっ！

425 名前：Mr. 名無しさん 投稿日：04/05/05 17:57

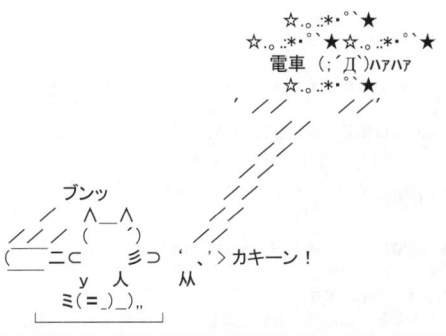

426 名前：Mr. 名無しさん 投稿日：04/05/05 17:57

(´з`)←２ちゃん風

427 名前：電車男 ◆ 4aP0TtW4HU 投稿日：04/05/05 17:59

因みに今も寝巻きでゴロゴロしながらメールしていちょこｂヴぉ：ｌｆｎ

それを送ってくれと書いたら駄目と言われてしまいました(´・ω・`)

452 名前：電車男 ◆ 4aP0TtW4HU 投稿日：04/05/05 18:12

しかし…

写メールもらうのは本当に嬉しいんだけど
こっちの画像送るのはマジで大変だ…
俺、家じゃ頭ボサボサ眼鏡ヨレヨレTシャツジャージだからさ…
何かあった時に撮り溜めておかないとな…

461 名前：Mr. 名無しさん 投稿日：04/05/05 18:17

>>452
ヨレヨレTシャツとジャージのかわりに、ユニクロで部屋用の服買ってきなされ。
写メールの画質ならユニクロだとはバレないし。
眼鏡はいつかデートでエルメスに新しいのを選んでもらう。
自分で選んだ眼鏡に駄目だしはしないという理屈。
頭は、うーん、他がまともならちょっとくらいおおめにみてくれる。

478 名前：電車男 ◆ 4aP0TtW4HU 投稿日：04/05/05 18:43

でも、俺がPC選んであげる代わりに
彼女に眼鏡選んでもらうのもいいかも…(´―`)

エルメスの眼鏡とかってあるのかな？

479 名前：Mr. 名無しさん 投稿日：04/05/05 18:45

>>478
あるけど下手な PC より高い。

485 名前：電車男 ◆ 4aP0TtW4HU 投稿日：04/05/05 18:49

実は部屋はある程度片付け始めてます
ポスターもこないだみんな友達にあげてしまったし…
プラモとかフィギは片付けたりあげたりしてだいぶ減らしたんですが
何せモノが多いので処分しないと無理ポ…

487 名前：Mr. 名無しさん 投稿日：04/05/05 18:49

そろそろ実家を出て、1人暮しをはじめてもいいんじゃねえか？

498 名前：電車男 ◆ 4aP0TtW4HU 投稿日：04/05/05 18:52

>>487
実はそれの為に貯金してたんですが
ここ最近で貯金切り崩ししてしまって、溜まってないんですよね…
今の俺の収入じゃまだ難しいかな…

544 名前：Mr. 名無しさん 投稿日：04/05/05 19:14

・オタな物（ポスター・同人誌等）はなくす。
・洋室、和室問わず掃除機はかける（転がしてゴミを取るやつもあればなおよし）
・服はしっかりハンガーにかけて1ヶ所または2ヶ所ぐらいにまとめる。
・本・雑誌等はなるべく見えないところに。山積みは厳禁

結構見落としがちなのがベッド
布団はなるべく干せるときは干しておく・・・・後で使うかもしれないしw

557 名前：電車男 ◆ 4aP0TtW4HU 投稿日：04/05/05 19:24

ﾄﾘｱｰｴｽﾞ、自分の中では実家に呼ぶのはナシということでＦＡが出ています(´３｀)

558 名前：Mr. 名無しさん 投稿日：04/05/05 19:25

>>557
「ﾄﾘｱｰｴｽﾞ」に激しく反応してしまう自分がいるわけだが
それが一番いいと思うな。

559 名前：Mr. 名無しさん 投稿日：04/05/05 19:26

>>557
ガノタかよ…

564 名前：Mr. 名無しさん 投稿日：04/05/05 19:42

>>559
ガノタってﾅﾝﾃﾞｨｽｶ

565 名前：Mr. 名無しさん 投稿日：04/05/05 19:44

>>564
ガノタってのはガンヲタ（ガンダムヲタ）の事。
ﾄﾘｱｰｴｽﾞってのはガンダムに出てくるマイナーな戦闘機の名前

586 名前：電車男 ◆ 4aP0TtW4HU 投稿日：04/05/05 20:57

っていうか彼女は俺のことを好きとしか思えない

---

588 名前：Mr. 名無しさん 投稿日：04/05/05 20:58

>>586
まてまて、暴走するにはまだ早い

---

589 名前：Mr. 名無しさん 投稿日：04/05/05 20:58

>>586
ワラタ

---

590 名前：Mr. 名無しさん 投稿日：04/05/05 20:59

天下の童貞が何をおっしゃる

---

591 名前：Mr. 名無しさん 投稿日：04/05/05 20:59

>>586-588
３０分間誰も書いてなかったのに、急に同時刻に書き出す、おまいらにワラタ

---

596 名前：Mr. 名無しさん 投稿日：04/05/05 21:04

聞かせて貰おうじゃないか、その根拠を。

---

598 名前：電車男 ◆ 4aP0TtW4HU 投稿日：04/05/05 21:04

うん、なんというかそうでもなければ男に
「早く会いたいですね」とか「声を聞いてから眠りたい」とか言わない訳ですよ
うん、間違いない (´ー｀)

---

613 名前：電車男 ◆ 4aP0TtW4HU 投稿日：04/05/05 21:11

ってもう今日って水曜じゃないですか…
あと３、４日か…|￣|○
時折いやな汗かくんですよ…
未だに「壷かも」って思うこともありますし

---

614 名前：Mr. 名無しさん 投稿日：04/05/05 21:12

不安定のようだが平気か？

---

615 名前：Mr. 名無しさん 投稿日：04/05/05 21:13

>>613
浮き沈み激しいやつだなー

622 名前：電車男 ◆ 4aP0TtW4HU 投稿日：04/05/05 21:16

彼女に会ってから安定なんて無いです…
彼女を基準に一喜一憂させられて…

623 名前：Mr. 名無しさん 投稿日：04/05/05 21:18

>>622
それが楽しいんだよ

629 名前：Mr. 名無しさん 投稿日：04/05/05 21:20

>>622
エルメスもお前を基準に一喜一憂してんだよ

628 名前：Mr. 名無しさん 投稿日：04/05/05 21:20

>>622
それが普通。でもな、つきあい始めてから安定すると思ったら大間違えだぞ。

644 名前：電車男 ◆ 4aP0TtW4HU 投稿日：04/05/05 21:48

おｋ、決戦の地に誘導成功

646 名前：Mr. 名無しさん 投稿日：04/05/05 21:50

きやがったな・・・「誘導」とは？

647 名前：Mr. 名無しさん 投稿日：04/05/05 21:50

ｷﾀｰ!!

650 名前：電車男 ◆ 4aP0TtW4HU 投稿日：04/05/05 21:53

次に会う時の打ち合わせしてたんですが
PCを買った後に決戦の地（都内某所）に行くことになりました

あとはやるべきことをやるだけか…
本当にどうなるんだろ

>>642

どもです。やるだけのことはやります(`・ω・´)

662 名前：電車男 ◆ 4aP0TtW4HU 投稿日：04/05/05 22:02

なんか向こうもそこが決戦の地ということに気付いているようです
そこでなら色々話せそうですねとやる気満々で

彼女が寝てしまったので俺も寝ます
今日もみんなありがとう

ノシ

679 名前：Mr. 名無しさん 投稿日：04/05/05 22:15

```
      ∧,,,,,∧
   ミ ・∀・ヽ ガンガレ デンシャ
  ;'  つ旦と
   と,,,,,,ミ,,,,,ミ
```

ついに、エルメス・電車男の決戦の日を迎えた。ここ数日の寒さが去り、天気に
恵まれた。空の準備もおkのようだ。

180 名前：電車男 ◆ 4aP0TtW4HU 投稿日：04/05/08 09:21

さて、起きた訳だが

181 名前：Mr. 名無しさん 投稿日：04/05/08 09:26

爆撃機起動ーーー

182 名前：電車男 ◆ 4aP0TtW4HU 投稿日：04/05/08 09:28

あー緊張する…

188 名前：Mr. 名無しさん 投稿日：04/05/08 09:38

今日はセーラームーン観なかったの？

190 名前：電車男 ◆ 4aP0TtW4HU 投稿日：04/05/08 09:46

今日に備えてセラムンはスルーしました(･∀･)
でもケロロは見せて下さい…＿|￣|○

お昼頃出るので、それまでﾏﾀｰﾘと精神統一します

---

193 名前：Mr. 名無しさん 投稿日：04/05/08 09:51

ｴﾙﾒｽ子は今日外泊OKなんかな。
行くとこの近くにあるホテルは調べておいたかい？

---

194 名前：電車男 ◆ 4aP0TtW4HU 投稿日：04/05/08 09:54

おkもらえたとしても、さすがにホテルは無いですよね？
車なら時間関係無く帰れる訳だし…

---

196 名前：Mr. 名無しさん 投稿日：04/05/08 09:58

ううん・・・・そこまでいかないと逆に不自然じゃないかなあ。
中学生ならいざ知らず、二人とも大人なんだし。

---

200 名前：電車男 ◆ 4aP0TtW4HU 投稿日：04/05/08 10:01

>>196
((((;゜Д゜)))ｱﾜﾜﾜﾜ
そんなのむりmるおrmfりふぃrjみるg

はーなんか憂鬱になってきた…＿|￣|○

---

204 名前：電車男 ◆ 4aP0TtW4HU 投稿日：04/05/08 10:03

西澤さんは萌えるな

---

205 名前：Mr. 名無しさん 投稿日：04/05/08 10:05

おまえが萌えて良いのはｴﾙﾒｽ嬢だけだ

---

206 名前：電車男 ◆ 4aP0TtW4HU 投稿日：04/05/08 10:05

春奈ｳﾞｫｲｽ(*´Д｀*)ﾊｧﾊｧ

---

215 名前：電車男 ◆ 4aP0TtW4HU 投稿日：04/05/08 10:13

なんというか、もぐら氏や輪ゴム氏のことばかり思い出すんですよ

221 名前：Mr. 名無しさん 投稿日：04/05/08 10:18

そう思ったときの為に書き込んでおいたんだろ？
言われなくっても分かってるさ。
俺がワザワザもって来てやったんだから感謝しとけ。

　　586 名前：電車男 ◆ 4aP0TtW4HU 投稿日：04/05/05 20:57

　　っていうか彼女は俺のことを好きとしか思えない

224 名前：電車男 ◆ 4aP0TtW4HU 投稿日：04/05/08 10:20

>>221
(`・ω・´)ｼｬｷｰﾝ

自分に出来ることの全てを出しきるまで

225 名前：Mr. 名無しさん 投稿日：04/05/08 10:22

>>224
おまえ漢になったな

228 名前：Mr. 名無しさん 投稿日：04/05/08 10:24

おし、その気持ちでいこう。
ｴﾙﾒｽ子は電車のことが好きだ。俺も電車のことが好きだ。
だから俺と付き合ってくれ。

230 名前：電車男 ◆ 4aP0TtW4HU 投稿日：04/05/08 10:27

みんなｻﾝｸｽ

なんかここまでこれたのが未だに信じられない
これまでの人生ってなんだったんだろとか思う。

232 名前：Mr. 名無しさん 投稿日：04/05/08 10:28

>>230
今までの人生がなかったら、今がないんだぜ。

236 名前：Mr. 名無しさん 投稿日：04/05/08 10:33

変わってからの電車はｶｺｲｲ。
でも、最初に勇気を出したのは、変わる前の自分。

自信持てよ、電車。

---

237 名前：Mr. 名無しさん 投稿日：04/05/08 10:34

今更だけど、あのとき手紙じゃなくて電話にしてよかったね。

---

238 名前：電車男 ◆ 4aP0TtW4HU 投稿日：04/05/08 10:34

>>232
女性関係については嫌われることはあっても
好かれる事なんて無かったし…
それがなんで急に…とか
正直、俺死ぬまで童貞独身だと思ってたし。
ってまだ脱出出来るか分からないんだけど…
急にこんな物事が変わったりする事ってあるんかな

あーダメだ考えてしまう
雑念を捨てねば

---

241 名前：電車男 ◆ 4aP0TtW4HU 投稿日：04/05/08 10:37

お、おはようメールきた…
待ってよ。おまいにこの想い、全て叩き付けてやりますよ…(´一`)

---

244 名前：Mr. 名無しさん 投稿日：04/05/08 10:38

きっとエルメスもそわそわしてるころ。化粧も念入りに…

---

247 名前：Mr. 名無しさん 投稿日：04/05/08 10:43

色んな所がピクピクしてきた

---

264 名前：Mr. 名無しさん 投稿日：04/05/08 11:03

オレ関係ないのにドキドキして来た

---

286 名前：電車男 ◆ 4aP0TtW4HU 投稿日：04/05/08 11:20

風呂から上がりました
支度が終わり次第出ます

これまで長かったような短かったような、夢なのか現実なのか
不思議な感覚で、正直期待と不安が半々ですが、やるべきことはやって

きます

今日は多分、自分の人生を左右する日なんだろうな
これまでの暗がりにいた人生から飛び出してみせます

それとみんなの気合、しかと受けとめました
必ず決めてきます…(´―`)

いってきます！

ノシ

---

289 名前：Mr. 名無しさん 投稿日：04/05/08 11:22

フレー！フレー！で！ん！しゃ！

---

294 名前：Mr. 名無しさん 投稿日：04/05/08 11:23

飯食いながら応援してますよ　ノシ

最終決戦がんがってくれ！

さて、防空壕掘るか…、 ('A`) ノシ

---

299 名前：Mr. 名無しさん 投稿日：04/05/08 11:25

・・・そう言い残して >>286 は二度と戻ってこなかった

```
:::::::::::::::::::::::::::::::::::::::::::::::::::::::::::::::::::::::::::::::::::::::::::::::::
:::::::::::::::::::::::::::::::::::::::::::::::::::::::::::::::::: o :::::::::::::::::
::::::::::::::::::::::::: o ::::::::: ::::: (_)(_) :::: ::::::::: o ::::::::
:: ::::::o:::::::::::::::::::::::::::::_ i/ = =ヽi ::::::::::::::::::::::::::
::::::::::::::::☆彡:::::: ／/[|| 」 ||] >>884 :::::::::::°::::
:: :::::::::::: :: ／ ^ || __,`|| ::::::::::::::::::::::::
::::::::::::°:: . 　 ／＼／ ＼___／ :::::::::::::::::::::
:::::::::::::::::: 　 ＜ ／ ≡≡≡∠^〉:::::::: :: :::: :::::
::::::::::::::::::::::::::::::::::::::::::::::::::::::::::::::::::::::::::::::::::::::
::::: ∧∧　 ∧∧　 ∧∧　 ∧∧ ::::::::::::::::::::
:::.:( )ゝ ( )ゝ( )ゝ( )ゝ 無茶シヤガッテ・・・::::::
:::: i⌒ / i⌒ / i⌒ / i⌒ / :::::::::::::::::::::::
:::: ≡ | ≡ | ≡ | ≡ | :::::::::::::::::::::::::
:: U U 　 U U 　 U U 　 U U ::::::::::::::::::::::::
::::: ≡≡ 　 ≡≡ 　 ≡≡ 　 ≡≡ ::::::::::::::::::
:::: ≡≡ 　 ≡≡ 　 ≡≡ 　 ≡≡ ::::::::::::::::::::
```

302 名前：Mr. 名無しさん 投稿日：04/05/08 11:28

がんがってこい

303 名前：Mr. 名無しさん 投稿日：04/05/08 11:29

ノシ
オキター

行け！電車！全てをぶつけて来い！

304 名前：Mr. 名無しさん 投稿日：04/05/08 11:30

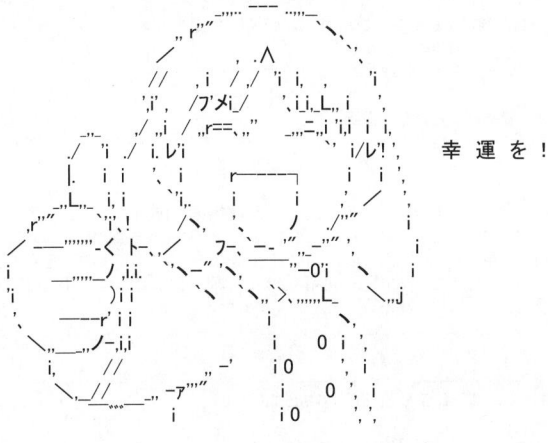

幸 運 を！

遅ればせながらノシ
世界は君たちの為にある！

307 名前：Mr. 名無しさん 投稿日：04/05/08 11:31

＞電車

骨はひろってやる、いってこい‼

ノシ

308 名前：Mr. 名無しさん 投稿日：04/05/08 11:33

でも電車はもしエルメスがダメでも
もう毒ではなくなると思う
スゲー輝いてるよ電車

---

309 名前：Mr. 名無しさん 投稿日：04/05/08 11:34

(｀・ω・´)ゝ

---

318 名前：Mr. 名無しさん 投稿日：04/05/08 11:48

いってら！

エルメスが 2ch の存在を軽く知ってて、暗い面と明るい面があるって理解してたら
ここ知ったらちょい感動するかもな。
まあ PC 無いって言うし無理な願いな訳だが。

生きてて一番幸せな日になる様祈ってるぜ！

女性に電話をかけられずに震えていた秋葉ヲタ電車男。あれからたった２ヶ月
の間に、電車男は変わった。激変とも言える変化を遂げた電車男がスレ住人の期
待や声援を背負って、ついにエルメスに告白するために家を後にした。結果がど
ちらに転んだとしても、電車男にもスレ住人にも悔いは残らない。そのくらい電
車男は努力した。行け、電車男！

---

408 名前：Mr. 名無しさん 投稿日：04/05/08 17:01

家に帰り着くまでに、爆撃始まってないだろな…
うぉ〜仕事が手につかん！

---

422 名前：Mr. 名無しさん 投稿日：04/05/08 18:04

ああ、みんな
オレは今回の爆撃に耐え切る自信が無い…
今回のはもう ICBM に核弾頭乗っけてそうな予感。

---

448 名前：Mr. 名無しさん 投稿日：04/05/08 20:02

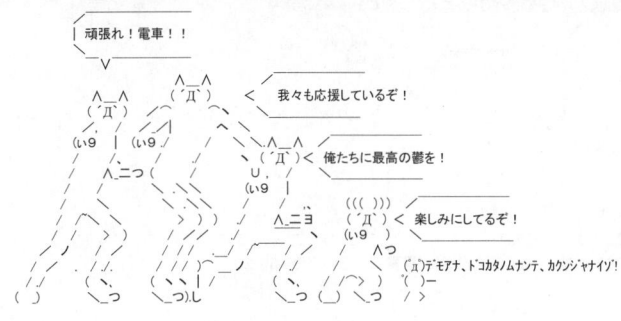

```
              | 頑張れ！電車！！
              |
             \/
                        ∧_∧
            ∧_∧    （´Д｀）     ＜ 我々も応援しているぞ！
           （´Д｀）    |
            |        /￣￣￣￣
         (い9   (い9 /  ∧_∧
          ∧二つ（     （´Д｀）＜ 俺たちに最高の鬱を！
                       ∪
                       (い9   |
                              /￣￣￣￣￣
                   ∧_ニヨ    （（（ )））
                           （´Д｀）＜ 楽しみにしてるぞ！
                            (い9  |
                                  /￣￣
                                 ∧つ
                                 （д）デモアナ、ドコカタノムナンテ、カクンジャナイゾ!
```
```
  \   )   \   )      \   )      \   )   \  )
  (  ) (  )   (  )   (  )   (  )  (  ) (  )   (  )
   \つ  \つ   \つ   \つ.L      \つ (_)  \つ    /   )
```

---

479 名前：Mr. 名無しさん 投稿日：04/05/08 21:02

俺も徹夜明けで眠いんだけど、電車が帰ってくるまで寝られねぇ…

---

550 名前：Mr. 名無しさん 投稿日：04/05/08 22:27

防空壕掘った。あとは待機するだけだ…

```
                         ( ´Ａ｀)ﾊｧ
,,,,,,,,,,,,,,,,,,,,,,,,,,,,,,,,,,,,,,,,,,,,,,,,,,,,,,,,,,,,,,,,,,,,,,,,,,,,,,,,,,,,,,,,、、、、、、、、,,,,,,,,,,,,,,,,
```

---

553 名前：Mr. 名無しさん 投稿日：04/05/08 22:29

実はもう帰ってきててて泣きながらセーラームーンやってる

---

602 名前：Mr. 名無しさん 投稿日：04/05/08 23:15

3 週間連絡とってなかった彼女と今電話で別れた！！
電車とエルメスの話を読んで昔はこんな時期もあったなとか
思ってたんだけどやっぱり相手にドキドキ感がなくなったら
おしまいだな。今日の爆撃が楽しみだ！！

---

634 名前：Mr. 名無しさん 投稿日：04/05/08 23:36

電車まだか・・・。電車の為に大急ぎで帰って来ちゃったよオイラ＿|￣|○

---

682 名前：Mr. 名無しさん 投稿日：04/05/08 23:51

みんな分かっちゃいるけど

期待と不安で落ち着かないんだよ・・・

```
      ／／＼へ⌒ヽペペペタタン
    ／／  ／⌒)ノ ペペペタタン
  ∧∧＿∧∧ ＼(∧∧＿∧∧
 ((;´Д｀)))゙ ))((・∀・ ;)) ＜みみみんなももちつつけけ
  ／／ ⌒)ノ (⌒＜⊂⊂⌒ヽ
 .((OO ノ ))￣￣￣()＿  )))
  )))_)_))) (;;;;;;;;;;;;;;:) (((_((
```

オレモナー

748 名前：Mr. 名無しさん 投稿日：04/05/09 00:20

ていうかこの時間だろ、確か？
そんな告白とダベリだけで昼から丸一日かからんだろ。
核爆級の可能性かなり高くね？

あ：ｄｓｆじゃ；ｄｌｋｆｊさdぽえ

---

760 名前：Mr. 名無しさん 投稿日：04/05/09 00:25

帰ってこないんじゃないの…

---

917 名前：Mr. 名無しさん 投稿日：04/05/09 01:02

エルメスが寝た後にエルメスの家から今日買った PC で報告とかだったら嫌過ぎる orz

---

918 名前：Mr. 名無しさん 投稿日：04/05/09 01:02

ははは　待ってるあいだにカレー作っちまったよ。
作ってる間にふと
「このスレの連中と喰いてーな」
と思っちまったあたり、俺もうダメぽ

いただきます…

---

925 名前：Mr. 名無しさん 投稿日：04/05/09 01:04

漏れもカレー喰いたくなってキター!!

---

942 名前：Mr. 名無しさん 投稿日：04/05/09 01:08

カレーヌードル作ってきた

956 名前：Mr. 名無しさん 投稿日：04/05/09 01:11

ガーリックライス作ってたよ
頂いたカレーかけて食べよう

---

986 名前：Mr. 名無しさん 投稿日：04/05/09 01:19

電車もこのスレ気になってるはずだよ。
今日に限って先延ばしなんて・・・究極の事態以外ありえない

---

309 名前：Mr. 名無しさん 投稿日：04/05/09 02:34

待つ・・・・っ！俺は待つっ！

---

348 名前：Mr. 名無しさん 投稿日：04/05/09 02:48

む、むりだぁ・・・

寝るわ・・・
ﾉｼ

---

350 名前：Mr. 名無しさん 投稿日：04/05/09 02:48

つぎつぎと脱落していく歴戦の勇者たち…
その無念を背負い、いま、一人の毒男が

寝る

---

427 名前：Mr. 名無しさん 投稿日：04/05/09 03:28

ねむい。ねむいねむいねむいねむいぬるぽねむいねむいねむい !!

---

459 名前：Mr. 名無しさん 投稿日：04/05/09 03:51

報告聞きたいってのももちろんだけど、報告終わったら
電車この板からは卒業だろうしなぁ…

最後のおかえりなさいぐらいは言ってあげたいからこうして
起きてる訳だが。

---

543 名前：Mr. 名無しさん 投稿日：04/05/09 04:31

俺が寝た瞬間に電車来るような気がしてきた
もう寝れねえよ

さすがにおかしい、この時間になっても現れないというのは……今日は来ないんじゃないか、そういう結論に達しそうだったその時。

---

568 名前：電車男 ◆ 4aP0TtW4HU 投稿日：04/05/09 04:40

ただいま（´一｀）
次のスレここでいいのかな？

---

569 名前：Mr. 名無しさん 投稿日：04/05/09 04:41

ｷﾀｷﾀｷﾀｷﾀ━━━━(ﾟ∀ﾟ≡(ﾟ∀ﾟ≡ﾟ∀ﾟ)≡ﾟ∀ﾟ)━━━━!!!!!!!!!!

---

570 名前：Mr. 名無しさん 投稿日：04/05/09 04:41

ｷﾀ━━━━━━━(ﾟ∀ﾟ)━━━━━━ !!

---

571 名前：Mr. 名無しさん 投稿日：04/05/09 04:41

うぁわーーーーーーーーーーーーーー！！！
ｌｄｋｈｄごいｊへｐｆｈｇｐ：えおｊｇｗ「ｒｐｋｈ

---

574 名前：Mr. 名無しさん 投稿日：04/05/09 04:41

起きててよかった。о゜・∴(ﾉД`)・∴о゜。

---

583 名前：Mr. 名無しさん 投稿日：04/05/09 04:42

朝帰りならぬ、黎明帰り？

---

587 名前：電車男 ◆ 4aP0TtW4HU 投稿日：04/05/09 04:42

おｋ、着替えてきます

ノシ

---

588 名前：Mr. 名無しさん 投稿日：04/05/09 04:42

俺も勝ったーーーーーーーーーーーーーーーー！！！！

590 名前：Mr. 名無しさん 投稿日：04/05/09 04:42

１４時間待った漏れは勝ち組！！！！！

629 名前：電車男 ◆ 4aP0TtW4HU 投稿日：04/05/09 04:47

お待たせしました。
結果から言えばいいのかな？

634 名前：Mr. 名無しさん 投稿日：04/05/09 04:47

けっか　から　たのむ

635 名前：Mr. 名無しさん 投稿日：04/05/09 04:48

>>629
だめだめ！　主文は一番最後！

638 名前：Mr. 名無しさん 投稿日：04/05/09 04:48

いや、結果は最後に

640 名前：Mr. 名無しさん 投稿日：04/05/09 04:48

あとでも咲きでも良い！報告しる！

647 名前：Mr. 名無しさん 投稿日：04/05/09 04:49

電車が一番良いと思う順番で！

651 名前：Mr. 名無しさん 投稿日：04/05/09 04:49

ついにスレ史上最強最大の、そしておそらく伝説になるであろう最後の爆撃が始まる…

665 名前：電車男 ◆ 4aP0TtW4HU 投稿日：04/05/09 04:51

結果みんな分かってるっぽいから
普通にいきますか
っていうか眠いw

667 名前：Mr. 名無しさん 投稿日：04/05/09 04:51

　　さぁ　最　終　章　の　幕　開　け　で　す

671 名前：Mr. 名無しさん 投稿日：04/05/09 04:51

み ん な 分 か っ て る っ ぽ い ？

---

676 名前：Mr. 名無しさん 投稿日：04/05/09 04:52

> 結果みんな分かってるっぽいから
> 結果みんな分かってるっぽいから
> 結果みんな分かってるっぽいから
> 結果みんな分かってるっぽいから
> 結果みんな分かってるっぽいから

---

694 名前：Mr. 名無しさん 投稿日：04/05/09 04:54

たのむ！たのむから

じ わ じ わ と や っ て く れ

もうそれくらいの刺激じゃないと満足できん！
じわじわと嬲り殺してくれ！

---

770 名前：電車男 ◆ 4aP0TtW4HU 投稿日：04/05/09 05:03

激眠くてちゃんと書けるかな
じゃー行きますか

今日は彼女の家で待ち合わせ。
行きの電車の中ではずっと告白のイメージトレーニングしてた
告白の瞬間を想像すると、ジワジワ汗をかいてくるような
感覚になる。それでも家に付くまで繰り返した。

家に着いた。前回よりもインターホンを押す手が震えてた
しばらく押して、ゆっくり離すと応答も無くドアが開けられた

「こんにちはー」

中から彼女が靴をトントンしながら出てきた。
今日も萌える…(´ー｀)
この人会う度、違う服着てきますが一体何着持ってるんだろう…と思う
でも、薄いピンクの服多いのかな？
似合うからいいけど(´ー｀)

車に乗る。ハンドルを握る手が少し頼りないけど
真っ直ぐ前を見る横顔が綺麗だと思った

因みにいい車です。エンジンの音がすごい静かで
車内も独特の匂いがあまりしないし

「シートベルト、して下さいね」

と言うとゆっくり発進した

---

783 名前：Mr. 名無しさん 投稿日：04/05/09 05:05

最後の爆撃キタキタキタキタ━━━━(ﾟ∀ﾟ≡(ﾟ∀ﾟ≡ﾟ∀ﾟ)≡ﾟ∀ﾟ)━━━━!!!!!!!!!
しゃぁ！隠れたしどんとこおーーーい！

---

793 名前：Mr. 名無しさん 投稿日：04/05/09 05:06

みんな、一緒に逝こうぜ・・・

---

830 名前：Mr. 名無しさん 投稿日：04/05/09 05:11

「毒男が後ろから撃たれるスレ　衛生兵を呼べ」をみてるみんな～！
げ～～んきぃ～～～～？
お兄さんはねぇ！

　も　う　だ　め

ごふっ

---

838 名前：電車男 ◆ 4aP0TtW4HU 投稿日：04/05/09 05:13

走り出すと彼女らしい運転だと思った。
発進、停車はすごく緩やかで優しい。
車が良いおかげなのかもしれないけど。

それじゃまずPCを買いに行きますかと
道順を教えながら目的地に向かう。

この時、普段は恥ずかしくて、直視出来ない顔を
思う存分眺めさせてもらいました。

信号待ちになると、視線に気が付いて
「うん？」
って小首かしげてきてそれで萌え死にかける
「いえ、なんでもないです」
と言うが、きっと顔ニヤけまくってただろうなぁ…(´ー｀)

854 名前：Mr. 名無しさん 投稿日：04/05/09 05:15

小首がひしゃげて死にかけてます

---

859 名前：Mr. 名無しさん 投稿日：04/05/09 05:15

「うん？」
って小首かしげてきてそれで萌え死にかける

はふんてんｖｂんｍｋ；ｌ・￥・ｖｂんｍｌ」

---

891 名前：Mr. 名無しさん 投稿日：04/05/09 05:19

なんか、えるめすのいろんな行動に
確固たる愛を感じるな。
そうか、これがカプールってやつか・・・
経験したことないから知らなかったよ。
明日から電車で見るカプール見る目が変わりそうだ

---

903 名前：電車男 ◆ 4aP0TtW4HU 投稿日：04/05/09 05:21

眠い人の為に次スレに結果だけ書いておきましょうか？

---

908 名前：Mr. 名無しさん 投稿日：04/05/09 05:22

>>903
だめだめだめ

---

910 名前：Mr. 名無しさん 投稿日：04/05/09 05:22

>>903
ダメだ。それはなんか嫌だ。

---

913 名前：Mr. 名無しさん 投稿日：04/05/09 05:22

>>903 電車
お前はほんとにイイ奴だがそれはしなくていい！！！

ここに！！ここに！！ここに順番に書き続けろーーーーーーーー！！！

---

914 名前：Mr. 名無しさん 投稿日：04/05/09 05:22

>>903
電車よ待て！！

じっくり、じっくりだ
それがたまらない快感なんだ！！

---

926 名前：電車男 ◆ 4aP0TtW4HU 投稿日：04/05/09 05:23

それじゃ普通にいきますw

今日は書き終わるのに何時間かかるんだ…＿|￣|○

---

935 名前：電車男 ◆ 4aP0TtW4HU 投稿日：04/05/09 05:24

ｳﾎｯお休みメールキタ━━━━━ヽ(∀ﾟ)人(ﾟ∀ﾟ)人(ﾟ∀ﾟ)人(ﾟ∀)人(ﾟ∀ﾟ)人(ﾟ∀)ノ━━━━━!!!
萌え死ねる

---

942 名前：Mr. 名無しさん 投稿日：04/05/09 05:25

カレーが毛穴から吹き出そうだ

---

944 名前：Mr. 名無しさん 投稿日：04/05/09 05:25

>>935
竹槍で突撃したい気分

---

953 名前：電車男 ◆ 4aP0TtW4HU 投稿日：04/05/09 05:26

ｙｈｆｔ７ｆｇ９７０１８いご「ｐ＠ｌ。ｓｊかんｇちゅいきおｌ；＠えるめす
ｌｐ；＠：

すいませんちょっと変身してきますﾉｼ

---

957 名前：Mr. 名無しさん 投稿日：04/05/09 05:26

電車もいよいよこのスレ卒業だ。
眠いかもしれないが、がんばって書いてくれ…
お前のために、俺たちゃ半日近く雑談してたんだ

おまいら、楽しかったよ

---

44 名前：Mr. 名無しさん 投稿日：04/05/09 05:36

起きて様子見に来たら、爆撃がぁぁぁ
1スレ消費してるなんて、なんだこの速さは

---

53 名前：Mr. 名無しさん 投稿日：04/05/09 05:36

>>44
半分以上待機中の雑談で消費したw

63 名前：電車男 ◆ 4aP0TtW4HU 投稿日：04/05/09 05:38

連休明けという事で、道は比較的すいていたと思う
目的地の近くの駐車場に入る。
駐車するところを決めると、スィーっとバックで
車を入れる。後ろ全然見ないで一発で入れる辺り
結構手慣れていると思った
「駐車上手いですね」
と褒めると
「この車じゃないとダメダメですけど」
とのこと。

駐車場から出て、歩き出す
歩道もいつもよりかは人が少なくて、二人で歩き易い
歩き出してから、少し経ってから彼女の方から
俺の手首を掴んできた。すぐに俺は
「不自然なので」
とその手を振りほどいて手の平を握ると
「本当だ、自然ですねw」
と微笑みかけてくれた。萌え死んだ
握ると、向こうもギュッってするんですよね
これがマジでいい

71 名前：Mr. 名無しさん 投稿日：04/05/09 05:39

「本当だ、自然ですねw」

ぬおおおおおおおおおおおおおおおお

74 名前：Mr. 名無しさん 投稿日：04/05/09 05:40

あああぁぁぁぁぁぁぁぁぁぁぁぁあつぁぁぁぁぁ
胸がキュンキュンするううううううううううう

95 名前：Mr. 名無しさん 投稿日：04/05/09 05:43

なんていうか・・・むねのあたりが、ぐじゅぐじゅしてきた・・・
リーサルウェポン
これが・・・最終兵器・・・？

132 名前：Mr. 名無しさん 投稿日：04/05/09 05:49

しかしなんだな、電車もそうだがここまで 14 スレも付き合ってきた
みんなともう少しでお別れかと思うと、ちょっと感慨深い。

---

147 名前：Mr. 名無しさん 投稿日：04/05/09 05:51

オマイラおはよう。
三時間も寝て眠気スッキリな俺が哨戒任務を引き継ごう。

---

159 名前：電車男 ◆ 4aP0TtW4HU 投稿日：04/05/09 05:55

店に着いた。因みに店の中でも手を繋いでたんですが
なんかこっぱずかしいものですね…(´一｀)

ノートのコーナーに来て、俺が目を付けていた
機種をいくつか紹介する。一瞬いつもの俺が出そうになったが
ここは我慢我慢。予算との兼合いで
「うーんこれかなぁ」
と俺が一番オススメした物を選んだ。
それと、モデムも適当に見繕って、バイダのパンフももらった。
会計はカードで一括。カコイイ、カコイイ3姉さん。

店員さんに手で持っていけるように梱包してもらって
荷物を俺が受け取った。
「あっ、すいません」
「いやいや、重いですから」
と両手にＰＣとモデムを持つ

外に出たところで、彼女が小さい方の荷物を
俺から奪い取るようにして、空いた方の手で俺の手を握ってきた…(´一｀)

ちょっと休みます…＿｜￣｜○
でも寝ません。

---

168 名前：Mr. 名無しさん 投稿日：04/05/09 05:56

俺から奪い取るようにして、空いた方の手で俺の手を握ってきた…(´一｀)

sdrfg h y j ふじこ；：｜；：；@；：

---

172 名前：Mr. 名無しさん 投稿日：04/05/09 05:57

＞俺から奪い取るようにして、空いた方の手で俺の手を握ってきた

あ・・・あはは・・・ははは・・は・・・・・

---

174 名前：Mr. 名無しさん 投稿日：04/05/09 05:57

そこまでして繋ぎたいのかーーーー！！！

---

182 名前：Mr. 名無しさん 投稿日：04/05/09 05:57

> 外に出たところで、彼女が小さい方の荷物を
> 俺から奪い取るようにして、空いた方の手で俺の手を握ってきた…

昔どこかで聞いたことのあるようなないような……

---

191 名前：Mr. 名無しさん 投稿日：04/05/09 05:59

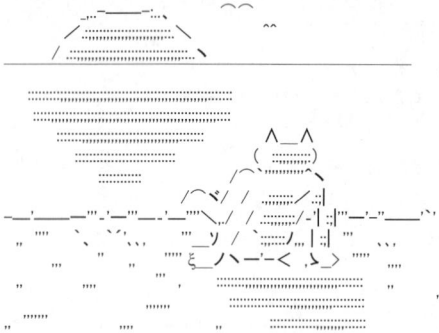

なぁオイラ、あの夕日の向こうに
仲睦まじく手をつなぐ二人が見えるような気がしないか…

---

256 名前：Mr. 名無しさん 投稿日：04/05/09 06:09

ふと思ったんだが・・・・

電車読んでて彼氏が滅茶苦茶欲しくなるっていうの女にはあるのかな？
俺達が　くぅ～～～　女とラブノックしてぇ～～！みたいなぁ

---

257 名前：Mr. 名無しさん 投稿日：04/05/09 06:10

>>256
正直しょっちゅうですよw

258 名前：Mr. 名無しさん 投稿日：04/05/09 06:10

>>256
あると思うよ。
みてる♀けっこういるんじゃね？

261 名前：Mr. 名無しさん 投稿日：04/05/09 06:10

>257
m(ry

276 名前：電車男 ◆ 4aP0TtW4HU 投稿日：04/05/09 06:12

駐車場に戻って、荷物をトランクに入れる
トランクを閉めると、彼女がＰＣを持っていた方の俺の手を取って
「すいませんでした。重かったですよね」
と俺にではなく、俺の手に問い掛けるようにして
取っ手の痕が付いた俺の手を両手で包み込んで
さすってくれた。萌え s(ry
俺も荷物を持っていた方の彼女の手をさすってやりました…(´―`)

駐車場料金を払おうとしたら、やはりというか
阻止されました。駐車場から出ると
「お腹空きましたね」
と予定通りに、決めていた所で食事をすることに
目的地まで走り出す。

277 名前：Mr. 名無しさん 投稿日：04/05/09 06:13

ｷﾀｷﾀｷﾀｷﾀ━━━(ﾟ∀ﾟ≡(ﾟ∀ﾟ≡ﾟ∀ﾟ)≡ﾟ∀ﾟ)━━━!!!!!!!!!!

286 名前：Mr. 名無しさん 投稿日：04/05/09 06:14

うヴォぉおおあおああｷﾀ━━━(ﾟ∀ﾟ。)━━━!!!!!!

287 名前：Mr. 名無しさん 投稿日：04/05/09 06:14

もう耐えられません。
俺もその辺アテもなく走ってきます。

297 名前：電車男 ◆ 4aP0TtW4HU 投稿日：04/05/09 06:14

ねみー！！！！11ルhｙfｙジュhｋジｃボdｃmンｙ
ハイになってきますた

298 名前：Mr. 名無しさん 投稿日：04/05/09 06:14

とことんやる気だ
125 空爆から戦い抜いてきた君たち
ここが正念場だ

207 名前：Mr. 名無しさん 投稿日：04/05/09 06:02

※もういっぺん提案※

電車も相当疲れてるし、レスに時間もかかるようなので、
一旦時間を置いてぐっすり眠ってもらい、テキストも書き溜めた状態で
夜にでも時間決めて一斉爆撃してもらわないか

※あくまでも提案（ﾋﾞｸﾋﾞｸｯ）※

323 名前：電車男 ◆ 4aP0TtW4HU 投稿日：04/05/09 06:17

あれ？ >>207 の案ってどうなったんですかね？

324 名前：Mr. 名無しさん 投稿日：04/05/09 06:17

>>323
もまえ次第

353 名前：電車男 ◆ 4aP0TtW4HU 投稿日：04/05/09 06:22

すいません。じゃあ一旦寝ます

でも今日は向こうも起きたらメールか電話の嵐になりそうな悪寒
ＰＣの設定とかもあるんで。時間はいまのうちしか無いのか…？

358 名前：Mr. 名無しさん 投稿日：04/05/09 06:22

待て！再開時間の指定は！？

375 名前：電車男 ◆ 4aP0TtW4HU 投稿日：04/05/09 06:24

うーん…やっぱり今しか書けなさそうです
向こうが起きるまでが残された時間ですね

376 名前：Mr. 名無しさん 投稿日：04/05/09 06:24

それ見たことか！全員配置にもどれーーーーー！！！！

382 名前：Mr. 名無しさん 投稿日：04/05/09 06:25

無茶はするなよ＞電車

399 名前：Mr. 名無しさん 投稿日：04/05/09 06:27

3分後に電車が降臨するとは知らずに
4:37からゲームに没頭してた俺ちゃんが今頃来ましたよ…
ゲームやらなきゃよかった　俺のバカバカバカ！　○　￤＿￤＿

401 名前：Mr. 名無しさん 投稿日：04/05/09 06:27

>>375
・・・とことんやりたいか、電車。
よし、来いーーーーーーーーーーーーー！！

405 名前：電車男 ◆ 4aP0TtW4HU 投稿日：04/05/09 06:27

ちょっと眠眠打破買ってきます

ﾉｼ

429 名前：Mr. 名無しさん 投稿日：04/05/09 06:30

もう眠いよー ('A`)

439 名前：Mr. 名無しさん 投稿日：04/05/09 06:31

>>399
漏れもだよー！
今追いついたよー。
深夜1時からスタンバってリロードリロードしてたのは一体・・・
とりあいず間に合ってヨカタ

470 名前：Mr. 名無しさん 投稿日：04/05/09 06:37

ねむい…コーヒー飲んでくる

484 名前：電車男 ◆ 4aP0TtW4HU 投稿日：04/05/09 06:41

さぁ、帰ってきましたよ
7時頃に再開しますね

---

487 名前：Mr. 名無しさん 投稿日：04/05/09 06:42

殱滅予告ｶﾀ―ｗｗ∧√ﾚvv～(ﾟ∀ﾟ)―ｗｗ∧√ﾚvv～― !!

---

488 名前：Mr. 名無しさん 投稿日：04/05/09 06:42

7時まで体がもたねぇ・・・

---

494 名前：Mr. 名無しさん 投稿日：04/05/09 06:43

7時…ちょっくら飯食ってくる！！！

---

497 名前：Mr. 名無しさん 投稿日：04/05/09 06:43

近所で牛がモーモー鳴いてて眠れない

---

506 名前：Mr. 名無しさん 投稿日：04/05/09 06:45

十五分か…
仮眠に入る
ﾉｼ

---

539 名前：Mr. 名無しさん 投稿日：04/05/09 06:56

ねみーマジでねみーよ

眠っちゃダメだ寝たら死ぬぞって
もう難解も言い聞かせたけど
どっちにしてもしんじゃうのｋな

---

562 名前：Mr. 名無しさん 投稿日：04/05/09 07:00

```
   +      +  ∧_∧  +
          (0°・∀・) テカテカ
          (0° ∪ ∪ +
          と _)_) +
```

まぁみんなテカって死を待とうぜ

---

575 名前：電車男 ◆ 4aP0TtW4HU 投稿日：04/05/09 07:02

今宵も彼女推薦のお店で食事だ。

かなり暗い店内で、応接室にあるような低いソファーで
マターリしながら食べられるところだった。俺は緊張したけど…＿|￣|○
今でもファミレス、吉野家以外は緊張しますね。

ここでいくつかお土産をもらう。アクセサリーとかかな
よく見ると…「HERMES」のロゴが…
「これって…またまた高価なものを…」
「向こうじゃ安いんですよ」
と言うが高価には変わりない…
何度もお礼をして、付けてみてくれと言われたので
付けてみる。これはネックレスって言うのかな？
それにしては短いけど

付けるのに手間取っていたら、見かねたのか彼女が
付けてくれた…って胸が顔にくっつきそうなんですｈｋぴおｖｊｐｂｊれ
つかいい匂いするな…と思った。
「よく似合いますよ」
とパチパチしながら褒めてくれた。

で、彼女が自分の首を指差す…
「おそろいですよｗ」

萌え氏んだ

---

576 名前：Mr. 名無しさん 投稿日：04/05/09 07:02

ちょっと機影を確認してくる

---

581 名前：Mr. 名無しさん 投稿日：04/05/09 07:02

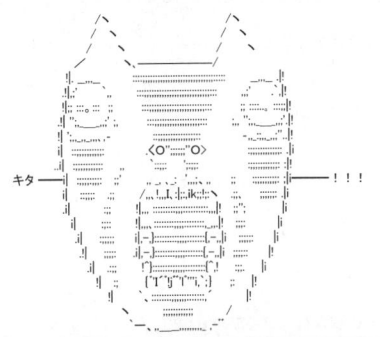

582 名前：Mr. 名無しさん 投稿日：04/05/09 07:02

```
    o  ┣━┫      ジャーン
 (゛ヽ─◎ |       ジャーン
 /> . | |       ジャーン!!
```

---

584 名前：Mr. 名無しさん 投稿日：04/05/09 07:02

>>576
逃げろーーーーーー！！！！

---

589 名前：Mr. 名無しさん 投稿日：04/05/09 07:03

なんですか、これは？

俺に死ねと？

---

591 名前：Mr. 名無しさん 投稿日：04/05/09 07:03

おそろ……_|￣|○

---

612 名前：Mr. 名無しさん 投稿日：04/05/09 07:06

どうにも敵が強すぎる

---

655 名前：Mr. 名無しさん 投稿日：04/05/09 07:13

お土産に HERMES のチョーカー・・・しかもおそろい・・・
チッスとか「好き」とかいう言葉もない、付き合ってもいない男に・・・

どういうことなんdくぁwせdrftgyふじこlp；@：「」あzxscdf
vgbhんjmk、l。；・：

---

657 名前：Mr. 名無しさん 投稿日：04/05/09 07:14

総員に告ぐ！これは訓練ではない！
繰り返す、これは訓練ではない！

---

687 名前：Mr. 名無しさん 投稿日：04/05/09 07:18

電車、寝たんじゃ・・・

---

702 名前：電車男 ◆ 4aP0TtW4HU 投稿日：04/05/09 07:20

起きてますよー
書いてます

---

720 名前：Mr. 名無しさん 投稿日：04/05/09 07:22

偵察部隊、小便部隊、戻って来い！
警報が発令されたぞ！

---

738 名前：電車男 ◆ 4aP0TtW4HU 投稿日：04/05/09 07:25

土産をもらったところでまた旅行の話を少し聞かせてもらった
向こうの人の話とか、食べ物とか、文化とか、言葉についてとか
行っただけでもすごく勉強になるらしいですよ。
俺なんか旅行なんて修学旅行以来どこにも行ってないと言うと怒られました
(´―｀)

店を出ると（ちなみに今日も割り勘でした）
「プリ撮りましょう」
と彼女が言う。俺は一瞬何のことか分からなくて
「(?_?)」
という顔をしていると、手を引っ張られてゲーセンへ
プリクラを撮るらしい…。正直、俺これ苦手だった…
コインを入れると、彼女は手際良く操作する。
「ちゃんと顔作ってくださいね？」
「え？え！？」
と慌てふためいている間に
撮られてた…

出来上がりを見てみると、俺どこ見てるか分からないし…
彼女はしっかり顔作ってましたw
「ちょっと変だけど、記念ですねw」
と俺に半分くれた。ちょっとプリクラ好きになった

---

744 名前：Mr. 名無しさん 投稿日：04/05/09 07:26

またキタ━━━━(ﾟ∀ﾟ)━━━━!!!!

---

746 名前：Mr. 名無しさん 投稿日：04/05/09 07:26

ぷりくらきましたよぷりくらぷりくあ：ふぁｄｆぢｆぎゅhじおｋｐｌ；：＠：

---

748 名前：Mr. 名無しさん 投稿日：04/05/09 07:26

ここでプリクラ投入か…

---

749 名前：Mr. 名無しさん 投稿日：04/05/09 07:26

プリクラってプリキュアの打ち間違いですか？

---

752 名前：Mr. 名無しさん 投稿日：04/05/09 07:27

プリクラって・・・
確か以前にもｑｗせｒつきうえｒちゅい・・・

---

753 名前：Mr. 名無しさん 投稿日：04/05/09 07:27

プリクラが兵器として一般化しつつある

---

760 名前：Mr. 名無しさん 投稿日：04/05/09 07:28

意外な角度から……と思ったけど、あれ？デジャブ??
ぷりくｒｆｔｈじｃｌｐあはははははは

---

827 名前：Mr. 名無しさん 投稿日：04/05/09 07:38

おまいらおはやう。
さて、今どうなってるのかちょっと顔を出してかくにｘｙｒたｓｋうぇｙｓっづ
ｇｒ

---

838 名前：電車男 ◆ 4aP0TtW4HU 投稿日：04/05/09 07:42

車に戻る。ここから決戦の地へと赴く
それは彼女にも分かっていることであって
互いに緊張が高まっていくのが分かった。
自然と口数が減って、握る拳には汗が。

俺は淡々と道を案内する。その間にも目的地へ
着々と近づいていく。無言の間は俺は告白の
言葉を何度も頭の中で復唱していた

駐車場に着く。心臓の音が自分にも聞こえてくると思った。
なんか膝から下全てから汗が流れ出るような感覚だった。
車から出て、二人で歩き出す。案の定、周りもカップルだらけ。
「いいところですね」
と彼女は言う。
「下見までしましたからｗ」
と言うと、らしいですね。と。

ぶっちゃけ公園なんですが、昼に来た時よりも
人が多くてびびりました。しかもカップ゚ー率100％
ベンチ使用率も100％

しばらく園内を行く当ても無く歩き回ってました
どうやって言い出す雰囲気、タイミングを作り出すか分からなかった…

---

843 名前：Mr. 名無しさん 投稿日：04/05/09 07:43

決戦ーーーーーー！！！！！！！！！

---

844 名前：Mr. 名無しさん 投稿日：04/05/09 07:43

ｳﾞ ﾟｱｱｱｱｱｱｱｱ

---

850 名前：Mr. 名無しさん 投稿日：04/05/09 07:43

決戦の地ｷﾀ━━━━

---

866 名前：Mr. 名無しさん 投稿日：04/05/09 07:46

それは彼女にも分かっていることであって
それは彼女にも分かっていることであって
それは彼女にも分かっていることであって
それは彼女にも分かっていることであって
それは彼女にも分かっていることであって
それは彼女にも分かっていることであって

な　　に　　を　！？

---

868 名前：Mr. 名無しさん 投稿日：04/05/09 07:46

どんな塹壕も防空壕も核シェルターも防げない１撃が
もうすぐそこまでせまっている・・・・・。

皆の者よ、独りでは逝かせはせぬぞ！！

---

871 名前：Mr. 名無しさん 投稿日：04/05/09 07:47

生まれて初めて RPG をクリアする直前の、
あの時の気持ちが蘇ってきたよ(;´Д`)ﾊｧﾊｧ

---

882 名前：Mr. 名無しさん 投稿日：04/05/09 07:48

徹夜でスレチェックして、とうとう電車男の「ただいま戻りました」スレみつけて、
ﾔﾀｰ てところで目が覚めて、ためしにログチェックしたら、リアルで爆撃じゃ
ないですか！
正夢だった、いやずっとログ見ている夢でうなされていた

---

884 名前：Mr. 名無しさん 投稿日：04/05/09 07:48

みんな、オレは次の一撃でおそらくこの世には居ないだろう
125 のときから戦場を潜り抜けてきたオレでも
今回はもうだめだと悟った。
最後に一言言わせてくれ

おまいらみんな大好きだ

ｺﾞﾌｯ

---

956 名前：電車男 ◆ 4aP0TtW4HU 投稿日：04/05/09 08:02

書いててドキドキする…

---

958 名前：Mr. 名無しさん 投稿日：04/05/09 08:02

出たーーーーーーーーーーーーーー

---

960 名前：Mr. 名無しさん 投稿日：04/05/09 08:02

「キター」充填完了

---

977 名前：Mr. 名無しさん 投稿日：04/05/09 08:04

各員迎撃用意！迎撃用意！来るぞ、来るぞ！

---

978 名前：Mr. 名無しさん 投稿日：04/05/09 08:04

大佐！このままでは間に合いませんッ！！

---

22 名前：Mr. 名無しさん 投稿日：04/05/09 08:06

今までずっとスレを見守っていた何百、もしかしたら何千もの住人が固唾をのんで電車男爆撃機の機底が開くのを見つめた。2ヶ月間この瞬間を待っていたのだ。たとえ大地が焼き払われようが誰一人逃げる者はいない。機体からすべり落ちたそれはスレに向かってゆっくり落下を始めた。そして、それが炸裂すると、スレはかつて無いほどの、強い光に包まれた。

---

41 名前：電車男 ◆ 4aP0TtW4HU 投稿日：04/05/09 08:08

しばらく歩き回っていると
「あ、あそこあそこ」
と、空いたベンチを見付けた彼女が俺の手を引いていく

二人で腰を下ろす。今までにこんなに密着することが
あっただろうか。否、無かった。緊張が高まり過ぎて
口が開かない。しかし、今しかない。

「大事な話があるんです」

と俺は切り出した。彼女は黙ってうなずいて聞いてくれる。
しかし、またそこから言葉が出ない。

俺は立ち上がって、座っている彼女に向き合った。
「あの、おれ」
とまた言葉が途切れる。緊張で死ねる。と思った
ここで今までの苦い思い出が次々へと思い出される…

彼女が俺の両手を取って
「がんばって！」
と言ってくれた。

「エルメスさんの事が好きです」

あの時の勇気以上だった。震えた声で言った。
彼女が立ち上がった。俺は彼女の顔を見れなかった

「私も電車さんの事が好きです。だからこれからもずっと一緒にいてくれますか？」

と彼女が言った。

42 名前：Mr. 名無しさん 投稿日：04/05/09 08:08

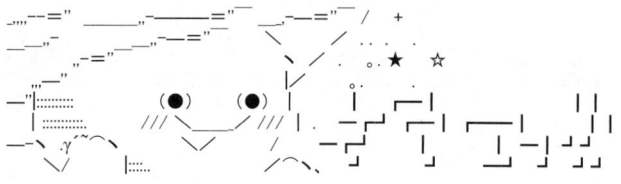

奇跡の瞬間だった。電車男が伝説となった。
ついにこの時を迎えたスレ住人からハリケーンのようなキター！の祝電が押し寄
せた。

---

47 名前：Mr. 名無しさん 投稿日：04/05/09 08:09
きたあああああああああああああああああああああああああああああ

48 名前：Mr. 名無しさん 投稿日：04/05/09 08:09
>>41

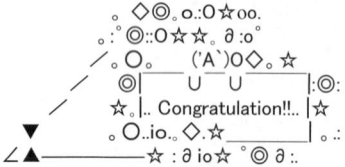

49 名前：Mr. 名無しさん 投稿日：04/05/09 08:09

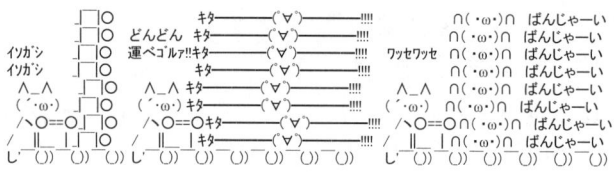

50 名前：Mr. 名無しさん 投稿日：04/05/09 08:09

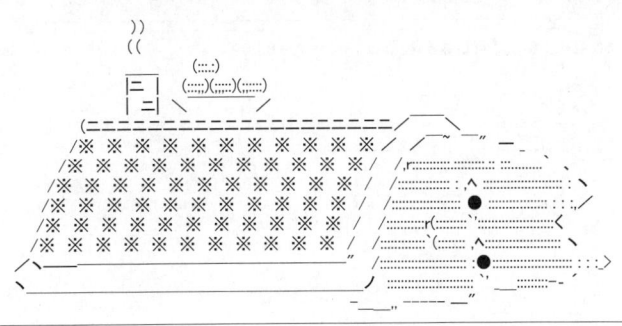

---

51 名前：Mr. 名無しさん 投稿日：04/05/09 08:09

みんな、ばい・・ばい

---

52 名前：中の人 投稿日：04/05/09 08:09

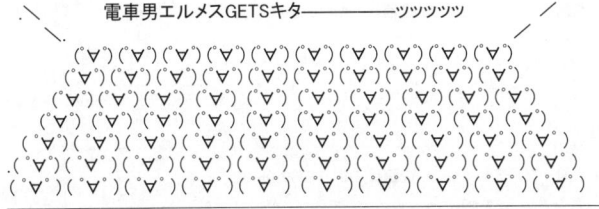

---

53 名前：Mr. 名無しさん 投稿日：04/05/09 08:09

aaaaaaaaaaaaaaa
aaaaaaaaaaaaa
aaaaaaaaaaaaa
aaaaaaaaaaaaaaaaaaaaaaaaaaaa
aaaaaaaaaaaaaaaaaaaaa
aaaaaaaa
aaaaaaaa

---

54 名前：Mr. 名無しさん 投稿日：04/05/09 08:09

ゴフッ

---

55 名前：Mr. 名無しさん 投稿日：04/05/09 08:09

おわぁ！！俺の目の前に爆弾がぁぁぁ・・・・

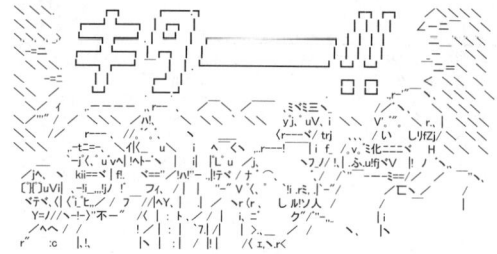

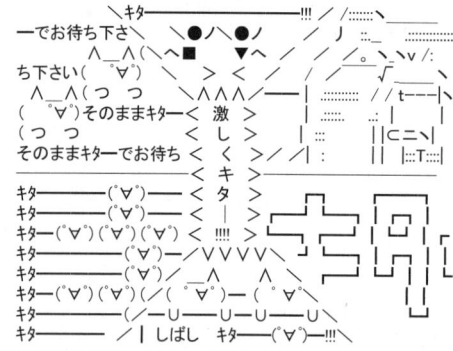

56 名前：Mr. 名無しさん 投稿日：04/05/09 08:09

57 名前：Mr. 名無しさん 投稿日：04/05/09 08:09

58 名前：Mr. 名無しさん 投稿日：04/05/09 08:09

59 名前：Mr. 名無しさん 投稿日：04/05/09 08:09

60 名前：Mr. 名無しさん 投稿日：04/05/09 08:09
Oh No! I got a hit!!
Eject! Eje ‥‥‥

---

62 名前：Mr. 名無しさん 投稿日：04/05/09 08:10

```
            ⊂ ^~⊃｡Д｡)⊃
    ⊂ ^~⊃｡Д｡)⊃
      ⊂ ^~⊃｡Д｡)⊃
        ⊂ ^~⊃｡Д｡)⊃
          ⊂ ^~⊃｡Д｡)⊃
            ⊂ ^~⊃｡Д｡)⊃
              ⊂ ^~⊃｡Д｡)⊃
                ⊂ ^~⊃｡Д｡)⊃
    ⊂ ^~⊃｡Д｡)⊃
              ⊂ ^~⊃｡Д｡)⊃
                ⊂ ^~⊃｡Д｡)⊃
```

---

63 名前：Mr. 名無しさん 投稿日：04/05/09 08:10

```
キター───(´∀`)・ω・)゜Д゜)・∀・)￣ー￣)´▽`)゜∀゜)´ー`)───!!!!
キター───(゜∀゜)─(´∀`)─(　゜)─(　　)─(゜　)─(∀゜)─(゜∀゜)───！！！！！
キター───(゜∀゜)───!!!!
タイ───||Φ|(｢|∀|゜|)|Φ||───ホ!!!!!
```

---

64 名前：中の人 投稿日：04/05/09 08:10

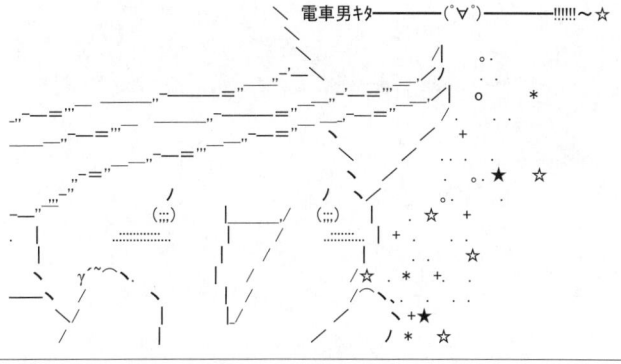

電車男キター───(゜∀゜)───!!!!!!~☆

---

65 名前：Mr. 名無しさん 投稿日：04/05/09 08:10
来ちゃったああ

「がんばって！」
すんげぇ威力

---

66 名前：Mr. 名無しさん 投稿日：04/05/09 08:10

はーるがキタ――――――――(ﾟ∀ﾟ)――――――――!!!!!!
はーるがキタ――――――――(ﾟ∀ﾟ)――――――――!!!!!!
どこにーキタ――――――――(ﾟ∀ﾟ)――――――――!!!!!!
でんしゃにキタ――――――――(ﾟ∀ﾟ)――――――――!!!!!!
ｴﾙﾒｽにキタ――――――――(ﾟ∀ﾟ)――――――――!!!!!!
毒男にゃヴェ/ア――――――――(´Ａ`)――――――――!!!!!!

---

67 名前：Mr. 名無しさん 投稿日：04/05/09 08:10

着弾しますッ！

---

68 名前：Mr. 名無しさん 投稿日：04/05/09 08:10

あぁぁ やっと見付けた・・・
俺 の 死 に 場 所
良かった(ﾉ_、)ﾟｸﾞｼ おめでと！電車！

---

69 名前：Mr. 名無しさん 投稿日：04/05/09 08:10

きゃー朝からきたーーーーーーーー。

---

70 名前：Mr. 名無しさん 投稿日：04/05/09 08:10

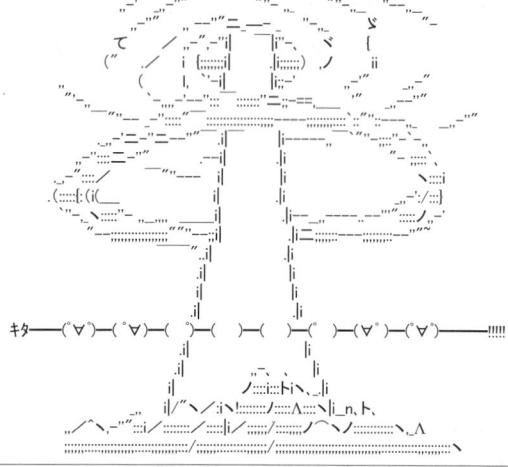

キタ――(ﾟ∀ﾟ)―(ﾟ∀ﾟ)―(ﾟ∀)―(ﾟ)―( )―(゚)―(∀ﾟ)―(ﾟ∀ﾟ)――!!!!!

71 名前：Mr. 名無しさん 投稿日：04/05/09 08:10
きたーよおおおおお！！
なんでだろう、涙がとまらないよ！！
おめでとう電車！おめでとう得るメス！
うわーん毒男ばんざーーーい！

72 名前：Mr. 名無しさん 投稿日：04/05/09 08:10

```
        *  .※ ※ ※.  *
     *  ※ ☆ ☆ ☆ ☆ ※  *
   *  ※ ☆ ※ ※ ☆ ※  *
  * ※ ☆ ※ ※ ☆ ※ ☆ *
 * ※ ☆ ※ ※☆  .※ ※ ☆ ※ *
* ※ ☆ ※ ※☆   ☆※ ※ ☆ ※ *
* ※ ☆ ※ ※☆       ☆※ ※ ☆ ※ *
* ※キタ━━━━(ﾟ∀ﾟ)━━━━ !!!※ *
* ※ ☆ ※ ※☆       ☆※ ※ ☆ ※ *
* ※ ☆ ※ ※☆   ☆※ ※ ☆ ※ *
 * ※ ☆ ※ ※☆  .※※ ※ ☆ ※ *
  * ※ ☆ ※ ※ ☆ ※ ☆ *
   *  ※ ☆ ※ ※ ☆ ※  *
     *  ※ ☆ ☆ ☆ ☆ ※  *
        *  .※ ※ ※.  *
           *   *
```

73 名前：Mr. 名無しさん 投稿日：04/05/09 08:10
おめでとおおおおおおおおおおおおおおおおおおおお

74 名前：Mr. 名無しさん 投稿日：04/05/09 08:10
ｔｆｇｙふじこｌｐ

75 名前：Mr. 名無しさん 投稿日：04/05/09 08:10
彼女が俺の両手を取って
「がんばって！」
と言ってくれた。

76 名前：Mr. 名無しさん 投稿日：04/05/09 08:10
キタ━━━━(ﾟ∀ﾟ)━━━━!!!!

78 名前：Mr. 名無しさん 投稿日：04/05/09 08:10
おめでとう・・・！
おめでとう、電車・・・！

79 名前：Mr. 名無しさん 投稿日：04/05/09 08:10
負傷者を運べ！！前線を確立させろ！！無駄死にする気か！！！

80 名前：Mr. 名無しさん 投稿日：04/05/09 08:10

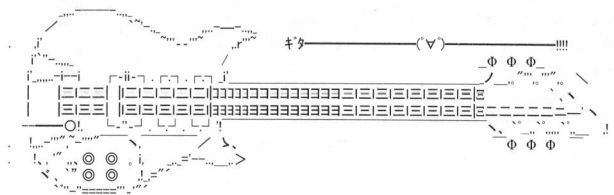

81 名前：Mr. 名無しさん 投稿日：04/05/09 08:10

電車やったな！
マジおめでとう！エルメスの事大事にして幸せにしてやれよ！！
ついに、ついにこの瞬間が (ry

82 名前：Mr. 名無しさん 投稿日：04/05/09 08:10

83 名前：Mr. 名無しさん 投稿日：04/05/09 08:10
キタ――――(((((((((((((((((((((((((((((((

84 名前：Mr. 名無しさん 投稿日：04/05/09 08:11

85 名前：Mr. 名無しさん 投稿日：04/05/09 08:11
ｷﾀ━━━(ﾟ∀ﾟ)━━━━!!
おめでとー！！
エルメス最高じゃないか…

86 名前：Mr. 名無しさん 投稿日：04/05/09 08:11
使途なんて問題にならないくらい
ｷﾀ━━(ﾟ∀ﾟ)━(ﾟ∀ﾟ)━(ﾟ∀)━(ﾟ)━( )━(。)━(A 。)━(。A。)━━━!!!
暴走初号機が 10000 台くらい突っ込んで
ｷﾀ━ﾍﾞ( )ﾉﾞﾍﾞ(ﾟдﾟ)ﾉﾞﾍﾞ(ﾟдﾟ)ﾉﾞﾍﾞ(дﾟ)ﾉﾞﾍﾞ( )ﾉﾞ━━!!

87 名前：中の人 投稿日：04/05/09 08:11

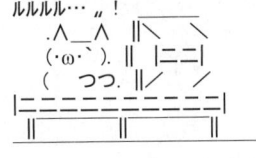

88 名前：Mr. 名無しさん 投稿日：04/05/09 08:11
きたあああああああああああああああ
おめでとおおおおおおおおおおおおおおおおおお！！！！！1111111

89 名前：Mr. 名無しさん 投稿日：04/05/09 08:11
電車男、おめでとう！！

90 名前：Mr. 名無しさん 投稿日：04/05/09 08:11
おっしゃあああああああああああああああああああああああ
よくやった！よくやった！よくやった！よくやった！

よくやったよ！おめでとう！

---

91 名前：電車男 ◆ 4aP0TtW4HU 投稿日：04/05/09 08:11
みんなありがとう

---

92 名前：Mr. 名無しさん 投稿日：04/05/09 08:11
ほんとにおめでとう。
幸せっていいもんだな・・・・ｸﾞﾊｯ

---

93 名前：Mr. 名無しさん 投稿日：04/05/09 08:11
正攻法で
ｷﾀ━━━━━━(ﾟ∀ﾟ)━━━━━━!!!!!!

---

94 名前：Mr. 名無しさん 投稿日：04/05/09 08:11

```
      ||||||||||||   ｼｭｯ
      ￣￣￣￣￣￣￣
   /::::::∧_∧::::::::::::::::/
  /::::::(∩´Д`)∩ :::::/
 /::::::(        /::::::/   ﾁｬﾗｯﾁｬﾗｯﾁｬｰﾝ ﾐﾖﾖﾖﾖｰﾝ......
```

---

95 名前：Mr. 名無しさん 投稿日：04/05/09 08:11
激しくおめ！

---

96 名前：Mr. 名無しさん 投稿日：04/05/09 08:11

---

97 名前：Mr. 名無しさん 投稿日：04/05/09 08:11
電車男 ◆ 4aP0TtW4HU：04/05/09 08:08
歴史に残る時間になりましたね

---

98 名前：Mr. 名無しさん 投稿日：04/05/09 08:11
(´A`)……ｷﾀ━━ヽ(ﾟ∀ﾟ)人(ﾟ∀ﾟ)人(ﾟ∀ﾟ)ノ━━ !!!

---

100 名前：Mr. 名無しさん 投稿日：04/05/09 08:11
ｷﾀ━━━━(ﾟ∀ﾟ)━━━━!!!!

```
キタ━━━━(ﾟ∀ﾟ)━━━━!!!!
キタ━━━━(ﾟ∀ﾟ)━━━━!!!!
キタ━━━━(ﾟ∀ﾟ)━━━━!!!!
キタ━━━━(ﾟ∀ﾟ)━━━━!!!!
```

101 名前：Mr. 名無しさん 投稿日：04/05/09 08:11

うわあああああああああああああああああ
電車萌えぇぇぇぇぇぇぇぇぇぇぇぇぇぇぇ
エルメス萌えぇぇぇぇぇぇぇぇぇぇぇぇぇぇ
電車、おめでとう！！！！！！！！！！！！！！！
わかってたけど、絶対大丈夫だと思ってたけど、涙でてきたよ 。゜・(ノД`)・゜。

103 名前：Mr. 名無しさん 投稿日：04/05/09 08:11

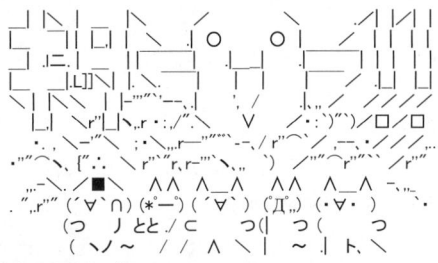

泣きそうだよ、俺

104 名前：Mr. 名無しさん 投稿日：04/05/09 08:11

しまった AA 用意し忘れた

105 名前：朝の京浜東北にて 投稿日：04/05/09 08:12

よし来た！

106 名前：Mr. 名無しさん 投稿日：04/05/09 08:12

おめでとう、ホントに良くやっ f t g y ふじこ

107 名前：Mr. 名無しさん 投稿日：04/05/09 08:12

ハートがいたいよ

108 名前：Mr. 名無しさん 投稿日：04/05/09 08:12

>>103
俺はすでに泣いてる

110 名前：Mr. 名無しさん 投稿日：04/05/09 08:12

キタ━━━━━━━━━━━━━━━━━━━━━━━━━━━━━！！！

---

111 名前：Mr. 名無しさん 投稿日：04/05/09 08:12

みんな待ち構えてたろ？ｗ

---

112 名前：Mr. 名無しさん 投稿日：04/05/09 08:12

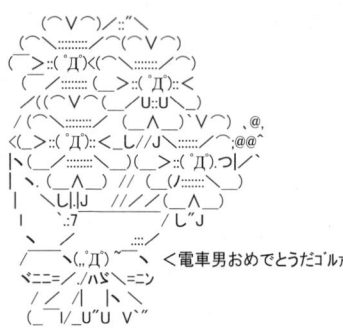

てめえ！とうとうやったな！！！！！！

---

113 名前：Mr. 名無しさん 投稿日：04/05/09 08:12

よし、全員氏んで良し！！

---

114 名前：Mr. 名無しさん 投稿日：04/05/09 08:12
おめでとう電車

---

115 名前：Mr. 名無しさん 投稿日：04/05/09 08:12
電車おめでとう、そしてこのスレの皆、よく頑張って耐えたっ！！
まあ、本当の (`A`) ヴェノアーはこれからなのかもしれないが（ぉ

---

117 名前：Mr. 名無しさん 投稿日：04/05/09 08:12

```
・ ・ ・ ・ ・ ・
,n,_,'^° ,n,_,'^° ,n,_,'^° ,n,_,'^° ,n,_,'^° ,n,_,'^° ,n,_,'^° ,n,_,'^° ,n,_,'^° ,n,
_no _no _no _no _no _no _no _no _no_no _no _no _no _no _no _no _no
_|^|0 _|^|0 _|^|0 _|^|0 _|^|0 _|^|0 _|^|0 _|^|0 _|^|0 _|^|0
_|  |0 _|  |0 _|  |0 _|  |0 _|  |0 _|  |0 _|  |0 _|  |0

（ 刀 ）゜゜
```

---

118 名前：Mr. 名無しさん 投稿日：04/05/09 08:13
おめでとう！そして、よくやった！

---

119 名前：Mr. 名無しさん 投稿日：04/05/09 08:13

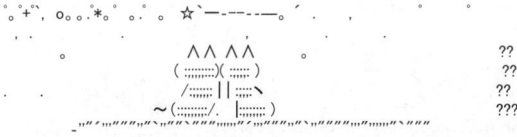

```
   °。+°,。o。。*。°  °。 o 。 ☆`―-—·-—。´   ,
 ,·   ·  。  ，          ,· 。        ·    ·        ·
  ·          ∧∧ ∧∧       。            ??
         (  :::::::)(  :::::: )                 ??
        /::::: | | :::::`ヽ                    ??
       ～(:::::::/. |:::::::::)                    ???
    _,,"'"",,,""'",,'"',,"'""'",,,"'",,'""'"'"',,"'"",,,"""',,,"',,"'"
              幸せにな
```

---

121 名前：Mr. 名無しさん 投稿日：04/05/09 08:13
告白のときまでサポートしてくれるエルメス萌え。
電車よ、今後はおまいからしっかりとサポートするようにな。
何はともあれ、おめ。
25 歳童貞より

---

122 名前：Mr. 名無しさん 投稿日：04/05/09 08:13
結ばれたのかッ！？
結ばれちゃったのかッ！？

---

123 名前：Mr. 名無しさん 投稿日：04/05/09 08:13

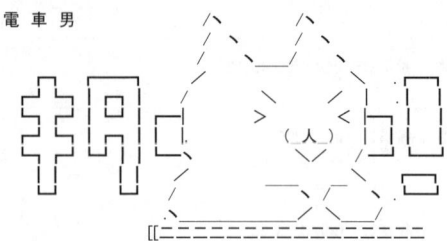

---

124 名前：Mr. 名無しさん 投稿日：04/05/09 08:13
よく噛まずに言った！
ミ彡 ⌒ヽ（⌒ ⌒）.|ミミ彡 正直、感動した
テカって夜通し待ってた甲斐があったよ・・・

---

127 名前：Mr. 名無しさん 投稿日：04/05/09 08:13
この野郎！
お前ほどの成長力見せた男ははじめてだぜ！
よくやったぞ、このやろう！

---

128 名前：Mr. 名無しさん 投稿日：04/05/09 08:13
泣けた、涙がでてる
なんでだろ、すごく
貴方におめでとうと言いたい。
電車おめでとう
ありがとう
ヴァルハラが見えてきたよ。

---

129 名前：Mr. 名無しさん 投稿日：04/05/09 08:13

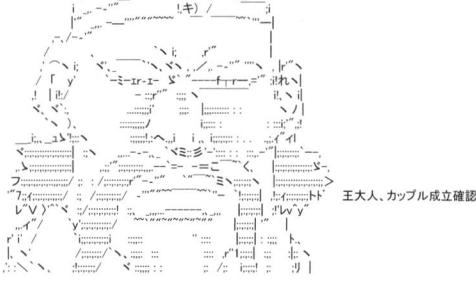

王大人、カップル成立確認！

130 名前：Mr. 名無しさん 投稿日：04/05/09 08:13

```
             ∩＿∩
くまくま─────ヽ( ･(ェ)･ )ノ────── !!!
            ( (    ) )
             ∪ ￣ ∪
```

131 名前：Mr. 名無しさん 投稿日：04/05/09 08:13
ずっと一緒
ぷ、ぷろ、ぷろぽー…

132 名前：Mr. 名無しさん 投稿日：04/05/09 08:13
そして神が誕生した！

133 名前：Mr. 名無しさん 投稿日：04/05/09 08:13

```
おーよしよし
   ∧＿∧
  ( ´∀`)∧∧
  (  つ つ('Д`)、
  │ │ │( : )
  (＿_)＿)∪~∪
```

```
いないいない・・・
   ∧＿∧          ？
  (∩∀∩)         ∧∧
  (    )        ('ρ')
  │ │ │         ( : )
  (＿)＿)        ∪~∪
```

```
      ∧＿∧
キター('∀`)───── !!!! ∧
    ⊂   つ        ('Д`)
    │ │ │        ( : )
    _)_)         ∪~∪
```

148 名前：Mr. 名無しさん 投稿日：04/05/09 08:14
Congratulations────('∀`)────Congratulations!!!!

149 名前：Mr. 名無しさん 投稿日：04/05/09 08:14
｡ﾟ･∴･(ﾉД`)･∴･ﾟ｡
おめでとう電車！
おまえらサクランボだよ！！

155 名前：Mr. 名無しさん 投稿日：04/05/09 08:15
俺は今、神誕生の瞬間に立ち会ったのか・・・

156 名前：Mr. 名無しさん 投稿日：04/05/09 08:15

157 名前：Mr. 名無しさん 投稿日：04/05/09 08:15

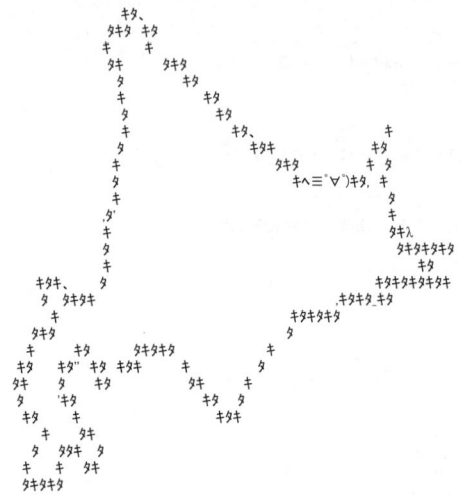

158 名前：Mr. 名無しさん 投稿日：04/05/09 08:15

161 名前：Mr. 名無しさん 投稿日：04/05/09 08:16

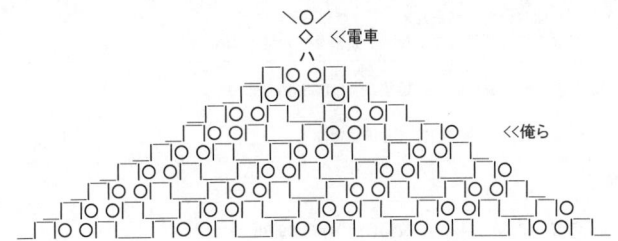

162 名前：Mr. 名無しさん 投稿日：04/05/09 08:16
>> 電車
お前本当に格好いいよ。
これからはお前がエルメスええお、エルメスの幸せを
サポートしろよ。ずっとずっとエルメスを笑わせて
二人で歳を重ねていくんだぞ。おめでとう。

164 名前：Mr. 名無しさん 投稿日：04/05/09 08:16

```
               ｨ＼
  おめでとう    ｜　 ﾟ""'""'゛　y ‐‐,
            ﾐ（  ﾞへ ＿＿＞'∀'< ﾐ
       （（    ﾐ        （ ＼ ﾐ ;;';
               ﾐ  :.ﾟ　 ∧_∧
            ﾐ    ﾟ,    ゙∀゙ﾞ',゛     おめでとう
               ;;, c  c.ﾐ
      U""'""~""^'＼） u"""J
```

スレ住人の、電車への思い入れを怒涛のように叩きつける祝電の嵐だった。

126 名前：電車男 ◆ 4aP0TtW4HU 投稿日：04/05/09 08:13

続きのようなものもありますが一旦休みます
書いててあの時の記憶が鮮明に蘇ってさ

171 名前：Mr. 名無しさん 投稿日：04/05/09 08:16

あぁ徹夜してるからかな？

涙が止まんないや！ｗ
俺も号泣ｗｗ
久しぶりに泣いちゃったぜ！
他人事なのになぜこんなになってしまうのか謎だわｗｗ

---

200 名前：Mr. 名無しさん 投稿日：04/05/09 08:20

この期に及んでﾌﾟﾘｷｭｱ観てたら俺は電車を

尊敬する

---

203 名前：Mr. 名無しさん 投稿日：04/05/09 08:21

>200
昨日行く前にケロロを見てる香具師だ。

見 て な い は ず が な い

---

215 名前：Mr. 名無しさん 投稿日：04/05/09 08:22

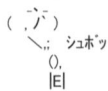

（ ´ﾉ` ）y―・~~~　　＜電車、おめでとう。

---

218 名前：電車男 ◆ 4aP0TtW4HU 投稿日：04/05/09 08:23

再開はプリキュア後です（´ー`）

---

220 名前：Mr. 名無しさん 投稿日：04/05/09 08:23

> 彼女が俺の両手を取って
>「がんばって！」
> と言ってくれた。

これ、すげーいいよな。
エルメス子の優しさを象徴するエピソードだと思う。

---

226 名前：Mr. 名無しさん 投稿日：04/05/09 08:23

>>218
流石だ。

---

227 名前：Mr. 名無しさん 投稿日：04/05/09 08:24

>>218
おまえってやつは・・・(･∀･)イイ!!

228 名前：Mr. 名無しさん 投稿日：04/05/09 08:24

俺がこんなこと言える義理はないが、あえて言おう。

電車よ、エルメスを泣かせたら墓場の中の俺たちがゆるさん。
彼女を幸せにしてくれ。

231 名前：Mr. 名無しさん 投稿日：04/05/09 08:24

うんうん

(´ー`)←　良い笑顔に見えるよ　ホントに

235 名前：電車男 ◆ 4aP0TtW4HU 投稿日：04/05/09 08:25

>>220
今考えると萌え氏ねますね

244 名前：Mr. 名無しさん 投稿日：04/05/09 08:27

プリキュアってマニキュアとかの仲間か？
真剣にわからん

251 名前：Mr. 名無しさん 投稿日：04/05/09 08:28

>>244
マジレスするとアニメのタイト

266 名前：電車男 ◆ 4aP0TtW4HU 投稿日：04/05/09 08:31

なんか画面が頭に入ってこない

272 名前：Mr. 名無しさん 投稿日：04/05/09 08:32

始めてみたが、これがプリキュアか。
黒色の長い髪の子はかわいいな。

332 名前：Mr. 名無しさん 投稿日：04/05/09 08:43

···なぁ、漏れ、今起きたんだが、朝5時からなんで2スレも消費してるんだ···。
電車はプリキュア観てるし。

とりあえず、電車おめでとう。と、ほとんど読まずにレスしてみる。

---

358 名前：電車男 ◆ 4aP0TtW4HU 投稿日：04/05/09 08:47

頭に入ってこない…＿|￣|○

---

365 名前：Mr. 名無しさん 投稿日：04/05/09 08:48

> 頭に入ってこない…＿|￣|○
ま、いいんじゃねーの。
これで自動的に足を洗えるわけで (w

---

375 名前：Mr. 名無しさん 投稿日：04/05/09 08:50

なんつーか、これは…まずいだろ…。
アニメっつったらドラえもんやらドラゴンボールやら
サザエさんみたいなものだと思っていたんだけど…。

電車、見るのをやめろとは言わんが、エルメスにはバレないようにな。
さすがに引くわ、一般人は。

---

393 名前：Mr. 名無しさん 投稿日：04/05/09 08:52

いかに生粋の毒男が少ないかというのが良く分かるな。

よ　く　覚　え　と　け　、　こ　れ　が　毒　男　だ　。

そしてログもういっぺん読み返して来い。

---

416 名前：電車男 ◆ 4aP0TtW4HU 投稿日：04/05/09 08:55

その言葉を聞いたら今までの辛い思い出や苦労が
白くなるみたいになっていって、そしたら鼻がツーンとしてきて
涙と鼻水がとめどめもなくあふれ出てきた。
そのせいで
「ありがとう」
と
「ずっと一緒にいましょう」
を言おうと思ったんだけど、全然言葉にならなくて
何度も何度も上手く言おうと繰り返すけど
全然上手く言えない。

彼女が前からそっと俺の体に抱き着いてきてくれて
「大丈夫、大丈夫」
って何度も背中をさすってくれた。
必死にその辛い思いや苦労を口にしようとするも
「いjんmvぽhjｒびうwhみおhｌうぇ」
もうこんな状態…＿|￣|○
興奮しすぎてさ…

突然の爆撃再開に慌てふためく毒男達。しかも破壊力は弱まるどころか、さらに
力を増していく。

---

423 名前：Mr. 名無しさん 投稿日：04/05/09 08:56

>>416
いきなりｷﾀ────(ﾟ∀ﾟ)─(ﾟ∀ﾟ)─(ﾟ∀)─(ﾟ)─( )─(ﾟ)─(∀ﾟ)─(ﾟ∀ﾟ)────!!!!

429 名前：Mr. 名無しさん 投稿日：04/05/09 08:56

突然再開ｷﾀ──────(ﾟ∀ﾟ)──────ｯ!!!!

430 名前：Mr. 名無しさん 投稿日：04/05/09 08:56

うわっ油断してたのにいきなりッ爆撃きやがったあああああああああああ

431 名前：Mr. 名無しさん 投稿日：04/05/09 08:56

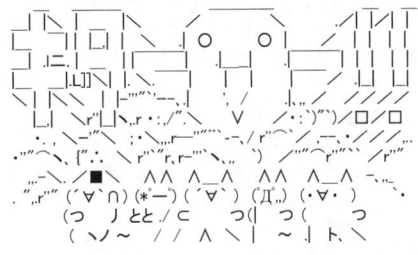

いきなり爆撃再開！！！！！！！

祝祭日で休戦状態の敵陣に艦砲射撃ぶちかますような攻撃w

突然

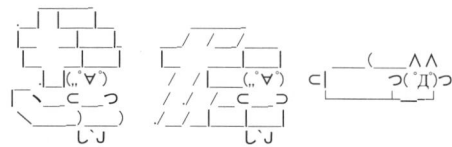

ここは真珠湾ですか

何事もなかったかのように再開する電車が好きだー！

エルメス子って、本当にいい娘なんだね。

>>416
な、泣いちゃったのかおまいも・・・。
電車やっぱかわいすぎだぞ。俺も今お前を抱きしめたい。

こんなにかわいい電車をプリキュアだけで責めるなよおまいら 。゚(´Д｀)゚。

「周りの人が見てますよw」
と彼女が言う。そうだった。両隣のベンチにもカポー満載だ…
彼女はぐちゃぐちゃになった俺の顔を撫でてくれる
「好きって言ったらもっと好きになっちゃいましたw」
と背伸びをして、俺のもみ上げあたりの部分に何度か
チュッチュッとしてくれた。一瞬時が止まったと思ったら
また勝手に目と鼻から水がだらだら漏れてくる。
それでも声を上げないように歯を食い縛ってずっと堪えてた。

「すいません。俺女の人にこんなに優しくされたこと無いから」
って言おうにも言葉にならない。
彼女は
「うん、うん」
って言いながらティッシュで俺の鼻水か涙か分からないものを
拭き取ってくれる。

それからどれくらい経ったんだろうか
ようやく顔を上げると、彼女の目が真っ赤に…
「あ…」
とか間の抜けた声出しながら、彼女の顔を眺めてた
「もらい泣きしましたw」
と言いながら、彼女は指の背で溜まった涙を拭ってた

その一撃は、火星の地表の様に乾いた毒男達の涙腺を破壊した。

---

466 名前：Mr. 名無しさん 投稿日：04/05/09 09:01

「好きって言ったらもっと好きになっちゃいましたw」

むおおおおおおおおおおおおおおおおおおおおおおおおおおおおおおお

469 名前：Mr. 名無しさん 投稿日：04/05/09 09:01

・∵・(つД`)・∵・

472 名前：Mr. 名無しさん 投稿日：04/05/09 09:02

(つД`)うわーん

477 名前：Mr. 名無しさん 投稿日：04/05/09 09:02

チューきた・・・

もういい、死　ね　る

478 名前：Mr. 名無しさん 投稿日：04/05/09 09:02

もれもおらい泣きしそうだー

479 名前：Mr. 名無しさん 投稿日：04/05/09 09:02

‥・(つД｀)・‥

480 名前：Mr. 名無しさん 投稿日：04/05/09 09:02

(つД⊂)エーン

481 名前：Mr. 名無しさん 投稿日：04/05/09 09:02

オレもお前がすきだぁぁぁぁぁぁぁぁぁぁぁぁぁぁぁぁぁぁぁぁぁぁガバッ

482 名前：Mr. 名無しさん 投稿日：04/05/09 09:02

おらキタ━━━(ﾟ∀ﾟ)━(ﾟ∀ﾟ)━(ﾟ∀)━(ﾟ)━( )━( )━(。)━(A 。)━(。A。)━━━!!!
無差別キタ━━━━━━(ﾟ∀ﾟ)━━━━━━ !!!! ｿ゛!

483 名前：Mr. 名無しさん 投稿日：04/05/09 09:02

うっわー・・・　正直きっついわー・・・
もう、俺の脳内では電車役が俺ですよ

ががあああああぁぁああ　　　　　　　　('A`) ｱｧﾝ

484 名前：Mr. 名無しさん 投稿日：04/05/09 09:03

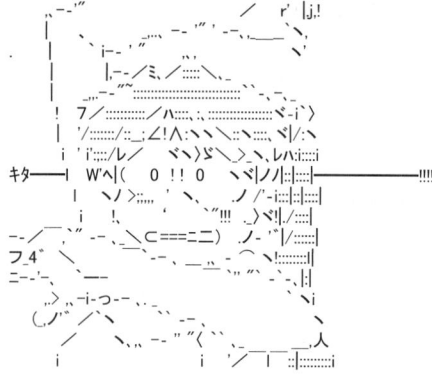

だめだ。俺ももらい泣き　うぇーーーーーん

485 名前：Mr. 名無しさん 投稿日：04/05/09 09:03

いい子だなあ、エルメスたん。
おたくでも元毒男でもいい、精一杯幸せにして、幸せになれ。

---

490 名前：Mr. 名無しさん 投稿日：04/05/09 09:04

俺独男だけど今までこんないい子に会ったこと
ないよ。やっぱり神様っているんだな。
勇気を出して、頑張った奴を見てくれているんだな。

---

498 名前：Mr. 名無しさん 投稿日：04/05/09 09:04

ｷﾀ━━━(´∀`)・ω・) ゜Д゜)´∀`)・∀・)￣ー￣)´_ゝ`)−)´∋゜)´Д`)゜−゜)━━━!!!!

リアルに涙が出てきた。

文句無くこれは１２５をはるかに上回る爆撃だ！

---

499 名前：Mr. 名無しさん 投稿日：04/05/09 09:04

「もらい泣きしましたw」

漏れも、もらい泣きしたよ。

---

500 名前：Mr. 名無しさん 投稿日：04/05/09 09:04

もうなんでもいいべ。何が趣味だろうがそんなん関係ねえ。
事実はそこに好き合ってる二人がいるだけでねえか。

オレも鼻水かなんかわからない液状のものを拭いてほしいぜ！

---

511 名前：Mr. 名無しさん 投稿日：04/05/09 09:06

>> 電車
それは一体何時ごろなんだヨ

---

518 名前：Mr. 名無しさん 投稿日：04/05/09 09:07

俺も涙がでてきた。電車の不安な気持ちも、これまでの
人生もきっとこれからのエルメスとの幸せの為だったのかなって
思えるよ。

---

520 名前：Mr. 名無しさん 投稿日：04/05/09 09:08

> 「すいません。俺女の人にこんなに優しくされたこと無いから」
> って言おうにも言葉にならない。
> 彼女は
> 「うん、うん」
> って言いながらティッシュで俺の鼻水か涙か分からないものを
> 拭き取ってくれる。

ここ最高。
電車の生き様が暖かく包まれた瞬間だな。

---

529 名前：電車男 ◆ 4aP0TtW4HU 投稿日：04/05/09 09:09

>>511
正直、分からないですね。公園に着いたのは 22 時前だったかな…

あー思いだし泣きしそう

---

557 名前：電車男 ◆ 4aP0TtW4HU 投稿日：04/05/09 09:11

まだ続きありまますので

---

559 名前：Mr. 名無しさん 投稿日：04/05/09 09:11

でもこの 2 人、まじで結婚しそう。
こういうお互いを大事にするカプーは、長続きすると思う。

俺の脳内予想だが ('A`) ハニムー

---

565 名前：Mr. 名無しさん 投稿日：04/05/09 09:12

>>557
きたきたきたきたああああ

---

566 名前：Mr. 名無しさん 投稿日：04/05/09 09:12

やばい、耳から液が出てきた

---

568 名前：Mr. 名無しさん 投稿日：04/05/09 09:12

予 告 で す よ お ま い ら ！ ？

---

573 名前：Mr. 名無しさん 投稿日：04/05/09 09:12

おまえら今のうちにもっと塹壕を！！！
弾幕チェック汁！！
ついに来ますよ水爆クラスの最終兵器がァ！！

---

595 名前：Mr. 名無しさん 投稿日：04/05/09 09:15

俺地方在住だからよくわからんが、
東京近郊にはこんなに純な女がいるのか？

---

601 名前：Mr. 名無しさん 投稿日：04/05/09 09:17

>>595
純というか大人なんだ。

---

605 名前：Mr. 名無しさん 投稿日：04/05/09 09:17

かわいくて純でおねえさん気質で・・・

(;´Д`)いるのか？まだいるのか？俺に割り当てがくるぐらいまだ残ってるのか？
エルメスが最後の一人じゃないのか？うううううう

---

609 名前：電車男 ◆4aP0TtW4HU 投稿日：04/05/09 09:18

メールキタ━━━━━━(ﾟ∀ﾟ)━━━━━━!!!
起きるのはやっ！

少々お待ちを
とりあえず一段落させますので

---

645 名前：Mr. 名無しさん 投稿日：04/05/09 09:25

> ようやく顔を上げると、彼女の目が真っ赤に…
> 「あ…」
> とか間の抜けた声出しながら、彼女の顔を眺めてた

このくだりが電車らしくて好きだな。

---

678 名前：電車男 ◆4aP0TtW4HU 投稿日：04/05/09 09:32

「昨日の事ばかり思い出しちゃいますね（笑）」

---

682 名前：Mr. 名無しさん 投稿日：04/05/09 09:33

何を思い出すんだあああ

_|￣|............○

---

687 名前：Mr. 名無しさん 投稿日：04/05/09 09:33

ギャアアアアアアアアアア!!

俺の腕がっ、腕が——ッ！！

---

700 名前：Mr. 名無しさん 投稿日：04/05/09 09:35

絨毯爆撃からピンポイント爆撃へ。そして一撃必殺の狙撃へ・・・

---

733 名前：電車男 ◆ 4aP0TtW4HU 投稿日：04/05/09 09:42

二人とも落ち付いたところで公園から出る事に
車まで戻ると、彼女が
「こっちでお話しませんか？」
と後部座席の方へ。

ここである異変に気付く。何時の間にかコンタクトが
片方取れて無くなってた。
「ア、コンタクト片方無い…」
と呟くと彼女が
「大変、探しに行かないと」
と車を出ようとするが、俺のは使い捨てなのでおkと引き止める
片方だけコンタクトしてると返って変なのでもう片方も外す。
「ははは…なんにも見えないや…」
と言うと
「私の顔も見えませんか？」
と言って俺の方にぐっと寄ってくる。
俺、見えてるのに
「見、見えないです…」
と呟くと
俺の首に手を回して鼻息がかかるくらい接近してきた
「これで見える？」
俺は黙ってうなずくしかなかった

---

736 名前：Mr. 名無しさん 投稿日：04/05/09 09:43

キタ————————(ﾟ∀ﾟ)———————— !!

---

737 名前：Mr. 名無しさん 投稿日：04/05/09 09:43

> 俺の首に手を回して鼻息がかかるくらい接近してきた

> 俺の首に手を回して鼻息がかかるくらい接近してきた
> 俺の首に手を回して鼻息がかかるくらい接近してきた
> 俺の首に手を回して鼻息がかかるくらい接近してきた

---

738 名前：Mr. 名無しさん 投稿日：04/05/09 09:43

もぎゃーーーー

---

739 名前：Mr. 名無しさん 投稿日：04/05/09 09:43

誰か一思いにバッサリ殺ってくれ！！

---

741 名前：Mr. 名無しさん 投稿日：04/05/09 09:43

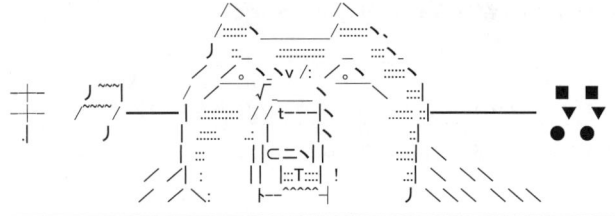

---

753 名前：Mr. 名無しさん 投稿日：04/05/09 09:44

ひえーーーーー　とどめの一撃が来るぞ、来るぞ、退避、退避！

---

808 名前：Mr. 名無しさん 投稿日：04/05/09 09:53

プライベート・ライアンを思い出すな。
上陸した矢先から銃撃を浴びて倒れる毒男達。
砲撃・銃撃の嵐の中、次々と血を流し倒れる毒男多数。
飛び交う「メディーック！！」の叫び声。

ヴェノア

---

861 名前：電車男 ◆ 4aP0TtW4HU 投稿日：04/05/09 10:01

その密着状態でどれくらいの時間が経ったのか
俺も彼女も言葉が出ないままだ…
っていうか俺の腕になんか柔らかいの思いっきり当たってるんですが…
しばらくして彼女の指が俺の唇を撫で始める。
俺は思わず

「くすぐったいですよw」
と吹き出してしまった…。しかし、そんなのはお構い無しに
「今度は電車さんから…ね？」
と目を瞑る

俺の心境
ﾓｯ━━━━(´∀`)･ω･) ﾟДﾟ)´∀`)･∀･)￣ー￣)´_ゝ`)─)´ゝ)─)´∀`)´ー`)━━━━!!!!

俺は、彼女の髪をどけて、耳の前辺りにそっと口付けたが…
「きゃっ」
っと彼女が身をすくませる。俺もビックリ
「そっちじゃないですよw」
と思いっきり笑われてしまった…＿|￣|○

---

865 名前：Mr. 名無しさん 投稿日：04/05/09 10:01

> っていうか俺の腕になんか柔らかいの思いっきり当たってるんですが…
> っていうか俺の腕になんか柔らかいの思いっきり当たってるんですが…
> っていうか俺の腕になんか柔らかいの思いっきり当たってるんですが…

---

872 名前：Mr. 名無しさん 投稿日：04/05/09 10:02

>>861
「そっちじゃないですよw」

ﾊｧ━━━━ :´Д` ━━━━ﾝ

---

880 名前：Mr. 名無しさん 投稿日：04/05/09 10:03

緊急退避、緊急退避・・・着弾

---

886 名前：Mr. 名無しさん 投稿日：04/05/09 10:04

俺は、彼女の髪をどけて、耳の前辺りにそっと口付けたが…
「きゃっ」
っと彼女が身をすくませる。俺もビックリ
「そっちじゃないですよw」

キスどこか　たのむ

---

889 名前：Mr. 名無しさん 投稿日：04/05/09 10:04

メーディィィィィィィィッッック !!!!!!

893 名前：Mr. 名無しさん 投稿日：04/05/09 10:05

>>886
どこかで久々にワロタ

903 名前：電車男 ◆4aP0TtW4HU 投稿日：04/05/09 10:07

いや、本人にも言ったんですが、さっき俺がしてもらった場所が
耳の前辺りだったんで、俺もそこにすれば良いのかと思って…ヘ(゚Д゚)ノ

939 名前：Mr. 名無しさん 投稿日：04/05/09 10:14

でんしゃあああああああ
ここでインターバル置くのは殺生やああああああ
逝かせてくれー思いにィィィィィィィ

24 名前：電車男 ◆4aP0TtW4HU 投稿日：04/05/09 10:24

「ここですよw」
と笑いながら彼女が俺の唇に人差し指を当てる。
「もうムードも何も無いですねw」
と俺も一緒に笑う。
「そうですねw」
と彼女も笑う。

少しして落ち付くと
「はい、どうぞw」
と改めて目を閉じる。
「それじゃ行きます…」
と深呼吸して、そっと唇を付けました。
多分2、3秒くらいでしょうか…
世界にこんなに柔らかい物があったなんてと思いました。
離れると、暫く見詰め合う…というかもう凝視に近いものがありました。
彼女の黒目に俺が映ってるのが分かったくらいに。

そして、糸が切れた様に彼女が

「あぁ、もう本当に愛しい」
と小声で囁いて、何度も口付けてくる。
俺の方からもお返しとばかりに口付ける

28 名前：Mr. 名無しさん 投稿日：04/05/09 10:25

キタ━━━━(´∀`)・ω・)゚Д゚)・∀・)￣ー￣)´_ゝ`)━━━━!!!!

30 名前：Mr. 名無しさん 投稿日：04/05/09 10:25

```
>>24
              *  .※ ☆ ※ ※.  *
           *  ※ ☆ ※ ☆ ※ ※
        *  ※ ☆ ※ ☆ ※ ☆ ※ *
       *  ※ ☆ ※ ☆ ※ ☆ ※ ☆ ※
      *  ※ ☆ ※ ☆ ※ ☆ ※ ☆ ※ *
     * ※ ☆ ※ ☆ ※   .※ ☆ ※ ☆ ※
    * ※ ☆ ※ ☆ ※ ※   ☆ ※ ☆ ※ ☆ ※
    * ※キタ━━━━(゜∀゜)━━━━━ !!!※ *
    * ※ ☆ ※ ☆ ※      ☆ ※ ☆ ※ ☆ ※
    * ※ ☆ ※ ☆ ※ ※    ☆ ※ ☆ ※ ☆ ※
     * ※ ☆ ※ ☆ ※ ☆ ※ ☆ ※ ☆ ※
      *  ※ ☆ ※ ☆ ※ ☆ ※ ☆ ※ *
       *  ※ ☆ ※ ☆ ※ ☆ ※ ☆ ※
        *  ※ ☆ ※ ☆ ※ ☆ ※ *
           *  ※ ☆ ※ ☆ ※ ※
              *  .※ ☆ ※ ※.  *
                   *   *
```

39 名前：Mr. 名無しさん 投稿日：04/05/09 10:26

```
本日二度目の
         ＼キタ━━━━━━!!! ／／::::::．＼
 ―でお待ち下さ＼  ＼●ノ＼●ノ   ／／ ／ ::＿  ::::::::::::::
        ∧_∧(＼へ■  ▼へ／ ／ ／::::::  ＼v ＼::::｜
ち下さい( ゜∀゜)  ＼ ＞ ＜ ／ ／  ／ ::::::::: ／／t―‐‐l
 ∧_∧( つ つ ＼ ／／／━━｜ ::::::::  l／:::::::＼::::l
( ゜∀゜)そのままキター＜ 激 ＞ ｜ :::::::  ｜l⊂＝＼l
( つ つ      ＜ し ＞  ｜ :::   ｜l⊂＝＼l
そのままキターでお待ち ＜ ＜ ＞／／｜：   ｜l ｜::T:::l
           ━━━＜ キ ＞━━━━━
キタ━━━━(゜∀゜)━━ ＜ タ ＞ ┏━━┓  ┏┳┳┓
キタ━━━━(゜∀゜)━━ ＜ ｜ ＞ ┏━┛  ┃┃┃┃
キタ━(゜∀゜)(゜∀゜)(゜∀゜)＜ !!! ＞ ┗┓  ┏━┛┃┃┃
キタ━━━━(゜∀゜)━／∨∨∨＼ ┏━┛  ┗━┓┃┃┃
キタ━(゜∀゜)(゜∀゜)／ .∧_∧  ＼━ ┗━━━━┓┃┗┛
キタ━(゜∀゜)(゜∀゜)(／ (゜∀゜)━ (゜∀゜)   ┃┃
キタ━━━━(／―U―  U―U―  U   ┃┃
キタ━━━━ ／｜ しばし キタ━━(゜∀゜)━!!!    ┗┛
```

44 名前：Mr. 名無しさん 投稿日：04/05/09 10:26

```
キタ━━━━━(゜∀゜)━━━━━ !!!!
キタ━━(゜∀゜)━(゜∀゜)━( ゜∀)━(  ゜)━(  )━(  )━(。  )━(A 。)━(。A。)━━━!!!
キタ━━(゜∀゜)━( ゜∀゜)━( ゜∀)━(  ゜)━(  )━(  )━(。  )━(A 。)━(。A。)━
━!!!
キタ━(´_ゝ`)(´_ゝ`)━・)゜∀゜ミ :::::)´A`)´ー`)・ω・`)`Д´)O皿O)´∀`)・(I・)━!!!!
曲・げ・て・キタ━━━━━━(゜∀゜)━━━━━━!!!!
```

54 名前：Mr. 名無しさん 投稿日：04/05/09 10:26

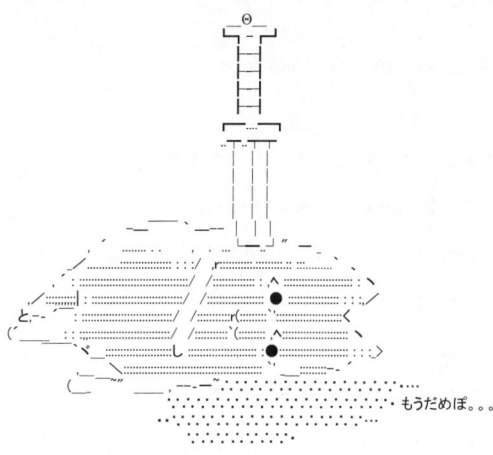

69 名前：Mr. 名無しさん 投稿日：04/05/09 10:28

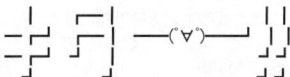

もう本気でスレ住民殲滅する気だな、、、　俺、　もうだめ・・・

34 名前：電車男 ◆4aP0TtW4HU 投稿日：04/05/09 10:25

体力の限界！

一旦寝ます。再開は今日銃に

ノシ

毒男達は完膚なきまでに叩きのめされた。電車男が去り、スレにはつかの間の静寂が訪れる。

61 名前：Mr. 名無しさん 投稿日：04/05/09 10:27

一旦解散か…

---

91 名前：Mr. 名無しさん 投稿日：04/05/09 10:31

よし、俺は寝る！　今夜また会おう！！

最終兵器の直撃を食らって、鬱になるエンディングまで間近だぜ・・・

---

92 名前：Mr. 名無しさん 投稿日：04/05/09 10:31

エルメスはいつ頃から電車のこと好きになったんだろうな。

---

108 名前：Mr. 名無しさん 投稿日：04/05/09 10:35

「愛しい」っていう日本語、本当に美しいな・・・

---

109 名前：Mr. 名無しさん 投稿日：04/05/09 10:35

ステルス化された爆撃機になったな
警報も間に合わず、ただただ壊滅させられるのみ

まあ、今から寝るんだし、大体早くて４～６時間後ぐらいだろ
気が昂ぶってあまり寝れないと読むので、４時間後位に爆撃再開と見た

---

111 名前：Mr. 名無しさん 投稿日：04/05/09 10:35

>>102
いや電車はよく頑張ったよ
デートから帰って来て一睡もせずここに爆撃してたんだぜ？

徹夜でそれを受けとめてた俺も俺だが電車は立派だったよ

---

134 名前：Mr. 名無しさん 投稿日：04/05/09 10:50

電車の鬱は、ただの鬱ではなく激しい自己嫌悪を伴う鬱
これは本当にキツい

俺、今までになにやってたんだろな…

---

158 名前：Mr. 名無しさん 投稿日：04/05/09 11:10

そういや電車の初報告に対して

みんながみんな行け行け派だったな…
毒男ならではのヤケになってる分を加味しても
冷めた否定意見で電車が怖気づかなくて良かったよ
一番消極的なのが電車だったからこそだがw

160 名前：Mr. 名無しさん 投稿日：04/05/09 11:15

最初はこんな凄い爆撃機に育つとは思ってなかったなあ。
人助けの報告で「俺裏切るかも」とか言われても
「そりゃ気が早いんじゃね？」とか思ってた。

世の中こういうドラマティックなこともあるんだねえ。

180 名前：Mr. 名無しさん 投稿日：04/05/09 11:48

エルメス、ちょっと子どもっぽい女の子なところもあるけど
駐車場の料金をちゃんと払ったり、仕事してるだけあって
大人の女の部分も持ってて、すごくイイ子な気がする
電車とは出会うべくして出会った・・・運命としか思えない。

電車おめでとう。
告白の時に泣くんじゃねかと思ってたら本当に泣いたな（w
その電車の嬉しさをちゃんと受け止めて、また喜んでくれるエルメスで良かったな！
喜びは二人でわかちあうと倍になるらしいという伝説は本当だったんだな・・・
泣けて来た

197 名前：Mr. 名無しさん 投稿日：04/05/09 12:15

辺りが静かになった。
さっきまでの激しい空爆が嘘のような静寂の中、生き残った兵士達が
その幸福を称えている。爆撃が始まったのは早朝だっただろうか。
それすらも遠い記憶になってしまった。
しかし、見渡せば一面の骸の山。
飛び散った手足指髪首目玉…。なんという破壊力。
わずかに生き残った者のダメージもすさまじい。
虚空に向け、すでに弾が切れたM92を撃ち続ける毒男兵が俺のすぐ横にいる。
うわ言のようにキターを呟きながら。まばたきもせずに。満面の笑みを浮かべて。
撃鉄のカチッという音がむなしく戦場に響き続けるのを、ただ聞いていた。
銃口の先は、アレが飛び去っていった方角だ。

アレは言った。「再開は今日銃に」
何も考えられない。ただ、爆音の残響が頭蓋骨を今なお揺さぶっている。
アレは約束通りあと数時間で攻撃を始めるだろう。
司令部も壊滅か。

だが…俺は…まだ動ける…。最後まで…

---

201 名前：Mr. 名無しさん 投稿日：04/05/09 12:20

オイラもやっと追いついた・・。ってか一晩でいくつスレ消費したんだw
遅ればせながら、電車ｸﾞおめでとう。本当に良かった。
自分の事のように嬉しいよ。もらい泣きしたよ。
えぇぃあ〜君からもらい泣きですよ。末永くお幸せに！！！

---

205 名前：Mr. 名無しさん 投稿日：04/05/09 12:26

ほんの些細なきっかけと
大きな勇気と
ちょっとしたお節介
そして電車の頑張りと成長が
今の奇跡を生んだのだね。

いつまでも大切にしてあげるんだよ。

---

264 名前：電車男 ◆ 4aP0TtW4HU 投稿日：04/05/09 13:49

さっき起きました。なんか今日蒸し暑いですね。
激しく寝苦しかったです。疲れ全然取れない…

んで、起きてみると萌えメールが何通か届いてました。
これがｶﾎﾟﾙのやりとりというものなのか…(´一｀)

ＰＣ、ネットの設定ですが殆ど彼女一人でなんとかなったそうです(´･ω･`)
男を上げるチャンスだったのに…

声を聞きたいそうなので聞かせてきます

ﾉｼ

---

266 名前：Mr. 名無しさん 投稿日：04/05/09 13:49

ｷﾀーーーーーーー！！！！！！！！

---

277 名前：Mr. 名無しさん 投稿日：04/05/09 13:52

はじめてのリアルタイム電車男遭遇だ……どうしよう、俺ドキドキしてる。

---

278 名前：Mr. 名無しさん 投稿日：04/05/09 13:52

珈琲とアメリカンスピリット二箱。
準備完了。
死出の旅の前の一服なり。

---

283 名前：Mr. 名無しさん 投稿日：04/05/09 13:57

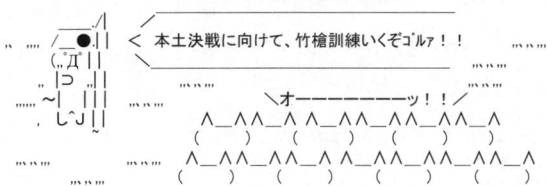

自主防衛せねば・・・

---

301 名前：電車男 ◆ 4aP0TtW4HU 投稿日：04/05/09 14:08

毎日が日曜日になっちゃえば良いのに

---

302 名前：Mr. 名無しさん 投稿日：04/05/09 14:09

毎日が日曜日ｷﾀｰ

---

334 名前：Mr. 名無しさん 投稿日：04/05/09 14:17

おまいら、とりあえず武装しる！
これ使え YO ！

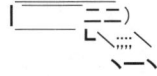

〔5万円〕

337 名前：Mr. 名無しさん 投稿日：04/05/09 14:19

>>334
ドライヤーか？

---

341 名前：Mr. 名無しさん 投稿日：04/05/09 14:19

昨晩４時にくたばってようやく追いついた仕事中の俺がやって参りました

電車氏、おめでとうございます。
ずっと見守ってきたオマイさんがついに旅立つんですね。
ドラマみたいな展開で、祝福したい気持ちになったり鬱になったり
色々な感情が湧き上がってましたw
エルメスタンを大切にしてあげてください。
でもとりあえずこれだけは言わせて下さい。

オントゥルルラギッタンディスカー!!

ということでカッポー板でさっさとのろけレス連投しやがれ！
鬱コピペの材料にしてや(ry

by コ（中略）男

---

399 名前：電車男 ◆ 4aP0TtW4HU 投稿日：04/05/09 14:52

長くなり祖

---

400 名前：Mr. 名無しさん 投稿日：04/05/09 14:53

>>399
いいいいよよおよ
ゆゆゆｙくくくｋｓりいしｒしいしろろろよよおよよよ

---

409 名前：Mr. 名無しさん 投稿日：04/05/09 14:55

でも、ここにいた２ヶ月、本当に楽しかったよ。
周りの友達よりも、お前らとの一体感、団結力の方が
あった気がするよ。きっと、生きている限り記憶は
薄れていくだろうし、いつかは中の人のサイトも無くなって
しまうだろうけど、ここであった事を、俺は忘れたくはないよ。

---

413 名前：Mr. 名無しさん 投稿日：04/05/09 14:56

援軍が到着しました。決戦の準備は万端です！

```
　＼ＭＭＭＭＭ／　　　　ﾄﾞﾄﾞﾄﾞﾄﾞﾄﾞﾄﾞﾄﾞﾄﾞﾄﾞ……
　≫　　　　　≪Ｏ　ー　Ｏ　ー　Ｏ　ー　Ｏ　ー　Ｏ　ー　Ｏ
　≫　棒　　　≪个ヘ　个ヘ　个ヘ　个ヘ　个ヘ　个ヘ　个ヘ
　≫　人　　　≪ヘ　Ｏ　ヘ　Ｏ　ヘ　Ｏ　ヘ　Ｏ　ヘ　Ｏ　ヘ
　≫　出間　　≪个ヘ　个ヘ　个ヘ　个ヘ　个ヘ　个ヘ　个ヘ
　≫　動軍　　≪Ｏ　ヘ　Ｏ　ヘ　Ｏ　ヘ　Ｏ　ヘ　Ｏ　ヘ　Ｏ
　≫　!!!!　　≪个ヘ　个ヘ　个ヘ　个ヘ　个ヘ　个ヘ　个ヘ
　／ＷＷＷＷＷ＼≪ヘ　Ｏ　ヘ　Ｏ　ヘ　Ｏ　ヘ　Ｏ　ヘ　Ｏ　ヘ
　　　　　　／.个ヘ　个ヘ　个ヘ　个ヘ　个ヘ　个ヘ　个ヘ
　　／＝＝／　ヘ　Ｏ　ヘ　Ｏ　ヘ　Ｏ　ヘ　Ｏ　ヘ　Ｏ　ヘ
　／＿／　.个ヘ　个ヘ　个ヘ　个ヘ　个ヘ　个ヘ　个ヘ
　／Ｏ／　ヘ　Ｏ　ヘ　Ｏ　ヘ　Ｏ　ヘ　Ｏ　ヘ　Ｏ　ヘ
　／个＼　.个ヘ　个ヘ　个ヘ　个ヘ　个ヘ　个ヘ　个ヘ
　　　／＝＝／ヘ　Ｏ　ヘ　Ｏ　ヘ　Ｏ　ヘ　Ｏ　ヘ　Ｏ　ヘ
　　／＿／.个ヘ　个ヘ　个ヘ　个ヘ　个ヘ　个ヘ　个ヘ
　／Ｏ／ヘ　Ｏ　ヘ　Ｏ　ヘ　Ｏ　ヘ　Ｏ　ヘ　Ｏ　ヘ
　／个＼
　　／个＼
　／个＼
```

---

461 名前：Mr. 名無しさん 投稿日：04/05/09 15:23

俺　昨日の朝からおきてて今32時間半を過ぎた。
リアル爆撃にもなんとか耐え忍んだ。
起きてからの経過時間をちょくちょく書きこませてもらっている。
このスレは電車の歴史でもあり、俺の歴史でもある。
まぁ　強引だけどそういう事にしておいてくれ。
今寝ると夜寝れなくなるから　まだまだ寝ねぇけどさ。

んじゃカレー食ってくる　　　ノシ

---

476 名前：電車男 ◆4aP0TtW4HU 投稿日：04/05/09 15:34

通話終了

俺幸せだよ

---

483 名前：Mr. 名無しさん 投稿日：04/05/09 15:35

そっか・・・幸せか・・。良かった・・良かったよ・・。

(｀A´) ヴェノア

---

484 名前：Mr. 名無しさん 投稿日：04/05/09 15:35

---

487 名前：電車男 ◆ 4aP0TtW4HU 投稿日：04/05/09 15:36

お待たせしました。朝の続きからでいいんでしたっけ？

---

489 名前：Mr. 名無しさん 投稿日：04/05/09 15:36

オゥ
ばっちこーい

---

533 名前：電車男 ◆ 4aP0TtW4HU 投稿日：04/05/09 15:47

２、３分くらいはずっとキスを繰り返してたと思う。
少し経って落ち付くと俺は
「未だに信じられない。夢なんじゃないかと思う」
と言うと、彼女は両手で俺の頬を摘んでぎゅうぎゅう引っ張った
「夢じゃないでしょ？」
「いはくはいけどゆへやない…」
本当は「痛くないけど夢じゃない」って言おうと思ったんだけど
頬引っ張られてるから変な発音になってしまう。
それを見て、彼女は堪らず笑い出す。
俺も釣られて笑う。

ようやく落ちついたところで
今まで話せなかった事を話す
どうして、互いに好きになったのかとか
その時考えていたことなど。
話しても話しても話題が尽きる事は無かった

---

539 名前：Mr. 名無しさん 投稿日：04/05/09 15:48

---

540 名前：Mr. 名無しさん 投稿日：04/05/09 15:49

敬語じゃなくなってる・・・

543 名前：Mr. 名無しさん 投稿日：04/05/09 15:49

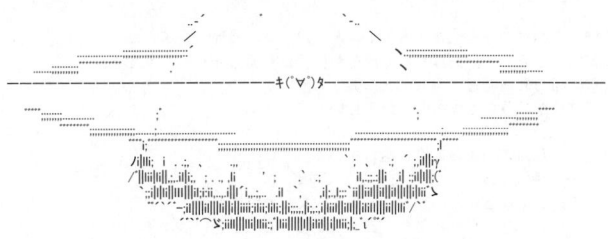

544 名前：Mr. 名無しさん 投稿日：04/05/09 15:49

> 彼女は両手で俺の頬を摘んでぎゅうぎゅう引っ張った

リアルでこんなことあるんですか？(´A`)

555 名前：Mr. 名無しさん 投稿日：04/05/09 15:51

初リアル爆撃！！頑張って生き延びてみせます…(ﾟДﾟ;)ゞ

558 名前：Mr. 名無しさん 投稿日：04/05/09 15:52

>>555
がんがれ新兵～

586 名前：Mr. 名無しさん 投稿日：04/05/09 16:00

オレ初めてだよ
一日中2ch見てるのなんて

589 名前：Mr. 名無しさん 投稿日：04/05/09 16:01

戦闘開始からもうすぐ12時間か・・そろそろ・・限界だな

601 名前：電車男 ◆ 4aP0TtW4HU 投稿日：04/05/09 16:04

彼女は最初の車内の事件の時ではまだ
俺の事を好きになったという自覚は無かったそうな
「今思うと惹かれてたんだなぁ」とは言っていましたが。
あの事件の当日も「今時、勇敢な人もいるんだなぁ」くらいの
程度だったらしいです。エルメスのカップも本当に安く

手に入って、お礼には丁度良いかなと
思ってくれたそうです。

電話もその日のうちにかかってくるとは思っていなかったそうな
俺がすごく喜んでいたみたいで、それはすごく嬉しかったそうです。
食事に誘われた時も、それほど意識はしていなくて
一回きりだろうなと思っていたらしいです。

その1回目の時の食事で俺と話しているうちに
「もう一度話したい」と思ったらしいです。
そこで好きになったという訳では無く、なんか波長が合った
とかそういうものだったとか。安心して話せる相手というか

それで、俺の事を周りの人間に話していて
二回目の食事の時の友人に
「あなた、その人の事好きでしょ？」
と言われて自覚したそうな。
それを確かめるべく、その友人が二回目の食事の時に
来たということです。

車内の会話全部書いてたらキリ無いかも…

---

603 名前：Mr. 名無しさん 投稿日：04/05/09 16:04

```
                        Λ∞Λ     ＜ みんな安心しろ！！！
            = 厂卍＼≡冂(|´－`)つ  ))
            = 〔∈∋、＿＿＿＋∪＿＿＿ ‖≫
            =   ♂      －－＝ニつ＝´((
                      Λ∞Λ
     = 厂卍＼≡＼(|´－`)、  ))
    = 〔|∈∋、＿＿＿∪＿＿＿‖≫
      =  ♂   ¬∠ニ＼＝″((
              ＜ъ
                     √∞Λ      ＜ 航空戦力援護に来たぞ！！
            = 厂卍＼≡冂(|´－`)つ  ))
            = 〔∈∋、＿＿＿＋∪＿＿＿ ‖≫
            =   ♂      －－＝ニつ＝´((
                      Λ∞Λ
     = 厂卍＼≡＼(|´－`)、  ))
    = 〔|∈∋、＿＿＿∪＿＿＿‖≫
      =  ♂   ¬∠ニ＼＝″((
              ＜ъ
                        Λ∞Λ      ＜ 攻撃隊は後に続け～！
            = 厂卍＼≡冂(|´－`)、  ))
            = 〔∈∋、＿＿＿＋∪＿＿＿ ‖≫
            =   ♂      －－＝ニつ＝´((
                      Λ∞Λ
     = 厂卍＼≡＼(|´－`)、  ))
    = 〔|∈∋、＿＿＿∪＿＿＿‖≫
      =  ♂   ¬∠ニ＼＝″((
              ＜ъ
```

609 名前：Mr. 名無しさん 投稿日：04/05/09 16:05

電車わかった。ひとつだけ答えてくれ。

俺 た ち は 役 に た っ た の か ？

---

610 名前：Mr. 名無しさん 投稿日：04/05/09 16:05

> 二回目の食事の時の友人に
> 「あなた、その人の事好きでしょ？」
> と言われて自覚したそうな。

友人＝神

---

615 名前：Mr. 名無しさん 投稿日：04/05/09 16:07

```
               ｜司令部炎上中｜
 `)）                                          ジ
   （ ）              ∧              ジ ャ
   （ ）             〈＾〉   （ ＾ ＾）    ャ ン
ウーウー.（ .人     ／＾＼ ／＼（ ＂ ＾）／ ン
   人／  丶  ＿＿＿]皿皿[-∧（ ＾ ＂＂ ）    !!
 （（ ）（ ）)三三三∧／＼｣,｣「｣,,!（ ＂ ）  )
 ｜ ￣田 田／ ￣.Ⅱ.「｜「｜''｜｜
/__,｜==／＼＝ハ    ｜「ガシャーン「「｜ *    +
/｜ロロ厂 ̄__｜｜  田 「「Σ田 田 「「[[ *
‖.ロ 口,/｜｜⌒l.⌒l.｜ ｜「 ｜      ｜「ミミミミ ++*:
    λワー∧     λワー    λワー
 .λワー  ‖   λワー    λワー
```

---

617 名前：電車男 ◆ 4aP0TtW4HU 投稿日：04/05/09 16:07

車内の会話こんなもんでいいですかね？
二時間は話してたので…

---

618 名前：Mr. 名無しさん 投稿日：04/05/09 16:07

やはり友人は見立て役だったんだ！　そういう伏線だったのか！

---

620 名前：Mr. 名無しさん 投稿日：04/05/09 16:07

おまいら、今こそ武装しる！
これ使え YO！

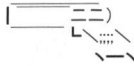

〔15万円〕

---

624 名前：Mr. 名無しさん 投稿日：04/05/09 16:08

値上がりしてるなｗ

---

634 名前：Mr. 名無しさん 投稿日：04/05/09 16:09

神は電車のじじいと、カップのブランド聞いた奴と、電話しろって言った奴だろう。

あれだ。キリストが生まれたときに三人の賢者が気づいてやってきたようなもんだな。

---

640 名前：電車男 ◆ 4aP0TtW4HU 投稿日：04/05/09 16:10

えと、じゃあ次行きます

---

641 名前：Mr. 名無しさん 投稿日：04/05/09 16:10

いかん、エルメスタン可愛杉……(*´Д`)
電車よぉ、言われるまでも無いことだろうけど、彼女の手、絶対離すんじゃねーぞぉ！
万が一にも、おまいが原因で二人の関係が壊れることがあろうものなら、おまい、万死に価すんぞ！
前にも誰か書いてたけど、常に彼女への感謝と敬意の心を忘れずにな！
幸せになりやがれコンチクショー!!(´一`)

---

643 名前：Mr. 名無しさん 投稿日：04/05/09 16:11

　　127 名前：Mr. 名無しさん 投稿日：04/03/16 22:37

　　おい、やっぱりこのカップには意味があるぞ！！！！！

って勘違いして煽った人らもちょっと神

---

686 名前：電車男 ◆ 4aP0TtW4HU 投稿日：04/05/09 16:21

二時間も話しているとさすがに疲れてきた

しばらくの間、沈黙していた…
「どこか行きますか？」
と彼女がその沈黙を破る
俺もそうですねと相槌を打つ
「どこ行きましょうか？」
と聞かれても、この時間に開いているところってどこだ？
俺はもしやと思ったが落ち付いて
「ファミレスとかって行きますか？」
と問う。
「そういえば、お腹空きましたねw」
と彼女は笑って同意してくれた。

それじゃーと彼女が前の座席に移動しようと
するところで俺は
「もう一回」
そう言って腕を掴んで引き止めた
軽く触れるくらいのクスをしただけだけど
彼女の方から
「もうちょっと」
と言って、3、4回軽くしてくれた。
で、最後に口紅を拭き取ってくれた

---

693 名前：Mr. 名無しさん 投稿日：04/05/09 16:22

ハァ──────：´Д`──────ッ

---

694 名前：Mr. 名無しさん 投稿日：04/05/09 16:22

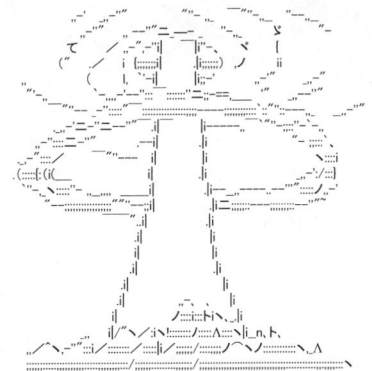

695 名前：Mr. 名無しさん 投稿日：04/05/09 16:22

軽く触れるくらいのクスをしただけだけど

> クス？

705 名前：電車男 ◆ 4aP0TtW4HU 投稿日：04/05/09 16:23

クスじゃないよ…＿|￣|○
チューです接吻です＼(ﾟДﾟ)ノ ｳﾜｧｧﾝ

793 名前：電車男 ◆ 4aP0TtW4HU 投稿日：04/05/09 16:37

ここで地元まで帰る。そこの近くのファミレスで
食事を取ることになった。彼女曰く「すごい久し振り」だそうな…

…で、運転中の萌え台紙
「運転中は離れてて寂しーよー」

ってほんの数十ﾋﾞｮｳなんですけどね…(´ー｀)
なので信号待ちの間だけ手繋いでました。

ようやく地元まで着き、ファミレスに入る
そこで彼女は速攻で化粧直しにトイレに駆け込む
明るいとメイク崩れまくりがバレるからだそうな
別にそんなのどうでもいいのに…(´ー｀)

彼女が戻ってくるのを心待ちにしながら
メニューを眺めるも食欲がいまいち湧かない
彼女に決めてもらうことにした。

15分ほどして彼女が戻ってくると
「俺の分も選んでくれますか？」
と頼む。
そしたら和食セットを頼んでくれました。
食欲の湧かない俺にジャストミートしてびっくりしました。

827 名前：Mr. 名無しさん 投稿日：04/05/09 16:43

> なので信号待ちの間だけ手繋いでました。

またデジャヴですよ！
電車は確実に神への階段を上っておりますね

832 名前：Mr. 名無しさん 投稿日：04/05/09 16:45

おまいら、さっさと武装しる！
これ使え YO ！

```
| ‾‾‾‾ニニ)
   L\ ::::\
        \一\
```

〔35万円〕

---

856 名前：Mr. 名無しさん 投稿日：04/05/09 16:51

次にでかい爆弾が来ます！！

---

876 名前：Mr. 名無しさん 投稿日：04/05/09 16:55

そろそろ終焉だな。
此処まで来ると心が澄んでくるよ。

漏れは例によってヤク漬けの香具師だが、明日病院に行ったら
「ちょっと心が楽になる事がありました」
って云おう。

電車と、そして今まで一緒に戦ってきた戦友たちとお別れなのは
ちと寂しいがな。

ヽ(・∀・)ノ 2chデ キモイ コト イッチャッタ

---

913 名前：電車男 ◆ 4aP0TtW4HU 投稿日：04/05/09 17:02

次でラストですね

最期の時が迫っていた。

874 名前：731 こと電車男 投稿日：04/03/16 21:31
　　手が動かないんじゃー！ヽ(゜д゜)ノ ウワァァン
614 名前：731 こと電車男 投稿日：04/03/17 23:00
　　めしどこか　たのむ
364 名前：電車男 ◆ SgHguKHEFY 投稿日：04/03/27 23:49
　　本当におめかししてきましたよこの人…
775 名前：電車男 ◆ SgHguKHEFY 投稿日：04/04/23 23:39

なんというか、次会う時が決戦になることは必至です

長いようで短かった2ヶ月間が、次の一撃で終わる。

---

917 名前：Mr. 名無しさん 投稿日：04/05/09 17:03

最終爆撃予告ｷﾀー(ﾟ∀ﾟ)ー!

---

919 名前：Mr. 名無しさん 投稿日：04/05/09 17:03

ついにラストか。
感慨深いな。

---

920 名前：Mr. 名無しさん 投稿日：04/05/09 17:03

今日は俺らの戦友の素晴らしい旅立ちの日なんだ。
みんなゆっくり祝福しながら鬱になろうぜ。

---

13 名前：Mr. 名無しさん 投稿日：04/05/09 16:55

おまいら、電車が来る前に早く武装しる！
これ使え！安くしとく YO！

〔55万円〕

---

14 名前：Mr. 名無しさん 投稿日：04/05/09 16:58

ドンドン高騰して行くな

---

24 名前：Mr. 名無しさん 投稿日：04/05/09 17:08

最大級が来るぞ

---

26 名前：Mr. 名無しさん 投稿日：04/05/09 17:08

空襲警報！空襲警報！敵機が接近しております！

---

31 名前：Mr. 名無しさん 投稿日：04/05/09 17:09

最期まで眼を閉じるなよ、みんな！

---

40 名前：Mr. 名無しさん 投稿日：04/05/09 17:10

今なら笑顔で氏ねるよ

---

45 名前：Mr. 名無しさん 投稿日：04/05/09 17:11

125 から始まった約 1 ヶ月も終わりか ('A`) ｳﾞｫｪｱ
すべてリアル爆撃受けきった('∀`)ｱﾋｬ

---

54 名前：Mr. 名無しさん 投稿日：04/05/09 17:12

>>40
あぁ。
俺も思い残すことはない。
いい人生だった。
これからは、電車とエルメスが新しい世界を作って行ってくれるだろう。
未来を託せる人がいるというのは、幸せだ。

---

87 名前：Mr. 名無しさん 投稿日：04/05/09 17:14

みんな同じ光を見ているのだな・・・

---

91 名前：Mr. 名無しさん 投稿日：04/05/09 17:15

なんて、やさしい光なんだ。

---

94 名前：Mr. 名無しさん 投稿日：04/05/09 17:15

体の震えが止まらないのは何故？

---

97 名前：Mr. 名無しさん 投稿日：04/05/09 17:15

あの時　電話させてよかった。

---

100 名前：Mr. 名無しさん 投稿日：04/05/09 17:15

>>91
ああ・・つつまれていくの感じる・・

---

108 名前：Mr. 名無しさん 投稿日：04/05/09 17:16

電車さんと別れるのが辛い
応援しながら、実はちょっと好きになってた
童貞も喰ってやりたかった

---

139 名前：Mr. 名無しさん 投稿日：04/05/09 17:18

ドキドキが止まらない・・・

---

144 名前：Mr. 名無しさん 投稿日：04/05/09 17:19

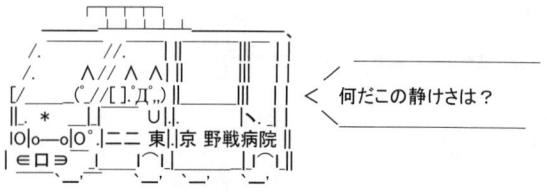

< 何だこの静けさは？

---

159 名前：Mr. 名無しさん 投稿日：04/05/09 17:19

怖いよー助けてー！！！！！！！！

---

167 名前：Mr. 名無しさん 投稿日：04/05/09 17:20

俺たちは今、一つの伝説誕生の瞬間に立ち会おうとしているッ！

---

195 名前：Mr. 名無しさん 投稿日：04/05/09 17:22

次が最後だから、まとめに時間がかかってるのでは？

スレ住人の緊張がピークに達したその時。

---

205 名前：電車男 ◆ 4aP0TtW4HU 投稿日：04/05/09 17:23

改行がおおすぎます…ってなんじゃーヽ(｀Д´)ﾉ ｳﾜｧｧﾝ
ちょっと待ってください…

---

213 名前：Mr. 名無しさん 投稿日：04/05/09 17:23

改行多すぎ・・
おい！予想よりどでかいのがくるぞー！！

---

218 名前：Mr. 名無しさん 投稿日：04/05/09 17:23

装填音がした！！！
規格外だ！！！
でかいのくるぞーーーー！！！！！！！

---

228 名前：電車男 ◆ 4aP0TtW4HU 投稿日：04/05/09 17:24

そこで二人の今後についてずっと話してました
具体的に言うとどこに行ってデートするとかですけど
あとは色んな友人に「彼氏できました」と言って周るとか
来週はどこに行こうかとか。
あとはデジカメで写真とって PC にいっぱい保存しようねとか

そんなこんなでもう夜中の 4 時になろうとしていた
「もう朝ですねw」
と俺が言うと
「そうですねw　帰りましょう」
と席を立つ。

もう俺の家までは近いが、家の前まで送ってくれることになった。
彼女曰く、
「夜道を一人で歩かせるのは危ないのでw」
だそうです…(´ー`)

---

251 名前：電車男 ◆ 4aP0TtW4HU 投稿日：04/05/09 17:25

そして、道案内をしながら走っていく。
「あ、ここです」
と言って車を止めてもらう。
「こんなところまで送ってくれてありがとう」
と車を出たところでお礼をする。
彼女は
「最後に…」
と言って両手を少し広げる。
俺はしかkり彼女を抱きしめて
「ありがとう、本当にありがとう」
と繰り返す。彼女は
「良かったね、良かったね」
と抱き締め返してくれる。

そして今日最後のキスをする。

軽く、3、4回さっきと同じように
彼女は俺の目を真っ直ぐ見据えて
「大人のキス出来る?」
と言った。俺は黙ってうなずく。

254 名前：Mr. 名無しさん 投稿日：04/05/09 17:25

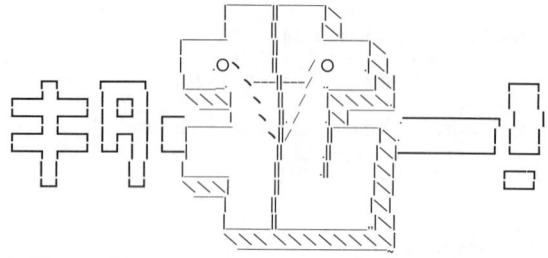

260 名前：Mr. 名無しさん 投稿日：04/05/09 17:26

大人のキスうぅぅぅぅぅぅぅぅ?

261 名前：Mr. 名無しさん 投稿日：04/05/09 17:26

大人のキスキターーーー(ﾟ∀ﾟ)ーーーー!!

264 名前：Mr. 名無しさん 投稿日：04/05/09 17:26

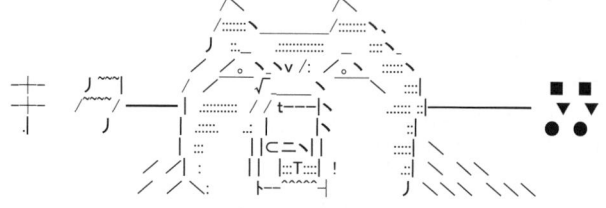

265 名前：Mr. 名無しさん 投稿日：04/05/09 17:26

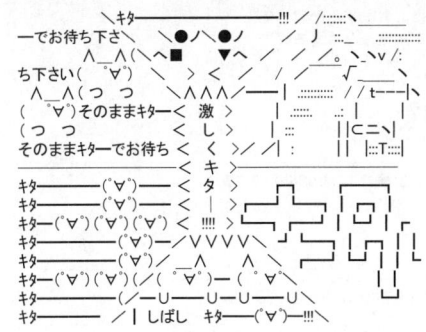

大人のキスがくるぞーーーーーーーーーーーー！！！！

「入っていくから、驚かないでね」
そう言って彼女は少し顔を傾けて、俺に口付ける。
俺、正直どうしたらいいのか分からなかった。
僅かな口の隙間から彼女が入ってきた。
俺は舌先でそれに応えた。
中で一旦触れると、互いに伸ばして
抱きしめ合うように感触を確かめた。
俺には当然初めての感触だった。
自分の中に彼女を感じるってこうなのかな？

何分くらいしていたのか分からないけど
離れた時にはなんかぐったりしてた。
「なんか、ごめんね」
と何故か彼女が謝る
「いや、全然、謝る事無いです」
「うん…」
彼女はまた俺の唇を拭こうとするが
俺は
「しばらくこのままがいいから」
と言うと
「バカ」
と叱られました（´ー｀）

Mission.6 奇跡の最終章

彼女は車に乗りこみ、最後におやすみと言って
走り去っていった。俺は車が見えなくなるまで
そこにたたずんでいた。

こんなところです(´ー｀)

---

286 名前：Mr. 名無しさん 投稿日：04/05/09 17:27

きたぞ！！！光の権現！！！！
最終兵器！！！！

---

288 名前：121 投稿日：04/05/09 17:27

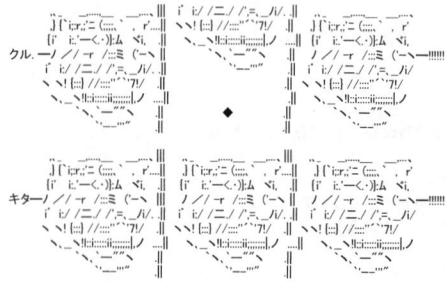

---

289 名前：Mr. 名無しさん 投稿日：04/05/09 17:27

徹夜組だよ…たった今起きた…
いきなりばくげkdじqおjdふぇいおwfdjdふじkふぇじあ；p

---

290 名前：Mr. 名無しさん 投稿日：04/05/09 17:27

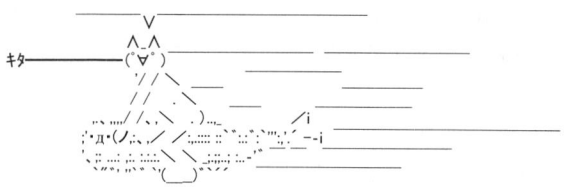

291 名前：270 投稿日：04/05/09 17:27

…とか言ってらおおおおお大人のキスだとおお

292 名前：電車男 ◆ 4aP0TtW4HU 投稿日：04/05/09 17:27

モワタ…

電車男が放った、２人の感情の起伏を手でなぞるような最期の一撃は、まるで神
が放った光のように毒男達を浄化していく。この柔らかな光の中で戦意を残して
いる者は誰一人いなかった。

---

293 名前：Mr. 名無しさん 投稿日：04/05/09 17:27

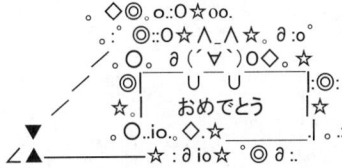

---

298 名前：Mr. 名無しさん 投稿日：04/05/09 17:27

キタ━━━━━━━━━━:y=-(ﾟ∀ﾟ)・∵.━━━━ン!!!!!

---

305 名前：Mr. 名無しさん 投稿日：04/05/09 17:28

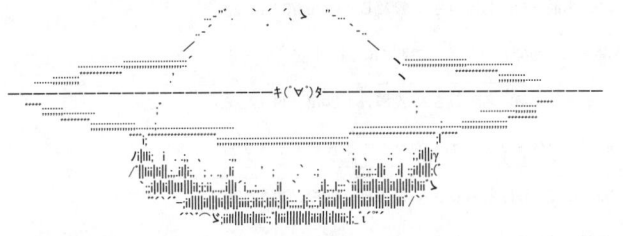

308 名前：Mr. 名無しさん 投稿日：04/05/09 17:28

ちくしょおおおおおおおおおおおおおおおおお。
エルメス、
好きだあああああああああああああああああああ！！！！！

322 名前：Mr. 名無しさん 投稿日：04/05/09 17:28

電車おめでとう。
本当に、ほんとうにおめでとう・・・

325 名前：Mr. 名無しさん 投稿日：04/05/09 17:28

電車、おめでとう！　んでサワヤカに鬱にしてくれてありがとう！

326 名前：Mr. 名無しさん 投稿日：04/05/09 17:28

降伏だ降伏するからもうやめあすぇｄｒｆｔｇｙｈ

327 名前：Mr. 名無しさん 投稿日：04/05/09 17:28

最期まで…やってくれる！

328 名前：Mr. 名無しさん 投稿日：04/05/09 17:28

電車おめでとう本当におめでとう
俺らの分も幸せに
そしてありがとうございました

---

329 名前：Mr. 名無しさん 投稿日：04/05/09 17:28

もわったな・・・・・

ありがとう

---

333 名前：電車男 ◆ 4aP0TtW4HU 投稿日：04/05/09 17:29

大好き＞おまいら

---

336 名前：Mr. 名無しさん 投稿日：04/05/09 17:29

もう心置きなく昇天できるよ
電車男、おめでとう・・・ありがとう・・・。

---

341 名前：Mr. 名無しさん 投稿日：04/05/09 17:29

>>333

ありがとう

---

344 名前：Mr. 名無しさん 投稿日：04/05/09 17:29

ありがとう、電車！

これでママンのところに逝けるよ・・・

---

345 名前：Mr. 名無しさん 投稿日：04/05/09 17:29

うおおおおおおおおお俺もだいすきだあああああああああああああああああああ

---

346 名前：Mr. 名無しさん 投稿日：04/05/09 17:29

やったな、電車……

おめでとさん………

漏れの代わりに幸せになってくれ

350 名前：Mr. 名無しさん 投稿日：04/05/09 17:29

>>333
漏れも＞電車

---

358 名前：121 投稿日：04/05/09 17:29

>>333
大好き＞電車

---

365 名前：Mr. 名無しさん 投稿日：04/05/09 17:30

```
      。 ◇◎◎.。o.:O☆oo.
    。:˚ ◎::O☆。∧_∧☆。∂:o˚
   ／。O。 ∂(´∀`)O◇。.☆
  ／  ◎|￣￣∪∪￣￣|:◎:
 ／  ☆.|   ありがとう   |☆
▼    。O..io。◇.☆＿＿＿.| 。.:
∠▲━━━━━☆:∂io☆ ˚◎∂:.
```

---

366 名前：Mr. 名無しさん 投稿日：04/05/09 17:30

＞大好き＞おまいら
＞大好き＞おまいら
＞大好き＞おまいら
＞大好き＞おまいら
＞大好き＞おまいら
＞大好き＞おまいら

---

370 名前：Mr. 名無しさん 投稿日：04/05/09 17:30

>>333
おれもおまいがすきだ

---

373 名前：Mr. 名無しさん 投稿日：04/05/09 17:30

おめでとう＞電車
俺もおまいが大好き。
ありがとう！お幸せに！

---

377 名前：Mr. 名無しさん 投稿日：04/05/09 17:30

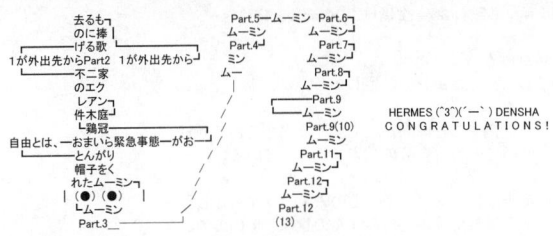

378 名前：Mr. 名無しさん 投稿日：04/05/09 17:30

電車、本当におめでとう！
まだスタートしたばかり。
これからが本編だ。
それは、電車とエルメスだけの物語。
誰も邪魔できない。
お幸せに。

383 名前：Mr. 名無しさん 投稿日：04/05/09 17:31

電車、ホントに良かったな 。ﾟ･(ノД`)･ﾟ｡

389 名前：Mr. 名無しさん 投稿日：04/05/09 17:31

電車、ホントにおめでとう。
最後までやっぱり電車は電車だな、と思ったよ。
たぶんこれから色々あるだろうけど、めげずに頑張れよ。

395 名前：Mr. 名無しさん 投稿日：04/05/09 17:31

電車さん、ほんとに良かったねおめでとう。
応援してた甲斐があったよ。末永くお幸せにね。

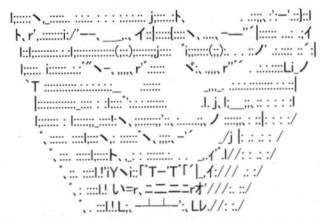

399 名前：Mr. 名無しさん 投稿日：04/05/09 17:31

ふと思う時がある。
日々を過ごし、自分は毎日に満足してるのかと？

毎日、自分が目指すことに向かって、やるべきことをやり
楽しいと思えることで、自分の欲求を満たしている。

それはすべて未来につながって…その未来とはなんだろう？
人が死に、その意識が途絶えたらなんの意味も無いのでは？
生きている時に望んだことが満たされても、死んだらすべてが無意味になるので
は？
ふふ…言いようのない虚しさを感じる。
だが、私はそれでも日々を過ごす。

いつか目指したどり着く、光射す彼方へ。
電車がたどり着いた先へ。

オレモ カナラズ゛ イクサ(´∀｀)

---

400 名前：Mr. 名無しさん 投稿日：04/05/09 17:31

>>333
おれもだいすきだ
彼女の手を引いて歩けるよう
一緒にがんばっていってね

---

401 名前：Mr. 名無しさん 投稿日：04/05/09 17:31

電車
ほんとうにおめでとう。
よく頑張ったよ。

---

420 名前：Mr. 名無しさん 投稿日：04/05/09 17:33

しかしほんと良かったな。
スタートした時は、一番可能性が薄いんじゃねえかと正直思ってたんだけどな。
実直と波長がやっぱり鍵だったんだろうな。

なんか仕事とかで鬱になってたけど、明日から心機一転頑張ろ。

---

423 名前：Mr. 名無しさん 投稿日：04/05/09 17:33

ずっとロムってたけど　今日だけはお許しください。

電車&エルメスさんおめでとう。どうぞ末永くお幸せに。
１０年前初めて心から愛しいと思ったダンナと
これから先もずっと一緒に生きていこうと再確認できた２ヶ月でした。
電車&毒男のみなさんに幸あれ。
生まれ変わったら　絶対毒男になるよ。

---

450 名前：Mr. 名無しさん 投稿日：04/05/09 17:34

>>423
絶対におすすめしません

---

432 名前：Mr. 名無しさん 投稿日：04/05/09 17:33

おめでとう　電車！！！！　最高の爆撃だったぜ　　ごふぅ・・！！

---

418 名前：Mr. 名無しさん 投稿日：04/05/09 17:32

俺は何とか生きてるぞ。

電車よ、まだ書き込めるなら教えてくれ、
お土産を入れるために持ってきてと言われてた大きな袋は使わずじまいか？

---

443 名前：電車男 ◆ 4aP0TtW4HU 投稿日：04/05/09 17:34

>>418
彼女がでかい紙袋に入れてまとめてくれました

---

442 名前：Mr. 名無しさん 投稿日：04/05/09 17:34

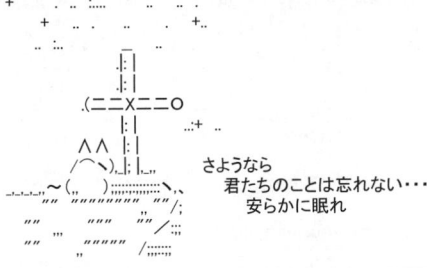

さようなら
君たちのことは忘れない・・・
安らかに眠れ

---

451 名前：Mr. 名無しさん 投稿日：04/05/09 17:35

いやあ、電車本当におめでとう
昨日からずっとレス我慢して待った甲斐があったよ
実に2人らしい展開だったなw
俺は今日も料理するのだるいし
作ってくれる彼女もいなくてまたカップメンだけど、

最後に、幸 せ に な れ よ ！

---

479 名前：また一人毒男ガ消えた 投稿日：04/05/09 17:36

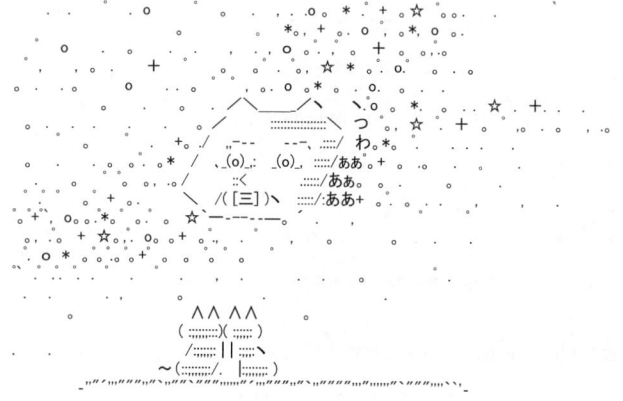

---

483 名前：Mr. 名無しさん 投稿日：04/05/09 17:36

だれも覚えちゃいないだろうが、
俺は1が外出先から帰ったらの1です。
俺からもおめでとう。

---

491 名前：中の人 投稿日：04/05/09 17:37

おまいら、全力を尽くした2ヶ月間の渾身のまとめを喰らいやがれ！！！！

http://www.geocities.co.jp/Milkyway-Aquarius/7075/

---

497 名前：おむすび ◆ KsRoRrQejM 投稿日：04/05/09 17:37

>> 電車さん

彼女が隣にいるのが「あたりまえ」と感じるようになっちゃ駄目ですよ〜。
俺はそれでしっぱwせdｆｇｙふじこｌｐ；
末永くお幸せに。

　　　　　　　　　　　　墜落確定のおむすびより愛を込めて

---

517 名前：Mr. 名無しさん 投稿日：04/05/09 17:41

中の人のサイトのフラッシュ見て
鳥　肌　が　立　っ　た

---

537 名前：Mr. 名無しさん 投稿日：04/05/09 17:43

おめでとう、そしてありがとう、電車。
この先、気負わずに関係を深めていって欲しい。
何故か少し寂しく感じるけど、
俺も頑張ってみるよ。

---

538 名前：Mr. 名無しさん 投稿日：04/05/09 17:43

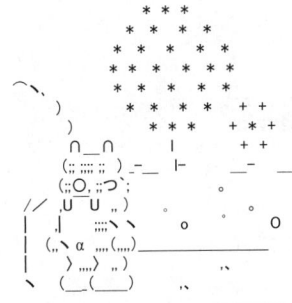

---

540 名前：Mr. 名無しさん 投稿日：04/05/09 17:43

電車よ。

彼女の手を離すんじゃないぞ。

どんな事があろうとも。

これからおまいは、色んな事を経験するだろう。
くじけそうな時はココを思い出してくれ。
何をしてきたのか、何を言われたのか。
そしてどんな思いでエルメスと向き合ってきたのか。

幸せになノシ

・・・やべ
中の人のサイト見たら、涙がとまらねぇ(TДT)

---

547 名前：Mr. 名無しさん 投稿日：04/05/09 17:45

漏れも用意してたものを

```
┌───────────────┐
│毒 平 卒 あ          │
│男 成 業 な          │
│板 十 した  卒 │
│代 五   た  は  業│
│表 年    こ 毒   証│
│   五    と 男   書│
│    月 を 板      │
│板 四 証 を        │
│   毒 日  し        │
│男     ま  電│
│(゚A゚)  す  車│
│   。    男   │
│        殿 │
└───────────────┘
```

---

550 名前：Mr. 名無しさん 投稿日：04/05/09 17:45

>>547
握り締め過ぎw

---

557 名前：Mr. 名無しさん 投稿日：04/05/09 17:47

>>547
手作りで用意した、おまえに感動してるよ。俺。
なれないのに、一生懸命つくったんだな。
ちょっとなけてきた。

---

598 名前：Mr. 名無しさん 投稿日：04/05/09 17:54

>>547
いや、おまいの電車を祝福したい気持ちは
いっぱいいっぱい伝わってるよ。電車にも、皆にも。

---

556 名前：Mr. 名無しさん 投稿日：04/05/09 17:47

人を思いやる心　挫けない心　純真な心

相手を不快にさせない気配り　前へ進む姿勢と勇気

色々改めて認識させて貰ったよ。
俺も一歩ずつ前へ行くわ(`∀´)

---

583 名前：電車男 ◆ 4aP0TtW4HU 投稿日：04/05/09 17:52

フラッシュすご…
これ俺の話なのか…

爆心地には焼け焦げた街や骸はなかった。笑って手を振るスレ住人であふれていた。

---

587 名前：Mr. 名無しさん 投稿日：04/05/09 17:52

え～皆様、大変話題となりました「電車男」は、このスレを持って
大　団　円　と、なりました
惜しみない拍手と、罵詈雑言で主役である電車男 ◆ 4aP0TtW4HU を祝ってあ
げましょう
そして、末永く幸せと、我々へのおこぼれ幸せを願いましょう！

お　め　で　と　う　!!　電車男 ◆ 4aP0TtW4HU

---

589 名前：Mr. 名無しさん 投稿日：04/05/09 17:52

もうこの手に銃を持たなくてもいいんだ・・・

さぁ、帰ろう。俺の故郷へ。

総員、武装解除せよ。

---

596 名前：Mr. 名無しさん 投稿日：04/05/09 17:54

そうだよ！この壮大な物語の主人公は電車！お前だよ！

---

603 名前：Mr. 名無しさん 投稿日：04/05/09 17:55

電車おめ！！！！！
記念書きこさせとくれ
結婚報告もよろしく。

---

605 名前：Mr. 名無しさん 投稿日：04/05/09 17:56

俺も武器屋降りる。
買ってくれたヤシ、ありがとう。
在庫あまったんで置いとく YO。

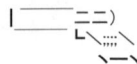

〔1万円〕

---

606 名前：Mr. 名無しさん 投稿日：04/05/09 17:56

神奈川方面部隊、帰還します！
電車に、捧げ銃！、礼砲！

貴殿とエルメスの幸せを切に願う！さらば！

---

608 名前：Mr. 名無しさん 投稿日：04/05/09 17:56

もう次スレはたたないんだね・・・

---

613 名前：電車男 ◆ 4aP0TtW4HU 投稿日：04/05/09 17:57

なんか寂しいですね。

---

616 名前：Mr. 名無しさん 投稿日：04/05/09 17:57

中の人を始め、このスレに集った毒男たち。
並びに電車にアドバイスしてくれたイケメソ、女性軍など。
このスレに会えて良かったよ。

そして何よりも。
電車、乙。そして、おめ。
ほとんど ROM だったけど楽しかったよ。ありがと。

エルメスたんと幸せにな。

このシリーズはこれで終結かもしれないけど、電車とエルメスの
物語はまだ続いていくんだね。

---

618 名前：Mr. 名無しさん 投稿日：04/05/09 17:58

名古屋方面軍第8部隊通信兵、これより基地に帰還します！
無事に生き残れた喜びを、今ここに居る全ての人と分かち合いたい

---

619 名前：121 投稿日：04/05/09 17:58

>>613
おまいはもう http://love2.2ch.net/ex/ へ行くんだ。

---

634 名前：電車男 ◆ 4aP0TtW4HU 投稿日：04/05/09 17:59

>>619
ｳﾜｧｧ────。゚(´Д`)゚。────ｿ!!!

でも、俺旅立つよ。

---

635 名前：Mr. 名無しさん 投稿日：04/05/09 17:59

電車・・・
おまいは
もう
卒業しなきゃ・・・・

すっげー寂しい。(iДi)

---

636 名前：Mr. 名無しさん 投稿日：04/05/09 17:59

やっとバイトおわりますた
ケータイからでまだ全部見てないが
バイト逝く前にも言ったが
電車＆ｴﾙﾒｽ おめでとう！！
そして電車＆ｴﾙﾒｽ、中の人、漏れを含め毒男達、独男や女の人たち
ありがとう！そして乙！

最初にリアル爆撃くらった時にはここまでくるとは思わんかったが
こんなのを見せられたら漏れもガンガらないとと思いました

最後に電車とエルメスに幸あれ！！

641 名前：Mr. 名無しさん 投稿日：04/05/09 18:00

でも、いつかケコーンすることになったら、何らかの形で知りたいな……

あっ、カプール板での電車の報告を誰かが拾ってくればいいのか…

652 名前：電車男 ◆ 4aP0TtW4HU 投稿日：04/05/09 18:01

エルメスとベノアは伏せなくていいですよ
これ伏せたら何のことか分からなくなっちゃうのでw

万が一のことがあっても俺が守るのでおk(´ー｀)

657 名前：Mr. 名無しさん 投稿日：04/05/09 18:02

今までけっこう冷静に見てたんだけど
告白のシーンで涙が・・・
そしてまとめのフラッシュでまた泣いちゃいました。
電車さん幸せにね！

661 名前：Mr. 名無しさん 投稿日：04/05/09 18:02

> 万が一のことがあっても俺が守るのでおk(´ー｀)

よく言った電車！電車！好きだーーーー！

682 名前：Mr. 名無しさん 投稿日：04/05/09 18:04

こうして　俺たちの２ヶ月間に渡る　電車スレは幕を閉じた
思えば電車ばかり追いかけてたなぁ…

685 名前：Mr. 名無しさん 投稿日：04/05/09 18:05

今まで色んな神になって巣立った毒男達を見てきたけど・・・。
なんでだろう・・今回が一番寂しい・・。゜(゜´Д｀゜)゜。

644 名前：Mr. 名無しさん 投稿日：04/05/09 18:00

>>628>> 電車
アドバイスなにか　たのむ

696 名前：電車男 ◆ 4aP0TtW4HU 投稿日：04/05/09 18:06

アドバイスか…なんだろう？

色んな勇気を持つことかな
あと誰かに相談するとか

---

701 名前：Mr. 名無しさん 投稿日：04/05/09 18:07

電車へ
いつかまた会えるよな、この板で
その時はネ毒男として、初期のお前のように道に迷っている奴に
優しいお前はそっとアドバイスをしているんだろうな・・・
さよならは言わないよ　また会おう！
電車よ、そして戦友たちよ！！

---

713 名前：Mr. 名無しさん 投稿日：04/05/09 18:08

俺がリアルタイムで電車の初書き込みを見たとき、
なんて普通の報告だと思った。
電話ムリマジムリっておたおたしてるところを見て
しっかりしろよこのやろーと思った。
エルメスの友達と一緒に食事した時
おいおいヤバイんじゃないか次回はあるのかよと思った。
だけどその後すぐ…電車は駆け抜けるような速さで、しかもまっすぐに
正解に向かって走り始めた…
おめでとう電車、ありがとう電車
おまえは本当にでっかい男なったよ…
振り向かないで行ってくれ。たとえ迷っても
おまえにはカプール板の仲間達と
なにより恋人がいるんだから…

---

714 名前：Mr. 名無しさん 投稿日：04/05/09 18:08

もまいらいいやつすぎ。
泣ける。感動した！

---

722 名前：Mr. 名無しさん 投稿日：04/05/09 18:10

俺は爆撃より電車と別れるのが辛くて泣いてる

---

730 名前：Mr. 名無しさん 投稿日：04/05/09 18:11

ごめん、これ以上無理だ
ネカフェ退店して雨に打たれてごまかしてくる

電車よ幸せに‥そして、長い期間だったけど本当にありがとう

毒男たち、藻前等も電車を幸せにしてやれる力があったんだ。大丈夫、絶対髪に
なれる日が来ると信じ。
次の神にも、接していこう

最後に ,, 長文でごめんね

---

731 名前：Mr. 名無しさん 投稿日：04/05/09 18:11

電車男ありがとう。温泉も輪ゴムももぐらもその他もみんなみんなありがとう。
最後に毒男残留の私から餞のキターを。

---

732 名前：Mr. 名無しさん 投稿日：04/05/09 18:11

友人と一緒の食事の頃からが急展開だったんだ。
エルメスの方のアクションもね。
それはその後分かったエルメスの気持ちと読み合わせれば、
何か納得がいくよ。

おめでとう　＞電車

---

734 名前：Mr. 名無しさん 投稿日：04/05/09 18:11

人と人の心が分かり合うということがどういうことなのか。
電車がそれを伝えることが出来た人であると思う。

---

735 名前：Mr. 名無しさん 投稿日：04/05/09 18:11

電車、お前の手には今、一人分の幸せがある
もちろんその一人とはエルメスだ
絶対に、絶対にこぼしたりするんじゃないぞ！

---

737 名前：Mr. 名無しさん 投稿日：04/05/09 18:12

ねえねえ、電車？
俺たちのこと忘れないでいてくれる？

---

748 名前：Mr. 名無しさん 投稿日：04/05/09 18:14

俺はこのスレで電車、そして皆と共に歩めたことを誇りに思う。

電車＆皆に幸あらんことを。
ｵﾚﾓﾅｰ

---

749 名前：Mr. 名無しさん 投稿日：04/05/09 18:14

涙がとまらねえ

---

770 名前：Mr. 名無しさん 投稿日：04/05/09 18:17

うわ、マジ卒業式みたいで泣けてきたんだけど…。

---

786 名前：電車男 ◆ 4aP0TtW4HU 投稿日：04/05/09 18:19

カップル板に書いてきました。
もっとマシなこと書きゃ良かった…＿|￣|○

---

800 名前：Mr. 名無しさん 投稿日：04/05/09 18:20

> 169：恋人は名無しさん：04/05/09 18:16
> この板初カキコです（´―`）
>
> これからよろしくね。ずっと大事にします

---

795 名前：Mr. 名無しさん 投稿日：04/05/09 18:20

電車の報告終了したので、今のうちに電車とエルメスが戦ってる頃
（俺は独りで待機していた頃w）に用意した書き込みをｕｐする。

俺が参戦したのは１月前くらいだが、お前の爆撃を受けながら、
鬱入る反面、約二ヶ月間での成長っぷりを心から祝福したい気持ちも一杯だ。

最初足取りもおぼつかなかったお前がスレの住人に育てられ、
今では一流の戦闘員として住人を爆撃しまくり、スレを卒業するまでに至った。
素敵なエルメスといつまでも仲良くするが良い。
お前らは年下だし、微笑ましく見守りたい気持ちもあるが

```
〃〃∩
 ⊂⌒（ ｀Д´） ＜ 漏れもエルメスタン欲しいよー
  ｀ヽ_つ ⊂ノ
     ジタバタ
```

と叫びたいのも本当の気持ちだ（このAA俺大好きw）
この板の住人も誇りを持て。束になれば毒男を戦闘員に育てられる程の能力を持

った漢達なのだ。

そして毒男共も、一歩を踏み出す勇気がなければこのスレを思い出すがいい。
電車を送り出したこのスレの住人の応援を。696 で電車が言ってる通りだ。
>> 色んな勇気を持つことかな >> あと誰かに相談するとか
そう、我々は独りではないのだ。我々も電車に続くのだ！

今週末の合コンに向けて漏れも準備開始したからな。力の限り戦ってきます！！

限りなく毒入ってる３０代前半独男より
長文＆乱文 SMN

---

811 名前：Mr. 名無しさん 投稿日：04/05/09 18:21

なぁ電車、早く行けよ。
やっとつかまえたエルメスの手を握って離すなよ。
振り向くことなんかないんだからな。

おまえらが幸せになること。
それが俺らへの餞になると思ってくれ。

---

813 名前：Mr. 名無しさん 投稿日：04/05/09 18:22

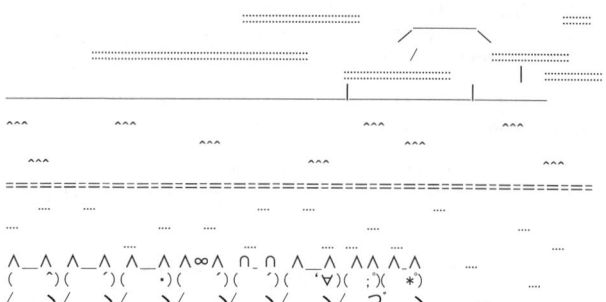

　　　　結局、電車は俺らの望みだったんだ・・・

電車男　旅立ちの時間が来た。

840 名前：Mr. 名無しさん 投稿日：04/05/09 18:27

そろそろ・・・時間だね・・・

841 名前：Mr. 名無しさん 投稿日：04/05/09 18:27

> 電車
お疲れ、そして、これからもがんがってくれ。支え合ってな。
誕生から見守ってきた。感慨深いよ。
成長が手に取るように分かって、本当に、この２ヶ月間楽しかった。
ありがとう。心置きなく幸せになれ。

電車も、そしてぽまえらも大好きだあぁぁああ∴‘(´Д｀)‘∴。

850 名前：電車男 ◆ 4aP0TtW4HU 投稿日：04/05/09 18:28

みんな有難う
世の毒男に幸あれ！

855 名前：Mr. 名無しさん 投稿日：04/05/09 18:28

>>850

乙でした！！！！！！！！！！！！

858 名前：Mr. 名無しさん 投稿日：04/05/09 18:28

そろそろか。

864 名前：Mr. 名無しさん 投稿日：04/05/09 18:29

末永く幸せにな

ﾉｼ

871 名前：Mr. 名無しさん 投稿日：04/05/09 18:30

電車よ。ありがとう。ありがとう。さようなら。

漏れもそっちへいけるようがんばるよ！

---

878 名前：Mr. 名無しさん 投稿日：04/05/09 18:31

やべ、あと 100 しかねえのか。マジ泣けてきてるんだけど。
どうしよう、こんな寂しいのと泣けるのとおめでとうな気分は初めてだよ。

---

880 名前：Mr. 名無しさん 投稿日：04/05/09 18:31

やべ、なんか本当に寂しくなってきた……

電車ー、元気でなー。

漏れもいつかそこにたどり着けたら……いいな……

---

891 名前：Mr. 名無しさん 投稿日：04/05/09 18:32

結婚したら報告してくれよ。
末永く幸せになノシ

---

900 名前：電車男 ◆ 4aP0TtW4HU 投稿日：04/05/09 18:32

おわっちまうのか…

あと、俺、彼女に告白の事とか友達にずっと相談に乗ってもらってたって言って
ある
そしたら彼女は

「いい友達ですね」

って言ってたよ

---

908 名前：Mr. 名無しさん 投稿日：04/05/09 18:33

>>900
紹介できない友達ですね

---

909 名前：Mr. 名無しさん 投稿日：04/05/09 18:33

電車 900 おめ。

…友達って…オレらのこと…？

おいおいおいおい、マジ鳥肌たっちまったじゃねーか！！

910 名前：Mr. 名無しさん 投稿日：04/05/09 18:33

俺たち、友達だって…。
ありがとう。

912 名前：Mr. 名無しさん 投稿日：04/05/09 18:33

‥・(つД`)‥・

914 名前：Mr. 名無しさん 投稿日：04/05/09 18:33

>>900
う…

∴・(つД`)‥・うぉぉん！

915 名前：Mr. 名無しさん 投稿日：04/05/09 18:33

>>900
エルメスが、漏れらの事・・・っ！！

　感　激　。

916 名前：Mr. 名無しさん 投稿日：04/05/09 18:33

電車、エルメスありがとう

(・ω・)ノシ

922 名前：Mr. 名無しさん 投稿日：04/05/09 18:33

>>900
。・゜・(ノД`)・゜・。ゥェェェン

泣けてきたよぅ

926 名前：Mr. 名無しさん 投稿日：04/05/09 18:34

ブランド名が読めない
大事なところで噛みまくり

いろんな事があった

神の幸せを願い続けていたヤシ

絶対無理だと思っていたヤシ

いろんなヤシがいた

全ては始まり、そして全てが終わる。
おめでとう、電車。

927 名前：77 毒男 3 等兵 投稿日：04/05/09 18:34

あれ、死んでてお礼忘れてた
電車男さんとエルメスさんオメデトウ
もしあか抜けた勢いのまま浮気なんかしたりしてエルメスさんを
泣かせたりしたら後のてーそ奪っちゃうぞ

じゃあな、達者でやれよ
俺はスピリタ酢でもかっ喰らってるよ

928 名前：電車男 ◆ 4aP0TtW4HU 投稿日：04/05/09 18:34

向こうでトリ付けることが合ったら
分かるような名前にしておきますので

936 名前：Mr. 名無しさん 投稿日：04/05/09 18:35

電車よ　ありがとう
お幸せに

937 名前：Mr. 名無しさん 投稿日：04/05/09 18:35

発車ベル鳴りまーす　（RRRRRRR

944 名前：Mr. 名無しさん 投稿日：04/05/09 18:35

えぐっえぐっ、なんで見ず知らずの人の旅立ちがこんなに泣けるんだぁ〜…？

945 名前：Mr. 名無しさん 投稿日：04/05/09 18:35

終わるんだな、ついに・・・

948 名前：Mr. 名無しさん 投稿日：04/05/09 18:36

さあ電車を送ってやるか

949 名前：Mr. 名無しさん 投稿日：04/05/09 18:36

ついに。

---

950 名前：Mr. 名無しさん 投稿日：04/05/09 18:36

さらばともよー

---

951 名前：Mr. 名無しさん 投稿日：04/05/09 18:36

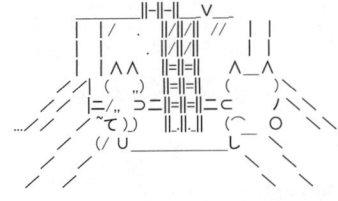

プルルルルルルルルルルル、
毒男板初、カプール板行き、
発車致します、ご注意ください。

---

952 名前：電車男 ◆ 4aP0TtW4HU 投稿日：04/05/09 18:36

あ～枯れたとおもった涙が…

---

953 名前：Mr. 名無しさん 投稿日：04/05/09 18:36

電車・・・夢をありがとう。゜・(ﾉД`)・゜・

---

954 名前：Mr. 名無しさん 投稿日：04/05/09 18:36

残り50・・・

おまいら、電車。達者でな

---

963 名前：Mr. 名無しさん 投稿日：04/05/09 18:36

2番ホームより、幸福行きまもなく発車致します
大変混み合っておりますので中程へお詰めください

---

970 名前：電車男 ◆ 4aP0TtW4HU 投稿日：04/05/09 18:37

1000くれるんですか…何書こう。。。。

---

971 名前：中の人 投稿日：04/05/09 18:37

```
ヽ(´A`)ノシ(^3^)ヽ(´A`)ノシヽ(´A`)ノシ(×_×)(´ー`)ヽ(´A`)ノシヽ(´A`)ノシヽ(´A`)ノシ(^3^)(ノД`)シ
ヽ(´A`)ノシ                                                                    ヽ(´A`)ノシ
(´ー`)　電車男、エルメスありがとう、楽しかった　ヽ(´A`)ノシ
ヽ(´A`)ノシ                                                                    ヽ(´A`)ノシ
ヽ(´A`)ノシ              「電車男・エルメスとお幸せに」ヽ(´A`)ノシ
ヽ(´A`)ノシ                                                                    ヽ(´A`)ノシ
ヽ(´A`)ノシ                  毒男がうしろから撃たれるスレ系        (×_×)
ヽ(´A`)ノシ                                                                    ヽ(´A`)ノシ
ヽ(´A`)ノシ(^3^)ヽ(´A`)ノシヽ(´A`)ノシ(´ー`)(×_×)ヽ(´A`)ノシヽ(´A`)ノシ(^3^)ヽ(´A`)ノシ(´A`)ノシ
```

> 電車男

ログは最後まできっちりきれいにまとめるよ。

リンクはずしてくれとか、あそこ伏字にして、とか不都合あったらメルか BBS
入れてね。

それから結婚する・したなんて事あったら、気が向いたらでいいので連絡くらさ
い。

番外ページにお祝い入れます。　　　電車！　。・∵・(ノД`)・∵。ｳｴｴｪﾝ

---

977 名前：Mr. 名無しさん 投稿日：04/05/09 18:37

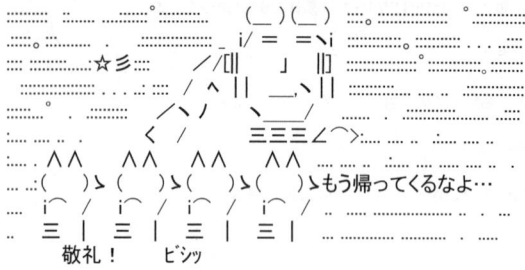

---

983 名前：Mr. 名無しさん 投稿日：04/05/09 18:38

全員、電車の進行方向に向かい、最敬礼で送るぞ

それが漏れ達に出来る最後の優しさだろ？

---

986 名前：Mr. 名無しさん 投稿日：04/05/09 18:38

電車、みんなホントありがとう!!
またどこかで会おう!!

---

996 名前：Mr. 名無しさん 投稿日：04/05/09 18:39

ラストカキコ、電車幸せにナ！！！

---

997 名前：電車男 ◆ 4aP0TtW4HU 投稿日：04/05/09 18:39

997

---

998 名前：Mr. 名無しさん 投稿日：04/05/09 18:39

999 ゲットなら俺も告る。そんな女いないけど！

---

999 名前：Mr. 名無しさん 投稿日：04/05/09 18:40

電車、3つ埋めてくれ…

1000 名前：Mr. 名無しさん 投稿日：04/05/09 18:39

栄光に向かって走れ！

1001 名前：１００１ 投稿日：Over 1000 Thread

このスレッドは１０００を超えました。
もう書けないので、新しいスレッドを立ててくださいです。。。

すまん。俺も裏ぐった。文才が無いから、過程は書けないけど。このスレまじで
魔力ありすぎ… おまいらにも光あれ…

大して内容の無いこの言葉から始まった、電車男の長いストーリーは幕を閉じた。
一歩を踏み出す勇気と、希望を身を持って示した電車男は最初に言った。「とに
かくおまいら外に出てみろ」
さあ、光射す彼方へ——

後日談

「こんなに頑張ってたんだ…」

電車男が去った後、住人達には恐れている事があった。それは……

---

458 名前：Mr. 名無しさん 投稿日：04/05/16 12:19

ある日のこと・・・
エ「ねぇ雷車さん、インターネットの掲示板に何か書いた？」
雷「え？何かって・・・何を？」
エ「んー、友達が言ってたんだけど・・・本当なのかなぁ・・・」
雷「分けが分からないよ。友達が何て言ってたの？」
エ「・・・あのね・・・私達の事が出ているんですって、2 チャンとか言う掲示
板に・・・」
雷

```
  ( ﾟДﾟ)    ガシャ
  (つ 0. _
   と__)) (_(),;.o：。
          ＊･:｡
```

---

459 名前：Mr. 名無しさん 投稿日：04/05/16 12:20

((((;ﾟДﾟ)))ﾌﾞﾙﾌﾞﾙ

それは絶対避けたいな

---

462 名前：電車男 ◆ 4aP0TtW4HU 投稿日：04/05/16 17:56

おひさです。ちょっと報告があります。

---

463 名前：Mr. 名無しさん 投稿日：04/05/16 17:57

ｷﾀ━━━━(ﾟ∀ﾟ)━━━━!!!!

---

466 名前：Mr. 名無しさん 投稿日：04/05/16 17:59

ｷﾀｰ j
━━━━━(･ω･)━━━━━!!!! j
━━━━━(･ω･)━━━━━!!!!
━━━━━(･ω･)━━━━━!!!!

---

467 名前：Mr. 名無しさん 投稿日：04/05/16 17:59

キタ────('∀'≡('∀'≡'∀')≡'∀')────!!

469 名前：Mr. 名無しさん 投稿日：04/05/16 17:59

電車キター

471 名前：Mr. 名無しさん 投稿日：04/05/16 18:00

電車ー元気だったかー？

483 名前：Mr. 名無しさん 投稿日：04/05/16 18:01

電車───('∀')─────!!

484 名前：Mr. 名無しさん 投稿日：04/05/16 18:01

なにがあったんだ？

490 名前：電車男 ◆ 4aP0TtW4HU 投稿日：04/05/16 18:02

皆さんの危惧されている、バレですがもうその心配は無くなりました。
昨日彼女にログ全部見せてきた。なんというか見てもらいたかったから。
これを読んでもらって理解してもらう自信があったし。
唯一心配することと言ったら彼女の身元がバレることくらい。

読むのにものすごい時間かかったけど
「こんなに良い人達がいるんだ」
って驚いてましたよ。

更新しながら書いてますが流れるのはやっ！
一旦送信します。

498 名前：Mr. 名無しさん 投稿日：04/05/16 18:02

まじですかー！！！！

505 名前：Mr. 名無しさん 投稿日：04/05/16 18:03

なにぃぃぃ！ 見せたのー

516 名前：Mr. 名無しさん 投稿日：04/05/16 18:03

エルメスほんと最高だな・・涙

後日談 「こんなに頑張ってたんだ…」

517 名前：Mr. 名無しさん 投稿日：04/05/16 18:03

見せたのかー！

518 名前：Mr. 名無しさん 投稿日：04/05/16 18:03

なんてこった・・・

522 名前：Mr. 名無しさん 投稿日：04/05/16 18:04

>>490
そか・・・
ｴﾙﾒｽﾀﾝはそう言ってくれたか・・・
あの日、あの時、俺たちが応援したのは無駄じゃなかったんだな。

嬉しい。

535 名前：Mr. 名無しさん 投稿日：04/05/16 18:05

アニヲタもカミングアウトか？

536 名前：Mr. 名無しさん 投稿日：04/05/16 18:05

ケロロとかせーらーむーんとかﾌﾟﾘｷｭｱとかばらしたってことにもなるな

548 名前：電車男 ◆ 4aP0TtW4HU 投稿日：04/05/16 18:05

あとヲタバレですが、本報告には記しませんでしたが
彼女にも準ヲタ趣味があるので、理解を得る自信がありました。
その趣味は身元バレの可能性があるため明らかに出来ないけど…

621 名前：Mr. 名無しさん 投稿日：04/05/16 18:11

エルメスたん・・・そこにイルの？？？

647 名前：電車男 ◆ 4aP0TtW4HU 投稿日：04/05/16 18:13

今自宅なので、彼女いませんよー

726 名前：電車男 ◆ 4aP0TtW4HU 投稿日：04/05/16 18:27

昨日は昼ちょっと前から彼女の家へ。このログを見せる為に。
あと PC の調子も見たかったし。あとまたカップも持って。

その日は家には母様がおられました。緊張しまくり…
「お邪魔しまーす」
「こんにちは、ゆっくりしていってね」
「はじめましてｙちｂ。ｋ；んｆちゅじお」
最初のやりとりはさすがに緊張でなんだか良く覚えてない…
けど、優しそうな人でした。母様がお茶煎れてくれるそうなので
エルメスのカップを渡す。

今日は彼女の部屋にあげてもらえました。
準ヲタの雰囲気満載でびびりましたが、彼女なりのカミングアウトだったので
俺は驚いたようなそぶりは見せないように務めた。
本当はこの辺もっと詳細書きたいけど…

早速
「前から言ってた見せたいものなんだけど」
と切り出す。自信はあったけど緊張した…
「うん、見せて見せて」
彼女はすごく興味深そうだった。

---

730 名前：Mr. 名無しさん 投稿日：04/05/16 18:27

ｷﾀｰ！

---

746 名前：Mr. 名無しさん 投稿日：04/05/16 18:29

やっぱり噛んだのかいｗ

---

747 名前：Mr. 名無しさん 投稿日：04/05/16 18:29

こうして俺達の虐殺現場が晒されたのか・・・

---

793 名前：Mr. 名無しさん 投稿日：04/05/16 18:34

お前ら
後でエルメスがこのスレを見る可能性もあるんだぞ
もっと紳士的なレスをしろよ

(;´Д`)ﾊﾌﾊﾌ

---

837 名前：電車男 ◆ 4aP0TtW4HU 投稿日：04/05/16 18:39

「２ちゃんねるって知ってる？」
見せる前に説明が必要だった。
「掲示板の？」

「うん、匿名掲示板のね。色んな人間の感情がそこに渦巻いてる。」
と言うと彼女は「？」という表情だった。匿名掲示板故の汚さがある。けど
その逆もある。こう言い訳のようなものをした。
本当はもっとダラダラ説明したけど…

「前に友達に相談してたって言ったでしょ？
それってここの人たちのことだったんだよ。」
それと、このスレの趣旨について説明。
そして、俺が彼女に出会ってから、告白までの
一部始終をそこに記したと白状。
その時点では何も言われず。思わずホッとした。

「俺の汚い本音や秘密も書いてあるけど読んでみて欲しい」
と最後に付けて、ログの入った CD-R をセット。
生ログとまとめサイト両方持っていったんだけど
まずは生ログを読んでもらうことにした。

---

840 名前：Mr. 名無しさん 投稿日：04/05/16 18:39

生ログー！

---

841 名前：Mr. 名無しさん 投稿日：04/05/16 18:39

な、生ログだと！？

---

842 名前：Mr. 名無しさん 投稿日：04/05/16 18:39

なまろ g あああえ　生ログ！？

---

843 名前：Mr. 名無しさん 投稿日：04/05/16 18:40

(ﾟдﾟ)

---

845 名前：Mr. 名無しさん 投稿日：04/05/16 18:40

> まずは生ログを読んでもらうことにした。
> まずは生ログを読んでもらうことにした。
> まずは生ログを読んでもらうことにした。
> まずは生ログを読んでもらうことにした。
> まずは生ログを読んでもらうことにした。

---

847 名前：Mr. 名無しさん 投稿日：04/05/16 18:40

生ログて…w

849 名前：Mr. 名無しさん 投稿日：04/05/16 18:40

なななな生ログ！？

850 名前：Mr. 名無しさん 投稿日：04/05/16 18:40

生ログだってよ！
いいのかよ(;´Д`)

865 名前：Mr. 名無しさん 投稿日：04/05/16 18:40

あ　り　の　ま　ま　の　俺　た　ち　を　見　せ
た　の　か　！

生ログ。それは編集前の書き込みだ。まとめサイトには万が一エルメスにばれて
も大丈夫なように、お下劣なレスは掲載していなかった。自分達の悪行が暴露さ
れたと聞いて、うろたえる住人達。

867 名前：Mr. 名無しさん 投稿日：04/05/16 18:40

まずは生ログっておまい…普通逆だろ！
まずは中の人のサイトを見せて、それから生ログだろ！？
どこまで行っても電車は電車だな…しかしそんな電車に萌え。

872 名前：Mr. 名無しさん 投稿日：04/05/16 18:41

>>837
これってなんかもう普通のカポーよりも親密というか信頼しあった関係になって
ないか？
俺だったら家族や友達に自分の書き込みを見せるなんてこと出来やしねぇ…

919 名前：◆ N/WAG/OOnQ 投稿日：04/05/16 18:45

>> 電車
がんばれ。

984 名前：電車男 ◆ 4aP0TtW4HU 投稿日：04/05/16 18:55

「これ…すごい量だね」
彼女は2、3分読むと、スクロールバーを一番下まで下ろしてそう言った。

「うん。ニヶ月分」

まずは俺のトリップを検索に引っ掛けて読み流すことにする。
最初は車中の事件の思いで話に花が咲く。
で「HERMESって書いてあるけど、どこの食器メーカーだろ？」
で爆笑。これならいける…。電話をかけて食事に誘うまでの様子を読んで
「こんなに頑張ってたんだ…」
と彼女が呟く。
「必死だったw」
と返すと、向き合って微笑んでくれたのを覚えてる。
で、俺の頑張ってる姿がすごくときめくと言ってくれた…

---

991 名前：Mr. 名無しさん 投稿日：04/05/16 18:56

ｷﾀ━━━━━━(ﾟ∀ﾟ)━━━━━ !!!!!
電車の必死さが全部プラスに取られてるな・・・
愛し合う２人ってのはそんなもんだよなぁ

---

286 名前：電車男 ◆ 4aP0TtW4HU 投稿日：04/05/16 19:24

途中で母様がお茶とお菓子を持ってきてくれた。
また手作りの御菓子っすよ…(ﾟдﾟ)ｳﾏｰかったです。
お茶はベノアを頼みましたよ…(´ー｀)

最後らへんまで来ると
「なんか…小説みたい」
と他人事のように言う。
最後まで読み終えると、一息ついて
「電車の考えてることを知れて良かった。ありがとう」
と言ってくれた。
そして…
「なんでもっと早く教えてくれなかったのw？」
と言い出す始末。
「でも、本当に良かったね」
と言って手を握ってくれた。それでﾁｯｽの合図というか
雰囲気を醸し出してき t(ry

感想としてはプラスのイメージでした。
あと男は本当にスケベとかw
でも、この人達がいてくれたからあなたが勇気を出せたし
そのおかげで私達は一緒になれたんだね。と。
そうして、こんな良い人達が毒男なの？というお決まりの台紙も。

---

297 名前：Mr. 名無しさん 投稿日：04/05/16 19:25

>そうして、こんな良い人達が毒男なの？というお決まりの台紙も。

('A`)

---

318 名前：Mr. 名無しさん 投稿日：04/05/16 19:27

ｷﾀﾜｧ*:.｡..｡.:*･ﾟ(n‘∀‘)ηﾟ･*:.｡..｡.:* ミ ☆

---

357 名前：Mr. 名無しさん 投稿日：04/05/16 19:31

＞「でも、本当に良かったね」
＞と言って手を握ってくれた。それでﾁｯｽの合図というか
＞雰囲気を醸し出してきt(ry

電車。電車。
速すぎて。遠くに行きすぎてしまって、もうお前の後姿すら見えないよ…

---

359 名前：Mr. 名無しさん 投稿日：04/05/16 19:31

くるなぁ……

---

366 名前：Mr. 名無しさん 投稿日：04/05/16 19:32

電車、オマエは弾丸列車だよ。

---

367 名前：Mr. 名無しさん 投稿日：04/05/16 19:32

>>357
毒が物凄い勢いで追い掛けてる様思い浮かべてﾜﾛﾀ

---

387 名前：Mr. 名無しさん 投稿日：04/05/16 19:35

```
''''''―――  ……,,,___            _人_人,_从人_.人_从._,人_人_
―〃゛,〃,,,,,,,―‐._  ゛〃ニ ―_  )
  rｿﾙﾊｶﾝﾍﾞﾝ――      …__  ） はっ、離れたって
  三  ／Lｨi ニ |     ニ 三 ）   俺たちずっと童貞だぞ！！
  .ニ (ﾟ´Д)|  ニ    |!¦ ̩ろ
  | /  つ つ Lニ−-’ ´      )／⌒Y⌒Y⌒l/⌒Y⌒Y⌒Y⌒
  ''''''゛゛゛゛―――                ゜
          ―――,,  ―-'''∧_∧ っ
――＝〃゛―          ⊂(Д´;) ゜
ニ―               _,.. ゝ、 O
              _,.. ―-,〃   しヘ 、
―,,  ―-,,〃                ゛―,
                          ,
                       ,'      /
```

---

409 名前：電車男 ◆ 4aP0TtW4HU 投稿日：04/05/16 19:37

俺のヲタ趣味に付いては結構突っ込まれました。
「セーラームーン懐かしいなーw」
とか…。
「どうして、そういう本が必要なの？」
とか…。
「俺も健全な男の子なので…」
と逃れるが
「そうだよねー」
という反応。＿｜￣｜.......○
で萌え台紙
「でも、私がいればもう同人誌いらないでしょ？」
ええ、全く持ってその通りです…＿｜￣｜○
思わず
「もう買わないから」
と言い切ってしまいました。問題無いけど。
でも、初めて彼女を恐いと思いました…。

あと台紙関連でやっぱり聞き間違いやうろ覚えがあったのか
数カ所で
「私こんなこといってないw」
とか、貧乳説に対し
「これでもCはあるんだぞ（と言いながら胸を張る）」
とか、下着見えたとか書いたの見て
「スケベ」
とか言われたり
「中谷美紀には似てないよw」
とか。これは謙遜の意味で。

---

414 名前：Mr. 名無しさん 投稿日：04/05/16 19:38

>>409
>「でも、私がいればもう同人誌いらないでしょ？」
うううううううううううううううううううわあああああああああああああああああ

---

419 名前：Mr. 名無しさん 投稿日：04/05/16 19:38

>「これでもCはあるんだぞ（と言いながら胸を張る）」

かわいすぎ……

---

432 名前：◆ N/WAG/OOnQ 投稿日：04/05/16 19:39

>> 電車
さすががネ申…。

449 名前：Mr. 名無しさん 投稿日：04/05/16 19:39

>「これでもＣはあるんだぞ（と言いながら胸を張る）」

ダメだ。もう…ダメだ…＿|￣|○

450 名前：Mr. 名無しさん 投稿日：04/05/16 19:39

やばい…
そーゆー会話だめだ…

萌えしぬ

452 名前：Mr. 名無しさん 投稿日：04/05/16 19:40

>「スケベ」

もうダメだ…今までのどんな爆撃よりも
こんな在り来たりの言葉がオレの心を深く、長く貫いた…。

466 名前：Mr. 名無しさん 投稿日：04/05/16 19:41

Ｃカップ好きは正解に近い　もっとも限りなく正解に近い
でもＣに満たない女性も多いので　油断は禁物でーす

476 名前：Mr. 名無しさん 投稿日：04/05/16 19:41

>「もう買わないから」

今までの分は助かったのか？

490 名前：電車男 ◆ 4aP0TtW4HU 投稿日：04/05/16 19:41

「でも、私がいればもう同人誌いらないでしょ？」
これ萌え台紙ですが、圧力でもあります
俺は圧力かけられたから同人やめると言った訳じゃないけど…

495 名前：Mr. 名無しさん 投稿日：04/05/16 19:42

いいから、同人辞めろ 。

後日談 「こんなに頑張ってたんだ…」

506 名前：Mr. 名無しさん 投稿日：04/05/16 19:43

```
"""""――  ……"""」―  _人_人_从人_人_从_人_人从_人_人从_
―"」"",""""――_- ‴三 ―_ )
 r―   …―       ) もう同人誌なんて買わないから！！
 三 ／レi ニ |  ニ 三 ) 考え直してください！！
 .ニ（ ‘ー）|  ニ |!|_ ろ ごめんなさい！ごめんなさい！
 | ／ つ つ L=-‐‘ )／^Y^Y^l／^Y^Y^Y^Y^Y^Y
 """,*****―.―‐"'''∧_∧っ
――――="""‐_  ⊂（'A`;)
ニ―       ‥,、○
 ―'  _...‐‐-'''  レヘ、
 _―" _-_"'"      ,'´
```

504 名前：Mr. 名無しさん 投稿日：04/05/16 19:43

>>490
えー虹と産児は別だよ
セックスとオナニーは違うだろ？

くらいの冗談を言って欲しかった

516 名前：電車男 ◆ 4aP0TtW4HU 投稿日：04/05/16 19:43

>>504
いや、うん、その、あの、おれ

525 名前：Mr. 名無しさん 投稿日：04/05/16 19:44

>>516
なんだ？なんなんだ―――――！！！！！？？

526 名前：Mr. 名無しさん 投稿日：04/05/16 19:44

>>516
なんだ、その煮え切らないレスは！？

も、もしかして…

579 名前：電車男 ◆ 4aP0TtW4HU 投稿日：04/05/16 19:47

やってないですよ。なんというかここも彼女に見せるので…

591 名前：Mr. 名無しさん 投稿日：04/05/16 19:47

>>579
まじで？
エルメスたーーーーーん、付き合ってください！！

593 名前：Mr. 名無しさん 投稿日：04/05/16 19:47

見られるのか Σ(´Д`)

600 名前：Mr. 名無しさん 投稿日：04/05/16 19:48

何！？ここを見せるのか！？

いやぁ電車君、みんなは汚らわしいレスをするけど
僕だけは本気でキミを応援するよ、はっはっは！

607 名前：Mr. 名無しさん 投稿日：04/05/16 19:48

やっぱりここもエルメスに見られるのか
ちょっと着替えてくる

609 名前：Mr. 名無しさん 投稿日：04/05/16 19:48

エルメスたん、はじめまして。

611 名前：Mr. 名無しさん 投稿日：04/05/16 19:49

「見せる」のレスが出た途端に書き込みが激減したわけだがw

614 名前：Mr. 名無しさん 投稿日：04/05/16 19:49

ここみるのか！

カレーいかがですか？

621 名前：Mr. 名無しさん 投稿日：04/05/16 19:49

え？ここも見せるの？

イヤッハハハ、電車君をよろしくお願いしますよ

後日談「こんなに頑張ってたんだ…」

627 名前：Mr. 名無しさん 投稿日：04/05/16 19:49

エルメスがここを見るとわかった瞬間何故か正座した俺

---

634 名前：Mr. 名無しさん 投稿日：04/05/16 19:50

電車よ、せっかく手に入れた幸せ
決して離すなよ
誤ったことはするな

---

650 名前：Mr. 名無しさん 投稿日：04/05/16 19:50

リアル電車男ｷﾀ━━━━ヽ(ﾟ∀ﾟ)ﾉ━━━━!!!!
幸せになれよ！エルメスタン泣かすなよ！！

好き勝手におせっかいを焼き、時々電車男をそっちのけで盛り上がった、名前も
顔も、どこにいるのかすら知れない名無しの住人達。彼らがやったのは、そこに
困っている奴がいたら、自分に出来る事をしてやろうという、誰にでもあるよう
な、ちょっとした心遣いだったと思う。
うろたえる電車男を前にして、何かしてやりたいと思う住人達の気持ちが、彼を
勇気付け、エルメスにダイヤルする力を与えた。

電車男を支えた住人達。それはきっと、電車男ストーリーに触れ、がんばれ、お
めでとう、と感じた人の中にある。

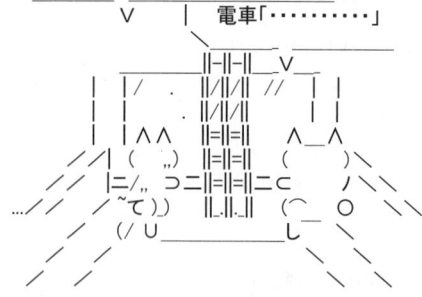

文庫版特別収録

電車男・中の人・ひろゆきの
マターリ座談会

去る2006年11月。『電車男』の文庫化に際して、あの3人がひさしぶりに
チャット上に集結した。ブームの張本人である電車男、そのきっかけとな
ったまとめサイトを作った中の人、そして2ちゃんねるの管理人ひろゆき
である！　日本中を熱狂の渦に巻き込んだ『電車男』フィーバーからはや
2年。3人は『電車男』現象を振り返ってみて、何を思うのか……。　そ
んなことをﾏﾀｰﾘと語っていただきましたﾍ(´∀｀)ﾉ

電車男は今――

編集部：電車男さんとエルメスさんがｶﾌﾟｰﾙになってから2年以上たち、
最近はあれほどの大騒ぎだった電車男ブームもようやく落ち着いてきまし
たね。電車男さんの近況はいかがでしょうか？

電車男：うーん、特に相変わらずですよw

編：相変わらずというと、いまだにエルメスさんとラブラブということで
すね？

電：(´ 一 `)

ひろゆき：タヒチとか行ったり？

中の人：なぜタヒチ？

ひ：この間のドラマで、タヒチ行ってませんでした？

編：それ、『電車男』スペシャルドラマですね。電車男がエルメスのために
タヒチに伝わる運命のブラックパールを探しにいく、という話でしたよね。

中：原作とは何の関係もないですよw

電：それか！タヒチは行ってませんよww コミケなら行きましたが…

編：ええー！！

ひ：一緒にコミケ行ってるんだ、、、、

中：まだヲタ卒業してないもんねー

電：卒業してません(｀・ω・´)

編：そ、そうだったんですか。エルメスさん、電車さんのシュミにはある
程度付き合ってくれているんですね。美しい話です。

中：毎回連れて行ってるんでしょ。エルメスさん洗脳できた？

電：エルメスはしんどそうにしてましたw

ひ：二人で夏コミに行ったんだ、、、それはしんどいはずだ、、、

電：エルメスは夏コミにはもう来ないそうです、冬だけ（´・ω・｀）

編：夏コミと冬コミ、何が違うんですか？

ひ：夏は人も多いから、暑くて臭いｗ　一般の人はまず耐えられません

電：でも、夏コミのほうが、冬コミより新刊が多いんですよ！夏から冬までは４ヶ月しかないけど、冬から夏までは、８ヶ月あるから…

ひ：いまだに真性ヲタだ…

中：コミケでしんどそうな美女を連れている青年がいたら、それは電車男だと思ったほうがいいですｗ

編：それにしても不思議なのは、これだけ『電車男』が日本中の注目を集めているにもかかわらず、電車さんの正体がほとんど暴かれていないということです。だれかに「俺、実は電車男なんだ」などと告白したりはしなかったのですか？

電：ないですねぇ。中の人さんやひろゆきさん、単行本の担当編集者の方、あと、何人かのスレ住人の方にはお会いしているんですけどね。でも、もちろん友達も職場の人間も僕が電車男だとは知りませんね。

ひ：親バレもないんだっけ？

電：そうなんです。うちの両親は『電車男』のドラマ見てたのにｗｗｗ

編：本当ですか！？あれだけ新潮社から郵便物が届いているのに？

中：コミケ関係の連絡だと思ったんじゃない？

電：たぶんそうでしょうｗ

ひ：親が鈍いのか、隠す能力が高いのか、、、、、

電：両方です（｀・ω・´）

中：意外に知ってて知らん振りかもね

電：でもなぜか、エルメスの親は知っているんですよ

編：早く電車男さんの親御さんにも教えてあげてくださいよ〜

中：あのドラマの主人公が実はうちの息子だと知ったときの、お母さんの顔が見てみたいね

ひ：その瞬間はたしかに見たいなぁ。じゃあ文庫版には電車男の顔写真をのっけるとか。さすがにお母さんも気づくでしょ

電：勘弁してくださいよ！

編：いや、それぜひお願いします、話題を呼びますよ！

中：袋とじにしたりしてねー　文庫本売れるかも。

ひ：いやなら代わりに近所の子の写真とか載せちゃう。「僕が電車男です」って。

電：ちょｗｗｗ

「電車男」の誕生

編：そもそも、「電車男」が話題を集めるきっかけとなったのは、中の人さんが作ったまとめサイト「男達が後ろから撃たれるスレ　衛生兵を呼べ」でした。言い換えると、中の人さんがいなければ、書籍化は実現されることはなかった。

電：もちろんです。「電車男」誕生における最大の功労者ですよね。

編：そもそも、どうしてまとめサイトを作ろうと思ったんですか？

中：すべての始まりは「125の大虐殺」でした。

編：125？

中：当時常駐してたスレで、面白い流れがあったんです。ある男が、頭数あわせで行った合コンで、小倉優子よりもかわいい女の子に会って、という報告からはじまり、結局その子に告白されて付き合うことになる、夢のような結果で終わりました。

電：あの衝撃はいまでも忘れられませんね（’A｀）

中：とにかく注目が集まっていたから、スレの流れが速かったんです。でも２ちゃんねるのスレは、レスが1000以上になると読めなくなってしまう。それがすごくもったいないなーと思ったんです。あと、スレに参加してた連中が、後で読んだら面白いんじゃないかとも思ったし。それであのまとめサイトを作りました。ごく軽い動機でしたね。

編：管理人のひろゆきさんは、２ちゃんねるの独身男性板でそういう現象が起こっていたことを、その当時ご存知でしたか？

ひ：いや全然。

中：この頃は、まだスレ住人の間で盛り上がっていただけでしたね。

電：そうですね。わーもう２年以上も前だ。自分のもそうだけど。

編：電車さんは中の人さんのまとめサイトを知ったとき、どう思われましたか？

電：はじめて125を読んだときは、鬱になりかけましたｗ

編：でもご自分の話がまとめられたと知ったときは、うれしかったですか？

電：自分の話がまとめられるようになってからは、125氏のように本当にうまくいくんじゃないか、とか、逆にこっぴどく振られたもぐら氏のようになるんじゃないか、と思ったり。とにかく毎日頭が混乱してました。中

の人さんのまとめサイトでは、うまく行った人と、行かなかった人の落差が激しすぎて。

（編集部注・ハンドルネームもぐらは、ちょっと仲良くなった女の子に告白したが、「勘違いしないで」と拒絶された男）

中：あの頃は本当にどう転ぶか分からなかったですね。

ひ：今の電車さんからは想像がつかない、、、、

電：（´ー｀）

書籍化、メディアミックス、そしてバッシングも…

編：『電車男』はいくつもの出版社から書籍化のオファーがありましたが、結果として小社が刊行させていただくことになりました。でも刊行前は、ネットの掲示板をそのまま本にしたものが、読者にどのように受け止められるのかは、まったく予測できませんでした。

電：それが、101万部のベストセラーになってしまうなんて…信じられない展開でした。

中：同感です。

ひ：でもおいらは最初から、10万部ぐらいはいくだろうなぁ、と。

編：単行本で10万部というのは、かなりのヒットですよー

中：まとめサイトに来れば内容はただで読める本なのに、どうしてそんなに売れると思ったんですか？

ひ：ネットをやる人たちっていうのは、もともと本なんて買わないだろうし、本を定期的に買う人であれば、話題になっている本ということで買うだろうから、ネットで読めるかどうかは、あんまり関係ないんじゃないかと。

電：なるほど。

中：ネット関係、特に2ちゃんの話だと、くせがあるから一般の方はあまり読まないと思ってましたよ。

編：嬉しい誤算でしたね。ネット発の「新しい文学」としてもてはやされたことも、ネットユーザー以外に受け入れられた理由でしょうか。

ひ：「新しい文学」？　初めて聞いた、、、、

電：文学かぁ…　ほかにもネット発の本はたくさんありましたけどね。

中：最初に新潮社の方と打ち合わせをしたときに、面食らったんですよ。文芸出版社の方が、スレをまとめただけのあの話について、熱く語られ、新しい形態の文学、とおっしゃる。それを聞いて、文学の定義がわからな

くなりましたねw

ひ：どちらかというと、文学っていうより、ノンフィクションだし

電：そうですね。確かに、スレ住人との臨場感溢れるやりとりはまさにノンフィクション、といった感じですね。

編：ノンフィクション、とのことですが、大ヒットした書籍の宿命なのでしょうか、「電車男＝フィクション説」などバッシングも一時期激しかったですね。

電：ありましたね。「電車男は存在しない」説、とか。

ひ：とすると、おいらは今、誰と話しているんだろう、、、、

電：www でもあまりに見当はずれなものは、気になりませんでしたよ。

中：いろいろな説がありましたよね。中の人が実は電車男で、エルメスが担当編集者だったとか。

電：友達は今でも某テレビ局の仕業だといってますよw

ひ：それを話している相手が電車男だとも知らずにw

中：そういえば、ひろゆきさんの企画だとか、ひろゆきさん＝電車男説もあったなあ

ひ：おいらも忙しいなぁ、、、失踪している場合じゃない

（編集部注・2006年 9 月、「ひろゆきが失踪」との誤報が流れました）

電：www フィクション説にはじまるバッシングはそれほど気になりませんでしたが、正直言って、電車男ブームの最中は、悪い夢いっぱいみましたね。こないだのドラマスペシャルにあったみたいに電車男狩りに遭う夢とか。これは本当に何度も見ました

中：そっか、大変だったんだー

電：「見つけたぞ、電車男！」で目が覚めるんですよ('A`)

編：そ、それはコワイ。とにかく、バッシングが生まれても仕方がないほどに、『電車男』のメディアミックスは大成功を収めましたよね。皆さんはまめにチェックされてましたか？マンガ、ドラマ、映画、朗読劇など様々なものがありましたが。

電：もちろんです

中：一通りはチェックしました

ひ：ドラマ、初回と最終回は見ましたよ。あとタヒチのやつ

中：初回と最終回、だけかよ！

ひ：長いし、、、

中：ドラマは長いもんでしょ！

電：ちょwww　エルメスは映画がお気に入りだったようですよ

中：中谷美紀似ですからね

電：僕はどれも好きでしたが、もしアニメ化されたら、間違いなく「アニメが一番！」となるでしょうねw　ドラマに使われていたアニメ「月面兎兵器ミーナ」も来年アニメが放映されるからも楽しみ

ひ：おいらは漫画が面白かったかな

中：漫画もどれもよかったけど、個人的には原秀則さんのがよかったですね

電：僕は萌え系の渡辺航さんかな。でも、『電車男』関係のメディアミックスは、どの作品も素晴らしいと思いますよ。自分でいうのもなんですがw

編：確かにそうですね。クオリティが高いものばかりでした

電：でも何と言ってもアニメ化が、一番待ち遠しいですね！

中：わかったからw

編：皆さんは、メディアミックスによって生じた二次的原作権使用料を、新潟県中越地震の義援金として全額寄付されましたね。これはどなたのアイディア？

電：ひろゆきさんの提案ですよね

ひ：ええ、米を配給しました

中：違うでしょ！

編：w　相当な額を寄付されましたよね

電：3000万円とか？

中：もっと多いですよ

ひ：8000万円以上かも。

編：ひぇー太っ腹ですね！みなさんその後、新潟には行かれましたか？

ひ：おいらは行きましたよー。中越地震復興支援イベントだという、ミステリーツアーに参加してきました。

中：なんじゃそりゃ？

ひ：小千谷に行って、観光しながら、役者が演じる殺人事件の犯人を推理して、最後に謎解きの劇を見るっていう変なツアー。でも楽しかったですよ。

中：それは謎ですね……。

電：その後新潟はどのくらい復興したんでしょうね。僕も訪れてみたいなぁと思いますね。

ブームの分析

編：2006年現在、「メイド」や「萌え」といった単語が非オタクの人たちにも普通に使われるようになったのは、2004年の『電車男』フィーバーがきっかけだったんじゃないかな、と思うのですが。振り返ってみていかがでしょうか。

電：電車男の騒ぎの後、確かに秋葉原がメディアに取り上げられることが多くなったけれど、その要因はいろいろあったと思いますよ。電車男だけじゃないと思うんですね。

ひ：もともとアキバにでっかいビルをたてる計画とかあったしね。

中：つくばエキスプレスとか。

電：あとはメイド喫茶とかですね。

中：おでん缶もね。

電：それはどうだろうww

ひ：そう考えると、『電車男』がここまでヒットしたのは、秋葉原ブームと重なったからじゃないか、とも思いますよ。秋葉原のほうが先だったような。

編：時代の流れがちょうどタイミングよく『電車男』の刊行に合っていた、ということなんでしょうか。

ひ：結局『電車男』のあとに出た『実録鬼嫁日記』とか『今週、妻が浮気します』とか、ネット発の本はヒットはしたけれど、『電車男』ほどの大ベストセラーにはならなかった。でももし「恐妻ブーム」とかが来てたら、そういう本も『電車男』ばりのブームになっていたと思いますよ。

中：「恐妻ブーム」って何w

電：あ、そのころ「純愛ブーム」もありましたからね。『冬ソナ』とか『セカチュー』とか。

中：そうか。「オタク」で「純愛」という、そのころ一番旬な二つの要素が盛り込まれていた『電車男』は、なるべくしてベストセラーになった、ってことですかね

ひ：そういう意味では、運の要素が大きい予感

電：偶然がいろいろ重なったんですよね。

編：なんだか皆さん、意外と冷静なんですねえ。ブームの当事者っていうのは、案外そういうものなのかも知れません。

中：さっきも言ったけど、僕はそもそも、なぜスレをそのまままとめてで

きたこの本が、2ちゃんねるに関わりのない一般の方の支持を得ることができたのか、いまだによくわからないんです。

電：うーん。

ひ：でも最近は、PCにまったく興味のない一般の方でも、2ちゃんねるにあんまり抵抗を感じなくなっているんじゃないですか。このところ2ちゃんを携帯で見ている人が多いんですよ。特にジャニーズ系の板とか。

中：携帯で入力するの面倒くさくないのかな

電：そういう人たちって、そもそもPCを持ってないから携帯で見ているんでしょうね。

電車男とエルメス、今後は？

編：何といっても、文庫版の読者がいちばん興味があるのは、電車さんとエルメスさんの今後の展開だと思います。

中：そうですよ。もう付き合って2年以上でしょ。結婚は？

電：ｷﾀｺﾚ　いきなり直球勝負ですね

ひ：エルメスさんはあせっているかも

電：もうけっこういい年ですからね

中：いつまでも待ってくれると思ったら大間違いですよ

編：告白がとても感動的だったから、プロポーズするにも気合をいれないといけませんよね。

電：みんなでプレッシャーを…　でも、また「がんばって！」って言ってもらうんだ…(´ー｀)

中：甘いこと考えてるなあ…

編：本当ですよね…

電：怖いwww　でもまあ、ひっそりと結婚するつもりですよ。

ひ：タヒチで海外挙式？

電：違いますwww　今回はエルメスをかなり騒ぎにつき合わせてしまったので、結婚ぐらいはこっそりと落ち着いてしようかなーと

編：でも結婚式には、皆さんも呼んでほしいですよね。

中：その様子を実況して、まとめサイトにまとめたいですね

ひ：おいらはこっそりと柱の影から見守って泣いてます、、、、

電：www　ひっそりとやりますからね！ひっそりと。まあ、まず親に話すことが先決ですが

編：吉報をお待ちしてます！　ではでは、座談会の最後に、日本中を熱狂の渦に巻き込んだ『電車男』という本について、その当事者として電車男さんに思うところをお話しいただければ。

電：そうですね、もともと国を超えて色んな人びとに読んでもらいたいと思っていましたが、本当に海外でもこの本が読まれ、支持されているそうで、それはとても感動しましたし、嬉しかったです！

中：おぉ！

電：そして、『電車男』を読んでくださった皆さんにも、素敵な恋愛をしてもらいたいです（｀・ω・´）

編：とても前向きなコメントでまとめていただきありがとうございます！

電：す、すいません。実は、エルメスがそう言ってます…orz

ひ：うわ！カンニングかよ、、、、

中：おまい、いまどこにｄｒｆｔｇｙふじこ　エルメスさんそこにいるのか？

ひ：まさか、すでに同棲！？

電：違いますって！　電話ですよｗｗｗｗ

編：な、なんだ。ではご自分のお言葉でもう一度お願いいたしますｗ

電：うーん、そうですね…エルメスと付き合うようになって、最近は「電車男」じゃなくて、だんだん「普通男」になってきていると思いますね。脱ヲタはしてませんがｗ　『電車男』という本が出たことは、結果的に社会を巻き込んで大騒ぎになったけれど、今の僕にとっては人生のひとつの思い出になりつつあることは、間違いないとは思うんです。

ひ：じゃあ、その記念に文庫版には電車さんの顔写真を、、、

中：思い切ってのせちゃえば！？

電：だからそれは勘弁してくださいってｗｗｗ

初出：「男達が後ろから撃たれるスレ　衛生兵を呼べ」
http://www.geocities.co.jp/Milkyway-Aquarius/7075/

この作品は平成十六年十月新潮社より刊行された。

糸井重里監修
ほぼ日刊
イトイ新聞編

オトナ語の謎。

なるはや? ごさいち? カイシャ社会で密かに増殖していた未確認言語群を大発見! 誰も教えてくれなかった社会人の新常識。

糸井重里監修
ほぼ日刊
イトイ新聞編

言いまつがい

「壁の上塗り」「理路騒然」。言っている本人は大マジメ。だから腹の底までとことん笑える。正しい日本語の反面教師がここにいた。

北尾トロ著

怪しいお仕事!

違法ポーカー、裏口入学、野球賭博、寺院売買まで——。すべての欲望をメシのタネにする仕事師たち。彼らの仕掛けるカラクリとは。

北尾トロ著

危ないお仕事!

超能力開発セミナー講師、スレスレ主婦モデル、アジアの日本人カモリ屋。知られざる、闇のプロの実態がはじめて明かされる!

南条あや著

卒業式まで死にません
——女子高生南条あやの日記——

リスカ症候群の女子高生が残した死に至る三ヶ月間の独白。心の底に見え隠れする孤独と憂鬱の叫びが、あなたの耳には届くだろうか。

佐藤雅彦著

四国はどこまで
入れ換え可能か

表現の天才・佐藤雅彦による傑作ショート・コミック集。斬新な視覚の冒険に、アタマとココロがくすぐられる、マジカルな1冊。

新潮文庫最新刊

宮部みゆき著　あかんべえ（上・下）

深川の「ふね屋」で起きた怪異騒動。なぜか娘のおりんにしか、亡者の姿は見えなかった。少女と亡者との交流に心温まる感動の時代長篇。

辻井喬著　父の肖像

高名な政治家でありながら、王国と称された巨大企業群を造った「父」の波瀾の生涯を描き、その磁場に抗い続けた「私」を問う雄編。

島田雅彦著　彗星の住人（上・下）

流転する血族四代の恋が、激動の二十世紀史と劇的に交錯し、この国の歴史を揺るがす。島田文学の最高傑作「無限カノン」第一部。

吉田修一著　長崎乱楽坂

人面獣心の荒くれどもの棲む三村の家で、駿は幽霊をみつけた……。高度成長期の地方侠家を舞台に幼い心の成長を描く力作長編。

米村圭伍著　おんみつ蜜姫

父上に刺客？　まあすてき！　敵は将軍吉宗か。豊後温水藩のやんちゃ姫、蜜の隠密行脚が始まった。痛快「姫君小説」に新シリーズ登場。

絲山秋子著　海の仙人

敦賀でひっそり暮らす男の元へ居候志願の神様が現れる――。孤独の殻に籠る男と二人の女性が綾なす、哀しくも美しい海辺の三重奏。

新 潮 文 庫 最 新 刊

鷺沢 萌 著	ビューティフル・ネーム

突然に世を去った著者の「早すぎる遺作」。生き、そして書くことに誠実であり続けた才能が、いま作品のなかに永遠の生を得て輝く。

銀色夏生 著	無 辺 世 界

ロングセラー初期作品集、待望の文庫版。詩＆掌編小説＆ものがたり＆イラスト——その独自の世界。書下ろし作品、Q＆Aも収録。

飯島夏樹 著	天国で君に逢えたら

患者の心の叫びを代筆する〝手紙屋〟を巡る、愛と笑いと涙の人間模様。末期ガンの世界的ウィンドサーファーが綴った奇跡の物語。

よしもとばなな 著	ついてない日々の面白み

—yoshimotobanana.com⑨—

ひやっとする病気。悲しい別れに涙がとまらなくても、気づけば同じように生きていく仲間がいた。悔いなく過ごそうとますます思う。

野口悠紀雄 著	「超」リタイア術

退職後こそ本当の自己実現は可能！ サラリーマンの大問題である年金制度を正しく理解し、リタイア生活を充実させる鉄則を指南。

熊谷 徹 著	びっくり先進国ドイツ

ドイツは実はこんな国！ 在独十六年の著者こそが知る、異文化が混在するドイツの意外な楽しみ方、そして変わり行くその社会とは。

新潮文庫最新刊

中野独人著　　　　　電車男

「おまいら、ありがとう」ネット掲示板の住人の励ましは、シャイな電車男に勇気を与えた！　日本中が夢中になった新しい純愛物語。

本村洋・弥生著　　　天国からのラブレター

光市母子殺人事件。遺された妻の手紙と育児日記を二人がこの世に生きていた証として刊行。純粋な愛の軌跡を伝える感動の書簡集。

日高敏隆著　　　　　人間はどこまで動物か

より良い子孫を残そうと、生き物たちは日々考えます。一見不思議に見える自然界の営みを、動物行動学者がユーモアたっぷりに解明。

S・キング
風間賢二訳　　　　　ダーク・タワーⅦ
　　　　　　　　　　暗黒の塔（下）
　　　　　　　　　　英国幻想文学大賞受賞

それでも〈暗黒の塔〉へ――。全世界を救う壮大なる旅を、驚倒の結末が待つ。巨匠畢生のライフワークにして最高作、堂々の完結！

P・オースター
柴田元幸訳　　　　　ミスター・ヴァーティゴ

「私と一緒に来たら、空を飛べるようにしてやるぞ」少年は九歳で師匠に拾われ、「家族」に出会った。名手が贈る、心打つ珠玉の寓話。

C・カッスラー
D・カッスラー
中山善之訳　　　　　極東細菌テロを
　　　　　　　　　　爆砕せよ
　　　　　　　　　　（上・下）

旧日本軍の潜水艦が搭載していた細菌兵器を北朝鮮が奪取した。朝鮮半島、さらには米国をも巻き込む狂気の暴走は阻止できるのか。

JASRAC 出0616216-601

電車男

新潮文庫　　　　　　　　　　　な-57-1

平成十九年　一月　一日　発行

著　者　中野独人

発行者　佐藤隆信

発行所　株式会社　新潮社
　　　　郵便番号　一六二─八七一一
　　　　東京都新宿区矢来町七一
　　　　電話編集部（〇三）三二六六─五四四〇
　　　　　　読者係（〇三）三二六六─五一一一
　　　　http://www.shinchosha.co.jp
　　　　価格はカバーに表示してあります。

乱丁・落丁本は、ご面倒ですが小社読者係宛ご送付
ください。送料小社負担にてお取替えいたします。

印刷・凸版印刷株式会社　製本・株式会社大進堂
© Hitori Nakano 2004　Printed in Japan

ISBN4-10-130471-8 C0193